TELLOS SOHN

ODER
WELCHEN WOLF DU FÜTTERST

1. Auflage: Februar 2020
© 2019 Gerhard Winkler
Herstellung und Verlag:
BoD – Books on Demand, Norderstedt
ISBN: 9783752869408
Gestaltung und Satz:
Nicole Simon · www.garanten.de

....

Wende dich nicht ab.

Halte den Blick auf

die wunde Stelle gerichtet,

denn dort

tritt das Licht ein.

Rumi (1207-1273)

....

Alle Welt sehnt sich nach Freiheit,

und doch ist jedes Geschöpf

in seine Ketten verliebt;

das ist der Urwiderspruch,

der unentwirrbare Knoten

unserer Natur

Sri Aurobindo (1872-1950)

ERSTES KAPITEL

TELLO

„MAMI, MAMI, schau mal!"
Der kleine Junge tapst zu seiner Mutter und gibt ihr mit erhobenem Arm ein Blatt Papier.
„Oh, du hast einen Brief geschrieben, wie die Mami."
„Bief", ruft er.
Er denkt nach.
„Papi Bief", sagt er, sehr wichtig.
„Du willst Papi einen Brief schreiben?"
„Papi Arbeit!", ruft er mit Nachdruck.
„Ja, Papi ist bei der Arbeit", meint Mami. „Aber weißt du was. Mal doch ein Bild. Und wenn Papi heute Abend nach Hause kommt, schenkst du ihm dein Bild."
„Bild!", sagt der Junge, „Papi Arbeit…Papi nach Hause, Papi Bild."
Seine Mutter streichelt ihm über den Kopf. Sie lächelt.

TOM TELLMANN; Spitzname Tello. Nicht Othello, wie einst der Wellensittich meiner Frau, obwohl sie auch mir gegenüber ab und zu verzweifelt ausruft „Oh, Tello!", sondern einfach Tello.

Bekannt geworden bin ich durch die Band, mit der ich seit vierzig Jahren als Gitarrist durch die Welt tingele.

Erfolgreich übrigens; hervorragend verkaufte Alben, Tourneen überall in der Welt. Obwohl – allmählich wird es ruhiger um uns, seitdem wir die Neunundfünfzig überschritten haben. Eine magische Zahl, die Sechzig; seitdem nenne ich mein genaues Alter nicht mehr. Bleibe Ende fünfzig, seit nahezu drei Jahren. Mit sechzig wird man als alt abgestempelt und als sinnlich-sexueller Mensch nicht wahrgenommen, hat mir eine Freundin erzählt. Wer will das schon!? Nur noch Opa oder weise sein? Nicht ich! Also: Ende fünfzig.

Eigentlich ist es cool, mein Leben. Jede Menge Auftritte und Reisen, genug Geld, eine große Altbauwohnung mit hohen Decken in einer angesagten Gegend von Nürnberg. Dazu Anja, seit fünfzehn Jahren meine Partnerin. Etliche Jahre jünger als ich, prima gehalten dank Yoga, fast vegetarischer Ernährung und täglichen ausgedehnten Spaziergängen mit dem Hund.

In einer Scheune im Nürnberger Land steht unser Wohnmobil; wir fahren, wann und wohin wir wollen, wenn nicht gerade Auftritte anstehen. Eltern gestorben, keine Kinder.

Easy, oder? Stellt sich die Frage, warum ich heute zum ersten Mal im Vorzimmer eines Psychotherapeuten sitze. Eben ist ein Mann aus dem Besprechungsraum gekommen, hat schüchtern in meine Richtung gegrüßt, weg war er. Habe nur vorsichtig hingelinst, wäre mir peinlich, hier von jemandem erkannt zu werden.

TELLO SITZT draußen. Hat vor zwei Wochen angerufen und dringend um ein Gespräch gebeten. Er muss über sechzig sein mittlerweile. Früher waren meine Frau und ich auf jedem Konzert, das seine Band in der Gegend hatte. In den letzten Jahren ist es ruhiger um ihn und vor allem bei uns geworden, seitdem ich über vierzig bin.

Wusste überhaupt nicht, wie Tello mit bürgerlichem Namen heißt.

Was ihn wohl hertreibt, den Mann, den hier jeder kennt und der sich trotzdem anscheinend aus Skandalen rausgehalten hat? Denn die Klatschspalten hat er nie gefüllt, höchstens die Kulturseite …

SCHWEIGEPFLICHT. Deshalb sitze ich hier. Worüber ich sprechen möchte, nein, muss, das möchte ich niemandem erzählen, der es weitergeben könnte. Etliche haben mir von diesem Herrn Heyhäuser vorgeschwärmt. Einfühlsam, überraschend, mit einfallsreichen Ideen und Experimenten habe er sie unterstützt und zu neuen Einsichten verholfen; keine starre Analyse mit Couch, wie man sich das so vorstellt, wenig einmischend, mitfühlend. Empathisch, wie es so schön heißt.

Egal. Ich muss mit jemandem reden, sonst drehe ich durch. Schlafe schlecht, seitdem vor zwei Monaten dieser anonyme Brief angekommen ist; bin verwirrt, spiele unkonzentriert, selbst den anderen ist es aufgefallen, bin sinnlos unfreundlich zu Anja. Ich will ja deswegen nicht gleich eine Therapie machen, das habe ich Heyhäuser am Telefon gesagt, aber aussprechen muss ich mich, raus muss es.

Hätte theoretisch auch ein Pfarrer sein können; bin allerdings vor dreißig Jahren aus der Kirche ausgetreten. Telefonseelsorger ging nicht, zu unpersönlich; ich will ein Gesicht vor mir haben. Ein Glück, dass Heyhäuser relativ schnell Zeit hatte für ein „Vorgespräch", wie er es am Telefon nannte. Ich müsste mit einer mindestens halbjährigen Wartezeit für einen Therapieplatz rechnen, er sei ausgebucht. Therapie, nee, nicht ich, mein Herz erleichtern, reden will ich …

„WAS FÜHRT Sie zu mir, Herr … äh … Tellmann?", beginnt der Therapeut. Ich merke, er hätte mich fast Tello genannt; muss trotz meiner miesen Lage grinsen.

„Was kann ich für Sie tun? Oder brauchen Sie zuerst Informationen, mit welcher Methode ich arbeite?"

„Nein. Ich habe genug Gutes über Sie gehört … ich benötige keine Therapie, aber ich muss Ihnen etwas erzählen, das …", bricht es aus mir heraus.

Ich will es nicht, doch ein kurzes, trockenes Schluchzen schüttelt mich und unterbricht meinen Redefluss.

„… mich anscheinend sehr verwirrt hat", bringe ich schließlich heraus.

Als der Typ gegenüber meint: „Scheint Sie ziemlich mitgenommen zu haben …", laufen mir plötzlich die Tränen über die Backen.

„Das kenne ich nicht", schnaube ich schnäuzend nach einer Weile. „Ich heule sonst nur, wenn ich ein paar Bier getrunken habe und in megaromantischer Stimmung bin … und das ist nicht so häufig der Fall, … das mit der megaromantischen Stimmung, meine ich", versuche ich unter Tränen lächelnd einen dummen Scherz, um auf Augenhöhe zu kommen.

„Mmmh", brummt es neutral vom anderen Sessel.

Scheiße, er fällt nicht auf meinen Gag mit dem Bier rein; gut, der will es wissen, wirklich wissen, was mit mir los ist.

„Also", es ist für mich plötzlich unendlich schwer auszusprechen, warum ich da bin; schamvolle Verwirrung trocknet meine Kehle, hindert mich am Reden.

„Ich bring's nicht raus, ich glaub's selbst nicht … so kenne ich mich echt nicht", verzweifelt äuge ich rüber.

„Scheint ein großes Ding zu sein", antwortet der Therapeut trocken.

Das hilft mir.

„Ja, ist es. Weil …", ich drücke mit Kraft die Luft aus meinen Lungen, „ich bin Vater geworden."

„Mein Glückwunsch!", lächelt der zufriedene Arsch im Sessel gegenüber.

„Ja, wenn es so einfach wäre", presche ich vor, denn ich habe endlich meinen Faden gefunden, „das Kind ist nicht von meiner Frau."

Und damit bricht es aus mir heraus. Ich erzähle offen, dass ich dann und wann, in früheren Jahren öfter, nach unseren Auftritten einen One-Night-Stand hatte.

„Klischee hin oder her, wir Musiker sind eine begehrte Ware ... und ich war nicht schwer zu kriegen, wenn ich ehrlich bin. Wissen Sie", meine ich entschuldigend, „es wurde nie was Ernstes. Ich stehe zu meiner Frau, aber ich war empfänglich, vor allem unter Alkoholeinfluss", grinse ich, „für die Schönheit und die Sinnlichkeit anderer Frauen. Sie verstehen sicher, was ich meine."

„Mmmh ..."

Was will er mit diesem Brummen ausdrücken? Verständnis oder Kritik?

„Zugegeben, ich hatte Schuldgefühle hinterher ... die hab ich mit dem Lustvollen des Geschehens ausgeglichen ... ging nach ein paar Tagen Null auf Null auf ..."

„Und jetzt sind Sie Vater geworden!?", unterbricht mich der Therapeut.

„Ja, das ist der Punkt!"

„Und was wollen Sie in diesem Zusammenhang von mir?"

„Darüber reden, erzählen, was sich in mir aufgestaut hat", rufe ich aufgeregt. „Endlich alles rauslassen!"

„Da haben wir ein Problem", antwortet Heyhäuser gelassen. „Ich habe Ihnen ja am Telefon gesagt, ich bin für Monate ausgebucht. Wenn Sie ‚alles rauslassen' wollen, ist das eine Therapie, und ... der nächste regelmäßige wöchentliche Platz wird möglicherweise erst in einem Jahr frei."

EIN MONAT ist vergangen, seitdem ich bei Heyhäuser war. Es hat mir gut getan, mit ihm zu sprechen, diese eine Begegnung hat den Druck in mir gemildert. Weg ist er nicht. Gemildert. Wir haben vereinbart, dass er alle vier, fünf Wochen eine Stunde für mich reserviert, wenn es eben möglich ist oder ein Patient kurzfristig ausfällt. Habe eventuell einen Prominentenbonus. Andererseits bin ich zeitlich ziemlich flexibel.

„Hausaufgaben" hat er mir vorgeschlagen für die Zeit dazwischen. Ich schreibe seitdem eine Art wildes Tagebuch; was in mir tobt, schmiere ich da rein…es erleichtert mich. Komisch, ziemlich oft taucht mein Vater auf, obwohl der seit über dreißig Jahren tot ist.

Fast so oft wie mein Sohn, über den schreibe ich natürlich ausführlicher.

Außerdem hat Heyhäuser mir Dehnungs- und Achtsamkeitsübungen empfohlen. Habe mich in der Volkshochschule zu „Qigong und bildlose Meditation" angemeldet. Die Kursleiterin gefällt mir in ihrer gelassenen Art; ihre Anweisungen sind ruhig und klar, es fehlt, zum Glück, jede Art missionarischer Überzeugungseifer. So was kann ich nicht ab. Nee, nicht ich!

Jedenfalls sitze ich seitdem jeden Tag eine Viertelstunde still auf einem Stuhl, die Hände ineinander gelegt, die Daumen berühren sich, und zähle Atemzüge. Gedanken soll ich wie Wolken am Himmel ziehen lassen, meinte die Kursleiterin. Fällt mir schwer, sehr schwer. Bleibe ständig bei den verrücktesten Sachen hängen, egal. Die Übung passt mir, ich habe sie bisher keinen Tag ausgelassen.

Anja ist überrascht von meinem Verhalten und den neuen Ideen. Von dem Psychotherapeuten weiß sie nichts, niemand weiß davon; das mit der Meditation gefällt ihr, glaube ich. Sie grinst, aber respektvoll, wenn ich mich zu meinen „Übungen" zurückziehe. Als Yogalehrerin kennt sie sich aus, ich hatte mich früher von dem Kram, den andere Spiritualität nennen, zurückgehalten.

Freue mich auf das Gespräch mit Heyhäuser morgen. Vorher einen Cappuccino in meinem Lieblingscafé, wo mich jeder kennt und trotzdem oder genau deswegen in Ruhe lässt …

GLEICH ERSCHEINT Tello, Herr Tellmann, natürlich. Bin gespannt, was sich bei ihm getan hat. Ist eine außergewöhnliche Situation. Wird in seinem siebten Jahrzehnt von einer ungeplanten Vaterschaft überrascht, ohne dass er Kontakt zu dem Kind hat oder haben darf. Klar bringt ihn das aus dem Gleichgewicht, zumal er sensibler wirkt, als ich ihn mir von der Bühne her vorgestellt habe.

Ich freue mich auf ihn. Ist eine spezielle Erfahrung, ein eigenes Jugendidol vor sich sitzen zu haben, Teile aus seinem Leben zu erfahren …

„WIE GEHT es Ihnen, Herr Tellmann?"

„Besser! Der Druck ist milder, nicht weg. Tagebuchschreiben hilft mir, stilles Sitzen genauso; hätte nie gedacht, aber es macht mir sogar Spaß. Meistens jedenfalls. Habe früher geglaubt, das sei nur langweilig, wenn meine Frau auf einem Meditationswochenende war. Aber – ich will keine Zeit verlieren. Ich hab Ihnen noch nicht berichtet, wie ich es erfahren habe."

„Stimmt."

„Ich habe einen anonymen Brief bekommen. Die Nachricht lautete:

‚Dein Sohn feiert heute seinen zweiten Geburtstag. Bitte keinen Kontakt zu mir aufnehmen.'

Keine Unterschrift, keine Adresse, kein Garnichts; irgendwo in Nürnberg abgesendet, das konnte ich am Stempel herausfinden…"

„Mmmh."

„Was mich am meisten an der Sache irritiert hat, ist die Widersprüchlichkeit. Zuerst konfrontiert mich die Frau mit dieser Hammernachricht und im nächsten Atemzug fordert sie Kontaktvermeidung."

„Haben Sie eine Idee, was dahinter stecken könnte?"

„Wahrscheinlich hat sie Angst, will ihre Ehe nicht aufs Spiel setzen, irgendetwas in der Art. Anfangs habe ich einen Erpressungsversuch vermutet; nachdem zwei Monate nichts Neues eingetroffen ist, scheint mir das abwegig. Völlig unklar ist mir, warum sie mich informiert hat, wenn sie keinen Kontakt will. Kapiere ich nicht!"

Schweigen.

„Sind Sie denn sicher, dass die Geschichte stimmt und nicht nur ein übler Scherz von jemandem ist, der aus irgendeinem Grund verärgert über Sie ist?"

„Bin ich nicht! An einen Scherz glaube ich trotzdem nicht. Ich habe über die Zeit, in der es passiert sein muss, nachgedacht. Es kann nur eine Frau sein. Ich erinnere mich nicht an ihren Namen, nur an ihr Aussehen. So häufig nutze ich außerdem die Gelegenheiten nicht; früher war das öfter der Fall, obwohl – Sie können sich nicht vorstellen, wie oft ich nach wie vor mit eindeutigen Angebote nach den Auftritten konfrontiert werde."

Mir ist warm, ich schwitze, vielleicht erröte ich sogar eine Spur.

„Doch, kann ich mir vorstellen. Also, Sie meinen, es kommt nur eine Person in Frage?"

„Ich habe nachgerechnet. Vor zwei Monaten kam der Brief, dazu zwei Jahre und die Schwangerschaft. Es muss ein Konzert in Erlangen gewesen sein; es war in den letzten drei Jahren das einzige Abenteuer, auf das ich eingegangen bin. Man wird", Mann, ist das unangenehm, „ja auch älter. Außerdem ist der Kick nicht mehr so da und letztlich, selbst wenn es sich nicht so für Sie anhört, steh ich wirklich auf meine Frau."

Ich bin fix und fertig. Extrem peinlich! Ich habe nie mit meinen Affären angegeben, den Deckel der Verschwiegenheit darauf gehalten…und nun beichte ich einem wildfremden Mann.

Selbst wenn ich mein Gegenüber mag und ihm überraschenderweise trotz der kurzen Zeit, die ich ihn kenne, ziemlich vertraue, das geht weit. Aber es gibt kein Zurück. Nur nach vorne, wohin der Weg auch führen mag.

„Weiß Ihre Frau von Ihren Affären?", holt mich Heyhäuser abrupt aus meinen Gedanken.

„Nein, natürlich nicht, ich hoffe nicht…oh Gott, ist das bescheuert!", stottere ich. „Lassen wir Anja eine Weile aus dem Spiel, sonst wird das Durcheinander zu groß. Zuerst möchte ich meine Gedanken zu der Geschichte loswerden."

Der Therapeut nickt; ich weiß, er wird seine Frage nicht vergessen …

ICH ÜBERLEGE in den nächsten Wochen hin und her. Anja und die Kumpel in der Band empfinden mich zeitweise als komplett abwesend; kann ich nachvollziehen.

Die Unsicherheit bleibt. Stimmt das mit dem Kind überhaupt?

„Dein Sohn feiert heute seinen zweiten Geburtstag."

Warum hat die Frau so lange gewartet? Warum schreibt sie gerade jetzt? Will sie mit dieser Aussage nicht doch Kontakt aufnehmen? Quatsch, natürlich ist es eine Kontaktaufnahme! Sonst hätte sie schweigen können und es hätte nie jemand davon erfahren. Warum also?

Manchmal wäre mir am liebsten, sie hätte nie geschrieben. Vorher hatte ich eine lässige Zeit, jedenfalls in meiner Erinnerung, nun leide ich wie ein Hund. Hätte sie mich besser in Ruhe gelassen!

„Bitte keinen Kontakt zu mir aufnehmen."

Klingt unlogisch, ver-rückt mit Bindestrich. Sie nimmt Kontakt auf, ich soll keinen Kontakt aufnehmen. Erst die Info, sofort danach die Verweigerung. Was soll das?

Der Psychotherapeut hat mir eine Frage mitgegeben. Warum mir das Ganze überhaupt wichtig sei.

Stimmt! Warum steigere ich mich so hinein, dass ich jede Nacht aufwache? Vergiss die Story einfach! Wenn es nicht stimmt, war es nur ein übler Scherz, wenn es stimmt und sie keinen Kontakt will, okay. Das Kind muss nie von mir erfahren, der dumme Brief gerät bei ihr und bei mir in Vergessenheit.

Vielleicht ist sie alleinerziehend, steckt in Geldnot?

Glaub ich nicht, dann hätte sie den Brief anders formuliert, etwas angedeutet oder gewollt.

Also, warum vergesse ich die Geschichte nicht einfach?

Mmh, erstens weil sie über mich hinausreicht. Mir ist klar geworden, was meine Abenteuer für Anja, ach was, für uns beide und unsere Beziehung mitschwingen lassen…aber, in dieses Feld will ich nicht hinein…noch nicht. Zu gefährlich! Obwohl ich weiß, ich muss mich irgendwann outen.

Muss! Ob ich will oder nicht!

Der zweite Grund haut mich definitiv vom Sockel.

ICH HABE EINEN SOHN!!

Jedes Mal durchkribbelt es aufgeregt meinen Oberkörper, wenn ich das emotional zulasse. Eine Gänsehaut jagt die andere, wenn dieses Wissen mich überfällt. Ein Wirrwarr im Bauch zerzaust mich, ich verliere mein klares Denken; es strudelt mich in eine Tiefe, von der ich nichts in mir wusste …

Was ruft mich auf, zwingt mich geradezu, ständig daran zu denken, egal, ob es stimmt oder nicht …?

„WEIßT DU was, Tello, du wirkst abwesend in letzter Zeit und, mmhh … traurig. Ist was? So zurückgezogen kenne ich dich nicht. Was ist los?"

Anja sitzt mir gegenüber am Frühstückstisch. Ich schaue an ihr vorbei. Hinter ihr belebt ein eingebautes Bücherregal, mit bunten Koch- und Pflanzenbüchern unterschiedlicher Größen, die Wand. Es hat mir immer gefallen, jetzt rettet es mich durch den ersten Schock nach der Frage. Ich versuche mich auf die Farben und die Titel zu konzentrieren, doch sie verschwimmen vor meinen Augen. Was soll ich tun?

Natürlich hat Anja Recht. Ich bin abwesend, ziehe mich schweigend in mein Zimmer zum Tagebuchschreiben zurück, hänge abends mit Bier vor dem Fernseher, obwohl mich überhaupt nicht interessiert, was ich mir reinziehe.

Sogar die Kumpels der Band haben es gemerkt. Ich bin ausgewichen, habe von Winterschlaf und Frühjahrsmüdigkeit gefaselt; überzeugend klang das selbst für mich nicht. Wir haben es vorläufig dabei belassen, aber klar werden sie nachhaken, schließlich haben wir einen Ruf und dadurch einen zu verlieren.

Am Morgen, als ich mit dem Hund kurz Gassi gegangen bin, hat mich eine ältere Frau, die an ihrem Zaun lehnte, angesprochen.

„Frühling", hat sie gelächelt und auf den winzigen Vorgarten hinter sich gedeutet, „ist, wenn dreißig Gänseblümchen auf einem Quadratmeter wachsen."

Warum fällt mir das gerade ein? Und warum treibt es mir Tränen in die Augen?

„Mensch, Tello", reißt mich Anja aus meinen Gedanken, „ich weiß nicht, was mit dir los ist. Verspätete Midlifecrisis oder eine Spätwinterdepression? Erzähl mir einfach, was in dir vorgeht. Wir gehören doch zusammen, ich mach mir wirklich Gedanken um dich ..."

Anja weint.

Erzähl mir, was los ist. Wenn das so einfach wäre! Mir dreht sich der Magen um, wenn ich daran denke, wie Anja reagieren wird, wenn sie mein Geständnis hört. Langsam begreife ich die Tragweite meines jahrelangen Verhaltens. Habe es freudvoll verdrängt, erst der Brief hat es hervorgerissen.

Wie gerne würde ich meine Sorgen und Hoffnungen teilen, meine innerliche Aufregung, meine manchmal abgrundtiefe Verlorenheit. Ja, Anja hat Recht. Ich bin abwesend ... und ich bin traurig.

Was das Blödeste ist: Ich kann den wahren Grund nicht aussprechen, jedenfalls noch nicht. Muss es mit mir alleine ausmachen, unterbrochen von einer Stunde im Monat.

Aufschreiben ist hilfreich, wie eine Reise ins Unbekannte meiner Gefühle. Aber mir fehlt das Gegenüber. Der Austausch, Hirn und Herz im Gespräch, von mir aus auch der Streit ...

„Jetzt schweigst du wieder!"

Anja wischt sich Tränen von der Backe.

„Ich mache mir Sorgen. Willst du mehr spielen, fehlen dir der Trubel und das Feiern nach den Auftritten? Haben wir uns im letzten Jahr zu sehr zurückgezogen? Ich kann es nachvollziehen, wenn du raus in die Öffentlichkeit und powern willst ..."

„Mmhh, das Gegenteil ist der Fall", kann ich endlich einhaken. „Ich merke selbst, ich verhalte mich komisch. Aber es ist so, dass ich eher aus der Band raus will als rein. Da ist was vorbei."

Ich zögere. Nein, noch nicht. Noch kann ich nicht beichten.

„Was meinst du, wollen wir das Wohnmobil dieses Jahr früher frühlingsklar machen und ab Mitte April für zwei Monate ans Mittelmeer fahren?", lenke ich ab. „Ich will nicht zurück ins Alte, das Gewimmel um die Band bedeutet mir kaum noch etwas. Die Jungs haben es gemerkt, ich glaube, heimlich suchen sie eh einen neuen Leadgitarristen. Es ist, als wenn was Neues aus mir raus will, so ne Art Geburt."

„Wow, große Worte!", lächelt Anja, die sich wohl gefangen hat, nachdem ich endlich reden konnte. „So ne Art Geburt. Na, da bin ich gerne dabei."

Für einen Moment muss ich grinsen. Ob sie das genauso sagen würde, wenn sie wüsste, worum es tatsächlich geht?

„Wechseljahre", meint Anja trocken, „du weißt, auch Männer leiden darunter. Wo ich endlich fast durch bin, scheinst du dran zu sein. Aber", setzt sie fort, „die Idee mit der Reise gefällt mir. Ich habe sogar einen Vorschlag. Petra und Jochen waren letztes Jahr mit dem Wohnmobil in Kroatien und Montenegro unterwegs. Wir könnten sie besuchen, kochen, Bilder anschauen, die haben sicher jede Menge Tipps für uns."

Anjas Begeisterung steckt mich an. Ein Kraftschub, wie lange nicht.

„Ja, gut! Ruf sie gleich an. Ich besorge einen Reiseführer von Kroatien …"

„Und ich putze den Winterdreck aus dem Womo. Muss es nicht dieses Jahr zum TÜV?"

„Nicht vor Juli, kein Problem."

Ich spüre, wie uns Pläne schmieden zusammenschweißt.

„Wir packen das, Tello!", meint Anja leichthin, aber überzeugt.

Ich drücke die Tränen, die in mir aufsteigen, mit Mühe zurück. Nicke …

ICH MERKE, wie mir Paula näher kommt. Sie war eher Anjas Hund gewesen in den letzten elf Jahren. Ich war ja meistens auf Tournee oder in Proberäumen, nahezu die Hälfte des Jahres. Anja war mit ihr als junger Hündin in der Welpenschule und später im Agilitytraining, sorgte für die Impfungen und die Tierarztbesuche. Bürstet Paula mit Freude und Hingabe, wäscht fluchend ihr welliges blondes Fell, wenn sie sich in Schafskötteln gewälzt hat. Sie liebt die gemütliche Retrieverhündin.

Ich habe Paula – innerlich – von mir ferngehalten. Nicht ich, das war, wie so oft, meine Devise. Hund waschen, nein danke, Gassi gehen war okay. Doch wehe, wenn sie einer Katze hinterhergejagt ist … dann wurde ich fuchsteufelswild. Nur nicht auffallen, nur nicht zu viel Verantwortung; Nähe in sparsamen Dosen, Abstand von enger Bindung oder gar Liebe. Wie ich das anscheinend mein ganzes Leben gehalten habe.

Ob ich so auch mit Anja in unserer Beziehung umgegangen bin? Darüber muss ich mit Heyhäuser sprechen.

Keine Angst vor Sex, aber riesige Vorsicht vor Nähe oder Liebe, was immer das sein mag, war mein Credo. Sozusagen Flucht in die körperliche Umarmung bei innerem Abstand.

Und nun wallt zunehmend Zärtlichkeit zu unserer Hündin in mir auf. Seit Wochen drehe ich morgens eine große Runde mit Paula in den Wiesen an der Pegnitz. Gut für die Gesundheit, gut gegen den Bierbauch, rede ich mir ein.

Aber es ist mehr!

Sicher war es schon vorher mehr und ich habe es mir nur nicht zugestanden. Seit ich mit meinem möglichen Vatersein beschäftigt bin, wird es mir warm in der Brust, eng und weit zugleich; ich bin gerührt und berührt, wenn Paula mir in die Augen schaut.

Um mich herum schallt das frühlingshafte Zizipeh der Meisen und das eindringliche Piepsen der Buchfinken im Gebüsch, während ich beobachte, wie Paula gemächlich zum Fluss hinunterschlendert und mit ihrer großen Zunge Wasser schlabbert.

Ob mein Sohn über diese Wiesen mit seiner Mutter spaziert und, wie ich, die Krokusse, die grün-weißen Schneeglöckchen und die zarten blauen Sterne entdeckt, deren Namen ich nicht kenne? Nicht auszuhalten!

Manchmal wirft Paula, die altersgemäß gemütlich neben mir trabt, einen kurzen, wissenden Blick zu mir hoch.

Bemerke ich erst jetzt, wie viel Vertrauen und Nähe von diesen braunen Augen zu meinen fließen? Habe ich das versäumt, mein Leben lang? Nicht sehen wollen oder können?

Ich weiß wohl, wie ich meine Tage und vor allem die Nächte früher gefüllt habe; womit habe ich mein Herz gefüllt in dieser Zeit?

MEINE TRÄNEN fließen, als ich all dies und einiges mehr dem Therapeuten erzählt habe. Fühle mich wie ein kleiner Junge unter seinen freundlichen Augen, wie ein Bub, der sein Herz einst verschlossen und den Schlüssel tief in sich versteckt hat.

„Mein Sohn ist zweieinhalb … und ich bin nicht dabei! Bei ihm. Darf nicht dabei sein …“, schluchze ich.

„Scheiße, das tut weh; scheißweh! Ich hab so einen Schmerz da drin … können Sie das verstehen?“

Der Mann gegenüber nickt leicht, ich kriege es durch meinen Schleier mit. Ach, wenn ich nur so einen Vater gehabt hätte … Schluchzer, meine Nase läuft … der Mann steht auf, kommt zu mir rüber, gibt mir ein Papiertaschentuch … kniet neben meinem Sessel … ich klettere runter, rutsche in seine Arme, weine und weine, kuschele mich ganz, ganz fest an ihn.

Irgendwann merke ich, wie der Therapeut sanft über meine Haare streicht. Ich schaue ihm unsicher, aber irgendwie glücklich in die Augen.

„Na, zurück!?", lächelt er mich an.

Ich nicke. Sein Hemdkragen ist nass von meinen Tränen. Peinlich? Nein, gerade nicht, es ist einfach so.

Heyhäuser steht auf, setzt sich in seinen Sessel.

Wir schweigen eine Weile, ein ruhiges, vertrauensvolles Schweigen.

„Die Stunde ist bald zu Ende", meint der Therapeut weich. „Ein paar Minuten haben wir noch, es ist gut, wenn Ihr erwachsener Teil ganz langsam die Führung übernimmt."

Ich nicke.

„Sorgen Sie für sich in den nächsten Stunden", fährt er fort. „Sie sind tief in alte Zeiten eingetaucht. Wir nennen das ‚in die Stromschnellen gehen'. Ist intensiv und oft heilsam. Es kann einen ziemlich erschöpfen."

Spüre ich.

„Vor allem sollten Sie nicht sofort Auto fahren. Lassen Sie sich Zeit für den Übergang."

Werde mir alle Zeit der Welt lassen. Alles so weich und warm.

„Machen Sie sich bitte auch klar, andere Menschen wissen nicht, was Sie erlebt haben. Die anderen sind im normalen Alltagsmodus und könnten Ihre Stimmung nicht nachvollziehen. Nicht jeder wird begreifen, was Sie erlebt haben."

Klar. Ich muss ja selbst erst begreifen, was ich eben erlebt habe. Eigentlich unvorstellbar.

Ich putze meine Nase und äuge zu dem Therapeuten hinüber. Er sitzt lächelnd in seinem Sessel, nickt mir freundlich zu.

Plötzlich muss ich lachen. Heyhäuser lacht mit.

„Ich bin dankbar, dass es Sie gibt und ich Sie kennenlernen durfte", sage ich leise.

„Ganz meinerseits", grinst er.

Die Welt draußen strahlt, als ich mich von Heyhäuser nach einer spontanen Umarmung verabschiedet habe. Der Himmel blitzeblau mit weißgrauen Federwölkchen, das alte rote Backsteinhaus gegenüber der Praxis nickt mir grüßend zu, die geparkten Autos in der Straße wirken überaus zufrieden.

Ich bin hellwach und gleichzeitig erschöpft. Sehe ein Bistro an der Ecke, das ich bisher nie bemerkt hatte. „Iss was!", heißt es und es hat völlig Recht.

Eine unglaublich hübsche Bedienung bringt mir nach kurzer Zeit die Weißwürste mit einer Semmel, die ich zu meiner eigenen Überraschung bestellt habe. Und ein Weißbier; ich, der es gewöhnlich vermeidet, vor dem Abend Alkohol zu trinken.

Der süße Senf und die Wurst zergehen auf meiner Zunge. Ein Schluck Hefeweizen dazu, ein Genuss. So intensiv!

„Um Ihren Hals hängt ein Schild, darauf steht ‚Frisch gestrichen!'. Denken Sie daran", hat der Therapeut zum Abschied gesagt.

Ja, so fühle ich mich: „FRISCH GESTRICHEN!"

DIE EUPHORIE weicht weitgehenden Überlegungen in den nächsten Tagen. Es gibt einiges zu ändern: Geheimnisse sind aus der Welt zu schaffen, Verschwiegenes ist hervorzuholen, Verschüttetes, auch Neues drängt nach vorne und will zugelassen werden.

Über das Wann und Wie und die Geschwindigkeit bin ich mir nicht im Klaren, vor allem nicht, welche Reaktionen ich zu erwarten habe. Ob ich meinen Sohn je kennenlernen werde, liegt nicht in meiner Entscheidung, merke ich. Aber ob ich eine neue Ordnung ins letzte Viertel meines Daseins bringen kann, das liegt mit in meiner Entscheidung.

All das muss nicht gleich sein, nur soll es nicht verdrängt werden. Das Abenteuer beginnt heute; das Abenteuer ‚Leben' startet in meinem dreiundsechzigsten Jahr … Schluss mit Ende fünfzig!

ANJA HAT zwischenzeitlich ihr Faible für Rhabarber entdeckt. Er sprießt wild und üppig in einer Ecke des großen Geländes von Petra und Jochen.

„Ich will einen Garten", hat Anja nach dem gelungenen Abend mit Bildern, Tipps und köstlichem Essen wieder einmal genörgelt. „Raus aus dem Stadtmief, ich möchte auf dem Land mit den Füßen auf dem Erdboden alt werden und nicht im zweiten Stock eines Mehrfamilienhauses!"

Ich habe genickt, obwohl ich mir das eher nicht vorstellen kann. ‚Nicht ich', habe ich mir gedacht, aber manchmal ist nicken und schweigen besser als widersprechen.

Jedenfalls hat Petra uns etliche der rotgrünen Stangen mitgegeben. Anjas Rhabarberkuchen mit Sahne schmeckt köstlich, ihr Rhabarberkompott ist ein Genuss, das Rhabarberchutney, eine Kreation, die ihre Schwester bei einem zweitägigen Besuch beigesteuert hat, rundet geschmackvoll süß-säuerlich jedes Gemüse ab.

Es macht mir Spaß, dass Anja Spaß hat. Zwar lauert das Ungewisse in meinem Hintergrund, trotzdem genieße ich diesen Frühling wie selten. Beobachte bei meinen Spaziergängen mit Paula, wie die gelben Forsythien blühen und andere Büsche kurz davor sind, vorsichtig grüne Blättchen hervorzudrängen. Freue mich an den bunten Farben in den Vorgärten, meine, nie so unterschiedliche Vogelstimmen gehört zu haben.

Zweimal wöchentlich treffe ich die Jungs im Übungsraum, wir fetzen, was das Zeug hält; manchmal meine ich, ich lasse mich an der Gitarre freier als früher. Die anderen bestätigen das, drängen plötzlich auf neue Songs, sehen uns in einer produktiven Phase, im silbernen Aufwind. Ein neues Album steht im Raum.

Ich hebe bei diesen Diskussionen in der Kneipe lässig mein Bier, winke lächelnd ab. Wir als Rentnerband mit weißgrauen Resthaaren sollten unsere Grenzen respektieren, meine ich. Einen ordentlich bezahlten Gig dann und wann in Erinnerung an die wilden Zeiten, mehr brauche zumindest ich nicht.

Als die Gespräche und Ideen konkreter werden, ist mein Entschluss gefasst.

„Startet ohne mich durch, wenn es euch juckt. Für mich ist es okay, wenn ihr einen neuen Gitarristen sucht."

Der Tumult ist groß, der Abend lang. Schließlich stellt sich beim vierten Bier heraus, dass die anderen seit längerem so ein Statement erwartet hatten.

„Du hast dich geändert", murmelt Ralf, unser Schlagzeuger, und zieht eine sorgenvolle Miene. „Irgendetwas geht in dir oder um dich herum vor … ich kann nicht einschätzen, ob ich das gut finde."

Wir einigen uns auf eine kleine, feine Abschlusstournee in Süddeutschland um die Jahreswende. Für diese letzten Konzerte soll mit meinem Abschied geworben werden. Danach, im nächsten Jahr, könnten sich die Jungs in verjüngter Formation neu aufstellen, schlägt unser Manager vor.

Ich bin absolut einverstanden. Mein Weg führt eher zur Akustikgitarre am Lagerfeuer als in die Konzertsäle. Eine Welt in mir stirbt langsam und versinkt, die andere allerdings gleicht meistens einer unerforschte Landkarte.

Ziemlich betrunken torkeln wir zur U-Bahn. Plötzlich nehmen wir uns an den Schultern, bilden einen Kreis und grölen den Song, der uns bekannt gemacht hat. Dann, bevor uns die Polizei wegen Ruhestörung einbuchtet, klatschen wir ab. Weg sind sie, die Freunde. Für einige Sekunden war die Zeit zurückgedreht, jetzt nimmt die Gegenwart Geschwindigkeit auf.

MEINE HAUT ist dünn wie kostbare Seide, manchmal. Wenn Anjas Rhabarberkuchen gelbrot auf dem Tisch glänzt, die weiße

Sahne frisch geschlagen daneben steht, der schwarze Kaffee in der Presskanne glücklich gluckst, schwebe ich zwischen Spießertum und Tränen.

Ich schlucke sie, aber damit vermeide ich unweigerlich das klärende Gespräch, die Auseinandersetzung, die Wahrheit und Wirklichkeit meines Seins. Schlucke die Wahrheit, die auf mich zukommt, wenn ich Anja reinen Wein einschenken werde.

Ich will, doch ich kann nicht. Schuldgefühle, die ich früher wegschieben konnte, überspülen mich unvermittelt, vermischt mit Angst, es gibt eine Katastrophe, sobald ich anfangen werde zu beichten. Unsere Beziehung, die ich lange nebenher laufen ließ, erscheint mir wie ein funkelnder Edelstein, der zerbersten könnte. Nicht spritzig wie Champagner, eher tief wie dunkelblaues Meer.

Als wir miteinander schlafen, gewinnt unser an sich vertrautes Zusammensein eine schmerzhafte, vergängliche, kostbare Dimension für mich. Alles scheint gleichzeitig gewonnen und verloren, während ich in ihr ruhe oder mich sanft bewege. Heimat und Verstoßenwerden – unwiderruflich verknüpft, nur noch nicht ans Tageslicht gezerrt.

Nach der Liebe, die wir uns, möglicherweise altersgemäß, ich weiß es nicht, denn in unserem Bekanntenkreis spricht niemand mehr über Sex, einmal die Woche gönnen, schlummern wir entspannt nebeneinander ein. Im Halbschlaf habe ich plötzlich meinen Sohn im Arm. Er kuschelt sich weich in meine Achselhöhle, still, warm, vertraut. Ich erschrecke, als ich kurze Zeit später aufwache und da nichts ist.

‚Nicht ich!‘, war und ist mein Leitspruch. Mittlerweile hat dieser Rückzug von Verantwortung mich eingeholt, überholt. Ver-antwort-ung! Habe ich versäumt, eine Antwort auf den Ruf des Seins zu geben? Habe ich mir selbst mit meinem ‚Nicht ich!‘ mein volles Leben missgönnt?

DAS WOHNMOBIL ist gepackt. Anja hat es mit Ökovorräten ausgestattet, ich mit Wasser und Bier. Übermorgen Heyhi, wie ich ihn mittlerweile in mir nenne, treffen, dann beginnt die Reise durch die Alpen in den Südosten Europas, für die es kein festgelegtes Ende gibt. Die Jungs wissen Bescheid, Termine für die Abschiedstournee sind festgelegt, der Kartenvorverkauf beginnt Anfang Mai. Während wir weg sind, probieren sie es mit verschiedenen Gitarristen, einer wird mein Nachfolger werden.

„In den letzten Monaten, genaugenommen seit dem Brief, ist mein Leben völlig auf den Kopf gestellt worden", beginne ich die Sitzung.

„Oder vom Kopf auf die Füße!?", grinst mein Gegenüber.

„Ja, das ist das exaktere Bild. Allerdings scheint mir der Boden unter den Füßen wackelig… und manchmal extrem heiß. Und, um im Bild zu bleiben, ab und zu drückt es ich mich nieder wie ein elender Erdwurm …"

„Mmmh", brummt Heyhäuser.

„… vor allem, weil bisher nichts Konkretes passiert ist. Ich habe weder Anja die Wahrheit gebeichtet noch irgendetwas über meinen Sohn erfahren. Und ich weiß nicht, wie ich in diesen verflixten Geschichten verfahren soll."

„Klingt ‚verfahren', wie Sie gerade selbst sagten."

„Ist verfahren. Obwohl ich wie in einem Intercity sitze und die Welt an mir vorbeirauscht, komme ich andererseits keinen Schritt voran."

Ich schweige nachdenklich.

„Oft sind Ereignisse lediglich der Auslöser, nicht die Ursache", platzt der Therapeut trocken in die Pause hinein.

Das muss ich erst klar kriegen.

„Sie meinen, die Sache mit dem Kind könnte eventuell nicht die eigentliche Ursache für meine Krise, meinen Wandel oder wie immer ich es nennen soll sein?"

„Zumindest war sie der Auslöser dafür; denn seitdem setzen Sie sich intensiv damit auseinander, wie Sie das letzte Drittel Ihres Lebens gestalten wollen."

„Eher Viertel."

„Von mir aus auch Viertel. Aber, ich will es mal derb formulieren", fährt der Therapeut fort, „das mit dem Kind hätte Ihnen doch am Arsch vorbeigehen können. Warum deswegen irgendetwas ändern?"

Ich bin baff.

„Stimmt", meine ich, nachdem ich mich gefasst habe, „ich hätte ja denken können: Was soll's, wünsche dir alles Gute, Winzling, und ab damit."

„Genau! Das meine ich mit Auslöser."

„Und es war ein erdbebenartiger Auslöser…ist es weiterhin. Sie haben ja mitbekommen, was in mir aufbrach, und mein Tagebuch singt ein Lied davon. Aber …", ich überlege laut, „wenn es der Auslöser war, wo liegt der Grund, die Ursache?"

Heyhäuser schweigt.

„Obwohl ich seit unserem letzten Treffen eine Ahnung bekommen habe. Sie glauben also", setze ich zögerlich nach, „meine Familie, speziell mein Vater, ist der Grund?"

„Was meinen Sie selbst?"

„Wenn ich ehrlich mit mir bin, kein Zweifel."

„Sehe ich genauso. Die Erfahrungen in Ihrer Kindheit haben sicher eine große Rolle im Hintergrund Ihres Erwachsenenlebens und bei Entscheidungen gespielt. Wenn Sie wollen", Heyhi blickt mich direkt an, „machen wir nach Ihrer Reise bei der Erforschung Ihrer Kindheit und den dabei gebildeten Grundüberzeugungen weiter. Im August wird ein Platz frei, ich reserviere ihn, wenn Sie möchten."

„Will ich!", zögere ich keine Sekunde.

„Gut, spätestens Anfang September legen wir los. Wir müssen

allerdings über die Bezahlung sprechen. Wollen Sie weiterhin selbst bezahlen oder soll ich einen Antrag bei Ihrer Krankenkasse einreichen?"

„Nein, auf keinen Fall!", fahre ich auf. „Ich will selbst bezahlen. Geld ist nicht mein Problem und ich will nicht in irgendwelche bürokratische Verwicklungen einsteigen müssen. Nicht ich!"

„Nicht ich! Ihr Lieblingsspruch, oder!?", lächelt der Therapeut. „Ist das eher ‚Flucht vor dem Aufwand', ein peinliches Gefühl des Schwäche-Zeigens oder tatsächlich Ihr eigener Entschluss?"

Heyhäuser, der Hund, hat mich mal wieder erwischt, denke ich, schwankend zwischen Missfallen und beeindruckter Hochachtung.

„Okay", meine ich nach kurzer Pause, „ich lasse es mir durch den Kopf gehen."

„Eine Entscheidung reicht nach Ihrer Reise. Wir können die Papiere kurzfristig nachreichen", schließt der Therapeut das Thema.

Zum Abschluss der Stunde erzählt mir Heyhi, der mir in unseren wenigen Begegnungen echt ans Herz gewachsen ist, eine Geschichte.

„Ich möchte sie Ihnen für Ihre Reise mitgeben", beginnt er. „Sie bedeutet mir selbst viel. Sie heißt:

Welchen Wolf du fütterst

Der alte Indianerhäuptling sitzt mit seinem Enkel auf einem Felsen und schaut hinunter ins Tal.
‚In jedem von uns leben zwei Wölfe', beginnt er. ‚Der eine ist dunkel und es ist schwer, mit ihm umzugehen. In ihm sitzen Hass, Wut, Neid, Bösartigkeit, Streit, Angst, Gier, Eifersucht und Härte.'
Der kleine Junge sieht den Großvater aufmerksam an.

‚Im anderen Wolf‘, fährt der Alte fort, ‚wohnen Freundlichkeit, Gelassenheit, Güte, Geduld, Aufrichtigkeit und Anteilnahme. Er ist hell und er ist gerne gesehen.‘

Sein Enkel nickt eifrig.

‚Diese beiden Wölfe kämpfen Tag und Nacht in uns um die Vorherrschaft …‘

‚… und welcher gewinnt?‘, unterbricht ihn der Junge aufgeregt.

‚Oh, das ist einfach‘, lächelt der Großvater, ‚es kommt darauf an, welchen Wolf du fütterst …‘

Ich drücke Heyhäuser zum Abschied. Bemerke seinen starken, männlichen Körper, rieche einen Hauch seines Rasierwassers. Es ist etwas wie Liebe, was ich spüre; kindliche Liebe, reife Liebe, auf jeden Fall eine ungewohnte Wärme, die sich in meinem Körper ausbreitet …

ZWEITES KAPITEL

SUSANNE

„PAPI! PAPI"

Der Junge rennt zu seinem Vater und klettert auf seinen Schoß. Sie schauen Bilder vom Urlaub an.

„Tante Mele Burgen debaut."

„So, die Tante hat Burgen mit dir im Sand gebaut? War der Sand denn weich?"

„Danz weich. Josha hat Wasser holen."

„Womit hast du das Wasser geholt?"

„Dießdanne. Auf Mami schüttet", lacht das Kind.

„Was, du Lümmel hast Wasser über die Mama geschüttet!"

Beide lachen.

„Ja! Und viiiel schwimmen."

„Ihr seid also im Meer geschwommen. War das Wasser warm."

„Schön warm. Rote Dinger andehabt. Danz toll!"

„Schwimmflügel, meinst du. Die sind, damit du nicht untergehst."

„Jaa. Josha mit Mele Wasser depantscht."

„Du hast mit Tante Mele im Wasser geplantscht? Magst du die Tante gern?"

„Danz, danz lieb!"

Der Junge denkt nach.

„Papi?"

„Ja?"

Der Junge legt seinem Vater die Arme um den Hals und drückt sein Gesicht an ihn.

„Papi lieb hab. Mehr als Mele."

Sein Vater drückt ihn an sich.

„Ulaub, Papi mitdommen!", sagt das Kind, ernst.

„Du meinst, wenn ihr in Urlaub fahrt, soll ich mitkommen?"

„Ja! Bitte, bitte!"

„Ja, das verspreche ich dir. Beim nächsten Mal bin ich dabei."

....

„WIESO BIST du darauf gekommen, diesen Brief zu schreiben; magst du mir das erklären, Sanne?"

Mir gegenüber, im schicken, knappen, rot geringelten Bikini, sitzt Mele, meine große Schwester. Eben hatte sie ihre langen Beine relaxed auf einem Hocker abgelegt; meine Story von dem Brief hat sie nach vorne gerissen, sodass sie kerzengerade auf ihrem Stuhl thront und mich entgeistert anstarrt.

Ich schaue an ihr vorbei, vom Balkon im zweiten Stock unserer Frühstückspension hinunter auf die blauen Fischerboote, die im kleinen Hafen der griechischen Insel, wo wir die Pfingstferien verbringen, schaukeln. Wir, das sind Melanie, genannt Mele, weil ich als Baby ihren Namen nicht aussprechen konnte, mein Sohn Josha und ich, Susanne, genannt Sanne, weil Mele mir unbedingt auch einen Spitznamen verpassen wollte.

Während ich gerne konzentriert nachdenken würde, verschwimmt das pittoreske Hafenbild für kurze Zeit vor meinen Augen.

Ja, warum habe ich diesen Brief geschrieben?

Hilflos zucke ich mit den Schultern. Während Josha drinnen seinen Mittagsschlaf nach den anstrengenden Sandbuddeleien beim morgendlichen Strandbesuch hält, habe ich Mele von dem Dilemma berichtet. Ich konnte dieses Geheimnis nicht alleine tragen, habe ich in den letzten Monaten zunehmend schmerzhaft gemerkt. Habe gegrübelt, wem ich mich anvertrauen kann; schließlich ist meine Wahl auf meine große Schwester gefallen, die coole Gymnasiallehrerin, die, abgesehen von einer festen Beziehung, ihr Leben wunderbar klar und eindeutig im Griff hat.

In den letzten Wochen vor der Reise, Mele war als Unterstützerin schon letztes Jahr dabei, als Josha ganz klein war, konnte ich es kaum unterdrücken, ihr am Telefon nicht alles zu erzählen, und heute, am zweiten Urlaubstag, ist es endlich auf dem Tisch.

Josha ist nicht der Sohn meines Mannes, der das natürlich nicht ahnt.

„… aus medizinischer Sicht spricht nichts gegen eine Schwangerschaft", war der Standardsatz, den die Doktors regelmäßig verkündet haben. Aber es ging nichts!

Wir haben jahrelang vieles ausprobiert, um Kinder zu bekommen, es passierte nichts, obwohl keine organischen Ursachen zu finden waren. Und dann, als wir eigentlich aufgegeben hatten, war ich plötzlich schwanger. Der klassische Fall, schien es zumindest: überangestrengtes Wollen verhindert die Schwangerschaft, im Aufgeben und Loslassen gelingt es überraschend, das Elternglück um die fünfunddreißig.

So schien es, so haben wir es uns überglücklich erklärt, aber es war nicht so. Ich wusste es sofort nach dem ersten Freudenschrei bei der Frauenärztin, außerdem kann ich rechnen.

Das Kind ist von Tello, meinem einzigen Ausrutscher in zehn Jahren Ehe …

„Schläfst du mit offenen Augen, Sanne? Ich warte auf eine Antwort!", holt Mele mich streng aus meinem Wachtraum zurück. „Dass du einen One-Night-Stand mit einem berühmten Rockmusiker durchziehst, den ich im übrigen auch nicht schlecht finde, ist ein Hammer, aber", Mele grinst frech, „ich kann es nachvollziehen. Dass du deinem Mann das Erlebte verschweigst und, nachdem du schwanger bist, weiterhin verschweigst, kann ich verstehen."

Mele grinst wieder.

„Mothers Baby, Daddys Maybe, das soll es des Öfteren in der Menschheitsgeschichte gegeben haben. Doch dass du zwei Jahre später dem unwissenden und ahnungslosen Kindsvater einen anonymen Brief schreibst, muss mir erst einmal jemand erklären … und dieser Jemand bist du … echt, ich pack es nicht!"

Erneut ziehe ich die Schultern hoch.

„Ich weiß es selber nicht", seufze ich, „es war nicht nur aus einer Laune heraus. In der Schwangerschaft und im ersten Jahr habe ich daran keinen Gedanken verschwendet, denn ich war mit mir und Josha beschäftigt. Danach kamen Fragen in mir auf und außerdem habe ich ein Buch gelesen, das mich auf das Thema gestoßen hat."

„Welches Buch?"

„Ich habe es für dich mitgebracht. Jedenfalls wurde anschließend der Wunsch, ein Zeichen zu geben, drängender. Ich will nichts von diesem Tello, sonnenklar, das war sofort nach dieser einen Nacht eindeutig in mir. Ich wollte mit ihm schlafen, ja, wollte ich, mehr nicht."

Ich überlege.

„Vielleicht wollte ich meine Jugend mit einem Highlight abschließen und mit fünfunddreißig endlich erwachsen werden oder so was. Außerdem waren es eh nur zwei Stunden und ein Riesenfeuerwerk mit Sternschnuppen war es auch nicht …"

„Das will ich später sowieso in allen Einzelheiten wissen", unterbricht mich Mele. „Aber bleib beim Thema …"

„Es ist diffus; es hat damit zu tun, dass ich Josha nicht seinen biologischen Vater verheimlichen will. Weiter weiß ich bisher nicht…deshalb wollte ich ja unbedingt mit dir reden…damit ich endlich wieder einen klaren Gedanken fassen kann", schnaube ich heulend. „Jedenfalls haben wir uns, Rolf und ich, so gefreut, ich konnte während der Schwangerschaft nicht mit der Wahrheit herausrücken."

„Nachvollziehbar! Völlig!", tröstet mich Mele. „Puh! Was für ein Ding und was für eine Überraschung am zweiten Urlaubstag. Weißt du was, ich hol uns den Prosecco aus dem Kühlschrank, den wir vorhin eingekauft haben. Zumindest ich brauche eine Stärkung auf den Schock."

Als ich ins sonnendurchflutete Zimmer blinzle, bemerke ich, wie Mele vor dem Sofa, auf dem Josha schlummert, stehen bleibt. Nach einigen Sekunden schüttelt sie nachdenklich den Kopf und geht zum Kühlschrank.

JOSHA IST ein wonniger, liebenswürdiger Gauner. Er wickelt uns um seine kleinen, dicken Kinderfinger mit seinem Charme und seiner Unbekümmertheit, während die nächsten lichtdurchfluteten Tage wie im Flug vergehen, unterbrochen durch intensive Diskussionen und Auseinandersetzungen, die stattfinden, wenn der Kleine schläft.

Mele und ich finden als Schwestern näher zueinander. Wir haben uns immer gemocht, außer in meiner Pubertät, als ich sie doof, bieder und spießig fand. Doch wen von den Älteren habe ich damals anders als langweilig und doof eingeschätzt.

Das gemeinsame Geheimnis schweißt uns zusammen. An einem Abend, bei der zweiten Karaffe Retsina, gesteht Mele mir sogar, dass sie seit unserer Jugend neidisch auf mich und meine Art zu leben ist.

„Bei dir schien es leichter und lässiger als bei mir. Lockeres Abi…"

„… du warst viel besser als ich in der Schule!", werfe ich ein.

„Ja, aber bei mir war es so … angestrengt. Ich habe alles eng und ernst gesehen, eigentlich hat sich das bis heute nicht geändert, während du mit einem süßen Lächeln selbst Niederlagen und Probleme weggesteckt hast."

„Eher weggelächelt. Innendrin sah es anders aus. Ich war neidisch auf dich, mit all deinen Erfolgen, deiner Schönheit …"

Es ist unglaublich, wie uns die Gespräche zusammenrücken lassen. Es ist, als hätten wir die Tür zu einer neuen Vertrauens-dimension aufgestoßen; ein Platz, an dem Unterstützung und gegenseitiges Zuhören dominieren, nicht Kritik und Infrage-stellung. Obwohl es mir in diesen Tagen durchaus nicht ständig gut geht; denn mein Fehltritt und vor allem die Art, wie ich ihn mit Mele ans Tageslicht zerre, belastet mich. Trotzdem lachen und glucksen wir zwischendrin, als wenn alles Aufgestaute und Unausgesprochene herausbrechen wollte.

„LANGSAM VERSTEHE ich, was dich an diesem Buch nachdenklich gemacht hat."

Ich blicke von meinem Schmöker auf. Wir sitzen auf unserem Balkon im Halbschatten der Mittagssonne, Josha schlummert drinnen. Ich erinnere mich an den isländischen Roman, der am Anfang des 20. Jahrhunderts spielt und den ich im letzten Jahr gelesen habe. Die Hauptperson ist eine künstlerisch begabte junge Frau aus einer armen Familie, die, was in dieser Zeit in Island außergewöhnlich ist, unterstützt von einer reichen Dame, die das Talent des Mädchens bemerkt hat, für drei Jahre Kunst in Dänemark studiert.*

„Wo bist du?", frage ich Mele.

„Na, die Karitas hat nach ihrem Studium diesen gutaussehenden jungen Fischer, den Sigmar, kennengelernt, du weißt schon. Und später, als sie auf dem Bauernhof ihrer Schwester arbeitet, erfährt sie überraschend, dass sie schwanger ist. Sie ist völlig überfordert, schuldbeladen und elend. Außerdem hat sie Angst, ihre Karriere als Künstlerin ist vorbei, bevor sie überhaupt richtig angefangen hat, denn ‚niemand kann mit einem Säugling auf dem Arm arbeiten‘, wie sie so schön sagt.“

„Genau! Und Sigmar soll nichts von seinem Kind erfahren, stimmt's?!“

„So ist es! ‚Er wird es nie erfahren, lieber sterbe ich‘, stöhnt sie im Krankenbett“, lacht Mele.

„Und dann kommt bald die Stelle, die mich beeindruckt hat.“

„Mmh, da bin ich gerade. Sie hängt also an einem windigen Nachmittag draußen die Wäsche zum Trocknen auf … das kann ich mir vorstellen, Island, zerzaustes Meer mit riesigen Wellen, heftiger Wind, eine junge Frau mit wehenden Haaren …“

Ich muss lachen.

„Passt bloß nicht zu unserem Ambiente hier…“

„Egal! Jedenfalls besucht sie in diesem Moment der Mann ihrer Schwester. Den mag ich übrigens gut leiden, während mich die angeberische und besserwisserische Schwester ziemlich nervt …“

„Lies vor, was er sagt.“

„Okay! ‚Eines muss ich dir … mitteilen … damit du Bescheid weißt, nämlich dass ich mich mit dem Vater deines Kindes in Verbindung gesetzt habe, denn ich glaube fest daran, dass Väter das Recht haben, von der Existenz ihrer Kinder zu erfahren.‘“

„Ja, genau die Stelle. Die hat mich umgeworfen. Das altmodische Wort ‚Kindsvater‘ ist mir damals eingefallen und nicht aus dem Kopf gegangen. Da hat sich der Gedanke in mir festgesetzt, Tello habe das Recht, von der Existenz Joshas zu erfahren.“

„Du warst wohl ziemlich sensibel in der Zeit?“

„Ja! Kennst du dieses Gefühl? Es liegt plötzlich etwas glasklar vor einem … man weiß genau, wie man zu handeln hat? Und man vergisst es nicht, selbst wenn man nicht so handelt?"

„Mmhh, kenn ich! Nur verdrängt man das in der Regel."

„Ging bei mir nicht! Seitdem vergeht keine Woche, in der ich nicht meine, ich sollte die Wahrheit ans Licht lassen. Genauso wie ich glaube, dass Josha von seinem Vater erfahren sollte, wenn er alt genug ist."

Mele seufzt. Schaut aufs Meer. Ich warte.

„Du hast ja Recht … weißt du, du wirst jede Menge Leiden in die Welt bringen."

„Werd ich, ich weiß. Was meinst du, warum mich das so durcheinanderbringt. Am liebsten wäre mir, ich würde es vergessen, aber es klappt nicht!"

„ERZÄHL, WIE ist die Geschichte mit dir und Tello gelaufen? Ich bin echt neugierig!"

Unweigerlich dominiert dieses Thema am nächsten Abend auf unserem kleinen Balkon in der Dämmerung. Über der Bucht, im gelbroten Himmel, leuchten Flugzeugstreifen, die ruhigen Meereswellen schimmern blaugrau, glucksen leise, wenn sie an die Fischerboote schlagen.

„Klingt so, als würdest du selbst auf Tello stehen", ziehe ich meine Schwester grinsend auf.

„Klar, wer nicht in meiner Jugend. Seine langen Zotteln, der Knackarsch in den engen Jeans, seine unnachahmliche Art, wie er die Gitarre hochreißt; dazu seine linkischen Bewegungen, die ihn noch süßer erscheinen ließen. Ich hätte ihn nicht von meiner Bettkante gestoßen …", ruft Mele.

„Wahrscheinlich nicht mal heute", fährt sie fort, „selbst wenn er mindestens sechzig ist … fünfundzwanzig Jahre älter als du. Spann' mich nicht länger auf die Folter. Wie war's? Leg' endlich los."

Ich schenke mir Retsina nach. Lasse den Abend, der über drei Jahren zurückliegt, vor meinem geistigen Auge auferstehen …

„Sein Alter war mir egal in dieser kalten Februarnacht", beginne ich. „Ich war mit einer Kollegin aus meiner ehemaligen Physiotherapie-Praxis beim Konzert, weil mein lieber Mann mal wieder für zwei Tage auf einer Fortbildung in Hamburg war. Möglicherweise war ich in dieser Zeit etwas sauer auf ihn, habe mich zurückgesetzt und wenig beachtet gefühlt. Seine Arbeit war die Nummer Eins bei ihm … mmh … ja, das war mein Grundgefühl. Der Anschubser sozusagen."

Mele nimmt einen Schluck aus ihrem Glas und nickt versonnen.

„Jedenfalls war die Band klasse drauf; die Fans haben begeistert getanzt und gejohlt, es gab jede Menge Zugaben, wir wollten kein Ende der Show akzeptieren.

Frizzi und ich hatten uns bis kurz vor die Bühne vorgedrängt. Wir waren vor dem Konzert beim Griechen Essen gewesen, der Wein hatte uns locker und leicht gemacht, unsere Grenzen waren aufgeweicht und die Superstimmung hat den Rest über Bord geworfen. Wir haben geschrien und getanzt wie siebzehnjährige Groupies, rumgealbert und wild geklatscht; du kennst Frizzi ja, wenn sie gut drauf ist…"

„… und dich erst", lacht Mele, „ihr zwei habt früher manches Fest ins Rollen gebracht."

„Genau! Anscheinend waren wir den Jungs aus der Band aufgefallen, denn sofort, als tragischerweise irgendwann das Licht anging, kam einer ihrer Ordner auf uns zu und fragte, ob wir an der Aftershowparty teilnehmen wollten. Das war natürlich das Größte für uns."

„Und wo hat die stattgefunden?", Mele hängt sichtbar an meinen Lippen.

„In einem mittelgroßen Nebenraum eines Hotels. Es war ein

kleines, feines Buffet mit Fingerfood aufgebaut, überall standen Sitzgruppen und Sofas, es gab Wein, Sekt und Bier. Keine Bedienung, ziemlich persönlich gestaltet, jede Menge Leute, die sich in dem Raum verteilten. Es war geil, die Jungs von der Band privat zu erleben. Alle waren locker und aufgedreht, witzige Bemerkungen flogen hin und her, ich kam mir vor wie ein Teenie, dessen kühnste Träume sich erfüllen."

Versonnen betrachte ich den mittlerweile dunklen Hafen mit den hellen Lichtern, die auf einzelnen Booten schaukeln.

„Frizzi habe ich bald aus den Augen verloren, weil ich mit Tello ins Gespräch gekommen bin. Normales Hin und Her, manchmal hat er mich kurz und eher unauffällig berührt; ich habe natürlich gemerkt, dass ich ihm gefalle."

„Wow!"

„Plötzlich hat Tello mich in die Augen hinein frech angegrinst: ‚Wollen wir meine Briefmarkensammlung anschauen?‘ Ich musste total lachen, fand das in meinem Nebel aus Wein und Überdrehtheit megalustig. So wunderbar direkt! Ich hab ihm einen intensiven Flirtblick geschenkt, du weißt schon …"

„Oh ja, an die kann ich mich aus unserer Jugend absolut erinnern. Ich habe dich gehasst dafür …"

„Ja, wie in meine wilde Zeit, als ich bei den Jungs ausprobieren wollte, wie ich auf sie wirke, war ich in diesen Sekunden zurückversetzt …"

„Ja, ja, ist gut. Weiter!"

„Jedenfalls habe ich ihn angegrinst und gemeint: ‚So, so, die Briefmarkensammlung … hast du die denn hier im Hotel dabei?‘ ‚Immer!‘, hat er gelacht, ‚ohne meine Briefmarken verlasse ich nie das Haus.‘ Mittlerweile war mir längst das Blut in den Kopf geschossen, mir war heiß und kalt gleichzeitig. Kurz wollte mein Verstand sich einmischen, wusch, weg war er. ‚Ja!‘, habe ich geflüstert, ‚lass uns hier verschwinden‘."

„Wahnsinn!", flüstert Mele. „Hätte ich dir nicht zugetraut."

„Ich mir auch nicht. In zehn Jahren Ehe war ich treu, in diesem Moment und in dieser aufgedrehten Stimmung war es mir egal. Na ja, jedenfalls hat er mich im Aufzug geküsst, ganz zart, den Rest kannst du dir ja denken …"

„Auf keinen Fall will ich mir den denken!", schreit Mele. „Haargenau will ich es wissen. Wenn du es nicht erzählst, schlafe ich hundertprozentig die halbe Nacht nicht, weil ich rumphantasiere. Alles will ich wissen!"

„Weißt du, Mele, das ist mir ein bisschen peinlich …"

„Du musst es ja nie wieder erzählen, Sanne, aber hol es bitte aus der Versenkung. Egal, was passiert, es bleibt unter uns beiden, die Einzelheiten dieser Nacht werden diesen Balkon nicht verlassen."

Wir stoßen an, heben die Gläser wie zum Schwur. Im Grunde hat Mele Recht. Ich möchte es sogar einmal im Leben mit jemandem teilen, denn schließlich war es die Nacht, in der Josha, mein geliebter Josh, gezeugt wurde. Mit Schuldgefühlen habe ich mich genug herumgeschlagen, warum nicht die andere Seite zu Wort kommen lassen. Schließlich ist auch das Realität und neben all den Belastungen, die es in mir verursacht, war es etwas Besonderes.

„Okay, wenn du es wirklich wissen willst …"

Mele nickt auffordernd.

„Jedenfalls sind wir aneinander geschmiegt den Gang entlang. Ich hab mir später überlegt, wie er so schnell zu einem Zimmer kam. Keine Ahnung, vielleicht, wie immer, vorbestellt…damals habe ich keinen Gedanken daran verschwendet. ‚Duschen!?', hat Tello gefragt. Lachend haben wir uns ausgezogen, uns in der Kabine abgeseift, angefasst und geküsst. War ziemlich geil. Minuten später waren wir, halb nass, im Bett. Wir haben geknutscht wie in unserer Jugend, es war schön und aufregend. Tello war eher zärtlich als stürmisch, ich hätte ihn mir wilder vorgestellt …"

„Hast du keine Angst vor AIDS oder so gehabt?"

„Das habe ich mich später erschreckt gefragt, aber ehrlich, ich hatte es in der Situation vergessen. Du wirst es nicht glauben, ich habe danach heimlich einen AIDS-Test machen lassen."

„Und Verhütung?"

„War tatsächlich kurz Thema. Tello wollte ein Präservativ suchen, ich habe abgewinkt. Dachte aus jahrelanger Erfahrung, dass ich keine Kinder kriegen kann."

„Und … hattest du Spaß mit ihm?"

Ich merke, wie ich erröte.

„Du meinst, ob ich …"

„Ja!!"

„Du willst wirklich alles wissen", seufze ich. „Ja, ich bin gekommen und ich hatte Spaß mit ihm. Es war aufregend … geil … eben eine außergewöhnliche Situation."

„Verstehe ich total! Obwohl es sich irreal anhört …"

„War es. Völlig irreal …"

„Ich habe mal mit einer Freundin über dieses Thema diskutiert", sinniert Mele, „die war sicher, so etwas würde sie nie machen. ‚Der Typ befriedigt und bestätigt sich nur selbst in mir und ich würde mich mit seiner berühmten Hülle befriedigen', hat sie ziemlich aggressiv gemeint."

„Ganz unrecht hat deine Freundin nicht", antworte ich. „Da ist was dran. Wäre es nicht mein Jugendschwarm, der bekannte Tello, gewesen, ich wäre nie mit einem Sechzigjährigen ins Bett. Wahrscheinlich mit überhaupt niemandem, egal wie alt. Darüber habe ich natürlich nachgedacht. Es war halt ein einmaliger Kick im wahrsten Sinne des Wortes, ist hinterher kaum zu erklären. Ich würde es nicht nochmal tun … wie war das mit der berühmten Hülle?"

„Dass man sich nur mit der Maske eines Menschen einlässt."

„Mmmh, ganz so war es nicht bei mir. Neben dem Rockstar habe ich den Menschen gespürt, wenn ich mich richtig erinnere.

Der Tello ist privat als Typ in Ordnung, das war jedenfalls mein Eindruck. Allerdings habe ich mir das eventuell hinterher vorgemacht, um die Situation schönzureden."

„Egal wie, passiert ist passiert, und meinen stillen Neid hast du, kleine Schwester", seufzt Mele, „zumal ich mich so etwas niemals trauen würde … und wie ist es weitergegangen?"

„Ich glaube, wir sind eingedämmert … war aber nach kurzer Zeit hellwach, denn plötzlich ist mir klar geworden, was ich eben gemacht hatte. ‚Ich muss gehen!', habe ich gemeint, und Tello hat nur genickt. Hätte gewettet, er hatte dieselben Schuldgefühle wie ich in diesem Augenblick."

„Der Fluch danach …"

„So ist es! Hab mich schnell angezogen, bin runter zur Party, hab mich unter die Leute gemischt. Bald habe ich Frizzi gefunden, sie saß Arm in Arm mit einem der Musiker auf einem Sofa. Bisschen später kam Tello, es war scheinbar wie vorher … nur die Stimmung in mir war verwandelt. Wir sind bald gegangen, Frizzi hat mich heimgefahren. Sie hat nichts gefragt, ich habe nichts erzählt; weiß nicht, was bei ihr gelaufen ist, während ich weg war. Wir haben einvernehmlich einen grinsenden Schleier des Schweigens über den zweiten Teil des Abends gelegt."

„Und Tello?"

„Ach ja, als wir gegangen sind, hat er zu mir her gelächelt, unauffällig mit einer Hand gewinkt."

„Keine Adresse, keine Telefonnummer, nichts?"

„Nichts. Ich weiß nicht einmal, ob er sich am nächsten Morgen an meinen Vornamen erinnert hätte."

„Und hattest du den Wunsch, ihn wiederzusehen?"

„Nein! Es war wie ein Kurzflug in den Weltraum, von dem ich erwachsener und, wie sich herausgestellt hat, schwanger zurückgekehrt bin."

„Klingt eingeschränkt romantisch."

„War's auch. Es war total aufregend, unwirklich, geil und kurzzeitig ziemlich stimmig, aber romantisch war es absolut nicht."

Als ich aus dem Déjà-vu, in das mich das Erzählen zwischenzeitlich geschleudert hatte, auftauche, merke ich, wie aufgedreht Mele im Sessel herumzappelt.

„Was ist mit dir los?"

„Ich halte es nicht aus", faucht sie, „bin total aufgeregt … eifersüchtig … neidisch … wütend. Frag mich nicht, warum. Ich dreh ne Runde im Ort, muss mich bewegen …", und weg ist sie.

Ich schaue hinunter auf das stille, kaum beleuchtete Hafenrund. Die Boote wiegen sich unbeirrt auf den Miniwellen, aus der Kneipe an der Ecke dudelt griechische Musik; Mele eilt kurz darauf mit großen Schritten an dem kleinen Restaurant vorbei, sonst ist niemand da; friedlich und … romantisch. Ja, das hier ist wirklich romantisch.

Ich horche in mich hinein. Ich habe Scheiß gemacht und durch diese eine Stunde wird Leid mich und meine Familie überschwemmen. Aber, trotz der Schuldgefühle, ich bereue nicht, mit Tello geschlafen zu haben. Es hat mir Josha geschenkt, meinen großen Schatz. Und – im tiefsten Inneren weiß ich, wenn ich es auch nicht verstehe, es ist richtig, dass er so gezeugt wurde …

MELE BLEIBT länger weg. Anscheinend hat sie in einer Kneipe jemanden kennengelernt. Mir tut es gut, allein zu sein. Mit den Erinnerungen und all den durcheinandergewirbelten Gedanken.

Als das Handy klingelt, fahre ich überrascht hoch.

„Hallo", sagt mein Mann, „ich bin's. Ich wollte hören, wie es euch drei Süßen geht im frühsommerlichen Hellas, während ich bei kühlem Nieselregen in der Wohnung sitze."

Ich brauche echt einen Moment, um umzuschalten.

„Hallo!? Bist du da? Ist die Verbindung schlecht?"

„Nein … nein!"

„Und, wie ist es?"

„Äh, prima! Wir sind jeden Tag am Strand und buddeln im Sand. Das Meer hat angenehme zwanzig Grad. Josh stapft tapfer mit ins Wasser, er jammert nicht. Abends bestellen wir in den Hafenkneipen kleine Gerichte, von Dolmades, Saganaki bis Bauernsalat, und schlemmen uns bei Retsina rund und satt. Du kennst es ja …"

„Ja, natürlich! Genau deswegen vermisse ich es – und euch. Dich besonders, Susanne, aber Josha noch mehr, wenn das überhaupt möglich ist."

Ich höre Rolf lachen, mir drückt es das Herz zusammen.

„Ich wäre wirklich gerne bei euch. Nächstes Jahr, ich verspreche es, schaffen wir es gemeinsam. Oder – gefällt es dir mit Melanie besser als mit mir?"

„Natürlich nicht! Obwohl, wir verstehen uns klasse, meine große Schwester und ich. Wir waren uns selten so nah wie zur Zeit …"

„Und Josha, was macht mein kleiner Räuber?"

„Der schläft selig und erschöpft in seinem Beistellbettchen zwischen uns; nachts krabbelt er, wenn er aufwacht, raus und kriecht abwechselnd zu Mele oder zu mir unter die Decke. Als wollte er uns fair und gleichberechtigt mit seiner Gegenwart beglücken."

„Allmählich werde ich eifersüchtig", lacht es aus der Leitung, „mein Sohn, der Frauenbeglücker. Freue mich, wenn ich das auch wieder darf."

„Mir geht es genauso! Ich vermisse dich!", sage ich ernst, während gleichzeitig ein Schluchzen in mir aufsteigt.

„Bevor wir beide Herzschmerz bekommen, machen wir lieber Schluss. Ich rufe übermorgen an; früher, will die Stimme meines Sohnes hören. Grüß Mele von mir und gib Josh ein Küsschen."

„Mach ich … ich hab dich lieb!"

„Ich dich auch, mein großer Schatz! Tschüss!"

Melanie findet mich weinend auf dem Balkon.

„Was'n los?", knurrt sie, aber es klingt eher freundlich als ärgerlich.

„Du warst kaum weg, da hat Rolf angerufen", schluchze ich, „und er war so lieb am Telefon. Ich war völlig durch den Wind von unserem Gespräch vorhin … ich habe gedacht, es zerreißt mir das Herz … außerdem habe ich ständig das Gefühl, ich belüge ihn, obwohl ich ihn schrecklich lieb habe."

„Mmhh, schwer auszuhalten", meint Mele, „würde mir genauso gehen."

Wir schweigen eine Weile.

„Irgendwann wirst du diese Last abschütteln müssen, sonst wird sie dich zerbrechen oder zumindest deine Schultern beugen. Dieser Rucksack mit Steinen ist zu schwer …"

„Ich glaube manchmal, ich werde daran zerbrechen", weine ich, „es macht mein Leben kaputt. Vielleicht wäre es besser gewesen, ich hätte es dir nicht erzählt. Jetzt ist es nah … und ich kann nicht offen zu Rolf sein … und für Josha ist es auch nicht gut, wenn seine Mutter etwas Unausgesprochenes und Verborgenes in sich trägt."

„Mmmh …"

„Weißt du, oft vergesse ich die Affäre tagelang, aber in Momenten wie diesen hängt sie wie eine dunkle, tonnenschwere Geheimniswolke über mir. Was soll ich nur tun?"

„Vorhin wäre ich eine Zeitlang gerne an deiner Stelle gewesen, nun nicht mehr. Echt verzwickt …"

ICH BLICKE aus dem Fenster, während das Flugzeug ruhig übers stahlblaue Meer schwebt. Die Zeit mit Mele war extrem wichtig für mich, obwohl sie keine Lösung des Problems gebracht hat. Weiterhin weiß ich nicht, wie ich handeln will, soll und muss.

Allerdings ist mir klar, ich will und muss auf Dauer handeln.

Zum Glück habe ich mit Mele trotz der Aussprachen und Diskussionen mein Lachen nicht verloren. Es hilft mir, meine Ängste mit jemandem zu teilen, selbst wenn es nicht der ist, den es angeht. Geteiltes Leid ist zwar nicht halbes Leid, aber eine spürbare Entlastung. Mele wird mich unterstützen, egal wie es weitergeht. Sie kann sich sowohl in mich als auch in Rolf hineinversetzen und wird trotzdem an meiner Seite stehen. Sie liebt Josha und wird für ihn da sein, falls er mit in das Leiden hineingezogen werden sollte.

Und mein kleiner Bub? Sitzt bei seiner Tante, die er abgöttisch liebt, auf dem Schoß und schlummert. Hat von all dem keine Ahnung. Ob er es wissen muss? Weiß ich noch immer nicht, aber ich glaube, ja. Mein Inneres formuliert dieses Ja eindeutig, der Weg dorthin ist mir schleierhaft … und macht mir gewaltig Angst.

„Papa!", hat er geschrien, als wir ihm erklärt haben, dass wir heimfliegen. „Nach Hause zu Papa!"

Wenn ich mich doch unbeschwert und unschuldig mitfreuen und rufen könnte: „Nach Hause, zu Papa!"

Natürlich ist dort sein Papa, aber der hat ihn eben nicht gezeugt; nicht mehr und nicht weniger. Kleines, großes oder unlösbares Problem? Krise, Chance oder Trennung?

Ohne außerehelichen Beischlaf kein Josha! Das ist Fakt! Wenn es nur so leicht wäre …

DRITTES KAPITEL

ANJA

„DIESER SCHEISS Kühlschrank!"

Wütend trete ich gegen das Gerät. Es hat seinen Geist anscheinend in der Nacht aufgegeben. Zumindest brennt das Licht nicht, das normalerweise grün leuchtet, wenn es im Wohnmobil am Strom hängt.

Außer mir trete ich, mit aller Macht, gegen die Tür, die mittlerweile einige Dellen aufweist.

„Mein Mann vögelt andere Frauen, er hat mit neunundfünfzig ein Kind gezeugt und jetzt verreckt dieses Mistding hier!", schreie ich.

Tello streckt seinen Kopf zur Tür herein.

„Kann ich helfen?"

„Lass mich bloß in Ruhe, du Arsch!", explodiere ich. „Hast du gemerkt, dass der Kühlschrank kaputt ist?"

„Nein, was ist damit?"

Zweifelnd steht Tello vor dem Gerät und betrachtet stirnrunzelnd die Mulden.

„Meinst du das hier?", fragt er vorsichtig.

„Nein, der Strom ist weg, die Dellen habe ich reingetreten", fauche ich.

„Vielleicht ist es nur die Sicherung oder das Stromkabel. Du hättest doch nicht gleich …"

„Du meinst, ich hätte lieber dich in den Hintern treten sollen!", keife ich. „Hätte ich, aber du warst leider nicht in meiner Fußweite."

„Kann es sein, dass du sauer auf mich bist?"

„Sauer! Ich bin so was von wütend, ich platze gleich! Bleib bloß weg, sonst fängst du eine …"

Tello hat mir gestern seine Affären gestanden; und er wollte sogar Verständnis von mir, so kam es jedenfalls bei mir an. Bin weggelaufen, habe ihn den Rest des Abend geschnitten und kein Wort mit ihm gesprochen. In der Nacht wurde meine Wut oben im Alkoven größer und größer, bis die Eiterbeule eben aufgeplatzt ist.

Okay, irgendwo und insgeheim wusste ich, er ist kein Kind von Traurigkeit. Hab ich verdrängt, war der Preis dafür, einen berühmten Mann zu haben, der Leute begeistert, Herzen höherschlagen lässt und in der schillernden Welt der Rocköffentlichkeit steht.

Aber sich etwas in der Theorie unterschwellig vorzustellen und gleich wegzuschieben oder in der Realität zu erfahren, ist eben der Unterschied.

Zuerst war ich sprachlos, als er gebeichtet hat. Habe nur gefragt: „Und wieso erzählst du es gerade jetzt, das mit dem Kind?"

„Ich wollte es dir seit Wochen sagen. Vor fünf Monaten habe ich es selbst erfahren …"

„Und wie?", habe ich ihn barsch unterbrochen.

„Durch einen anonymen Brief", gestand er kleinlaut. „Jedenfalls wollte ich, wusste nur nicht wie, wo und wann."

„Und warum heute?"

„Wegen dem Reihererlebnis gestern und der Sache mit den Zicklein vorhin. Hat mich getroffen, an unsere Endlichkeit erinnert, was weiß ich … jedenfalls konnte ich das, was mich die ganze Zeit bedrückt hat, endlich rauslassen."

Während Tello sprach, hörte ich nur halb zu. Trotz meiner Wut konnte ich diesen Teil nachvollziehen. Gestern waren wir hier, im südlichsten Ort von Kroatien, spazieren gegangen. Nahe an Straße und Strandpromenade lagen wunderliche Felsbrocken verschiedener Größen mit Höhlungen, Rissen und Kanten im Meer. Als hätten Riesen sie beim Bowling hineingekullert, ragten sie aus dem flachen Wasser. Auf einem stand ein großer, grauweißer Reiher, ungefähr zehn Meter vom Ufer entfernt. Er bewegte sich nicht, als wir mit Paula vorbeischlenderten. Ungewöhnlich. Selbst als wir stehenblieben und ihn beobachteten, flog er nicht auf. Er wirkte zerzaust, zerfleddert und schief; schaute hinaus in die Weite, jedenfalls bildeten wir es uns ein. Hinter dem Dorf, südlich lagen die Vorhügel von Montenegro, drehten wir um, da sich der Weg im Niemandsland verlor. Beim Rückweg suchten wir von weitem den Reiherfelsen, und als wir näher kamen, sahen wir den großen Vogel leblos auf dem Stein liegen. Tot! Wir hatten seine letzten Minuten hautnah miterlebt.

Das hatte uns beide berührt; den Rest des Weges waren wir still und gesammelt gegangen, wie eingebettet in Leben und Tod.

Gestern Nachmittag hatte ich ein weiteres schicksalhaftes Erlebnis. Wir stehen hier auf einem halbwilden, urigen Campingplatz direkt über dem Meer mit herrlichem Blick über die halbrunde Bucht. Rechts unter uns liegt ein kroatischer Schrebergarten mit einer kleinen Wiese voll blühender Frühlingsblumen. Die letzten beiden Tage konnten wir ein altes Ehepaar beobachten, das dort die wärmeren Stunden des Nachmittags verbrachte. Die alte Frau mit dem Kopftuch strickte, der Mann in seiner Arbeitsjoppe freute sich am Meer, die Ziege der beiden graste gemütlich im frischen Gras. Um sie herum tobten zwei weiß-braune Zicklein; sprangen hoch in die Luft, stießen mit ihren kleinen Hörnern im gespielten Kampf aneinander, verfolgten sich im mittelhohen Gras. Wunderschön!

Tello war gerade mit Paula unterwegs, da hörte ich aus einer nicht einsehbaren Ecke des Gartens einen gellenden tierischen Schrei, gleich darauf einen zweiten. Es waren die Todesschreie der beiden Zicklein, wie sich herausstellte, denn zwei Männer trugen die leblos herabbaumelnden Körper zu ihrem Wagen, der einige Meter weiter oben abgestellt war. Ich verstand sofort: in zwei Tagen ist Ostern, es wird Lamm- und Ziegenbraten in den naheliegenden Dörfern geben. Ich verstand…dennoch war ich erschüttert.

Als mein Mann wenige Minuten später zurückkam, berichtete ich und sah, wie sich sein Gesicht schmerzhaft verzog…kurz darauf beichtete er seine Affären…

„… und deshalb hat es so lange gedauert", holte mich Tellos Stimme aus meinen Gedanken.

„Ich habe dir nicht zugehört!", fauchte ich, zurück in der beschissenen Gegenwart. „Warum hat es so lange gedauert?"

„Weil es erst in mein Bewusstsein rein musste; ich war durcheinander, die Geschichte hat mich echt umgehauen."

Mir fiel es wie Schuppen von den Augen. Deshalb sein Wandel in den letzten Monaten! Die Zurückgezogenheit, das plötzliche Verstummen, die Meditationsübungen, sein Tagebuch.

„Und ich dachte, du seist in den Wechseljahren …"

„Bin ich! Nur eben aufgerissen durch diese Nachricht. Andere Männer werden krank, müssen wegen Gelenkschmerzen mit ihrem Lieblingshobby aufhören, werden depressiv, weil sie sich alt fühlen, nehmen sich eine jüngere Geliebte", Tello musste plötzlich grinsen, ich hätte ihm ins Gesicht springen oder ihn in Stücke zerhacken können, „… und ich habe halt einen Sohn. Ungewollt!"

„Weißt du was. Mir reicht es! Lass mich in Ruhe!"

Ich war so müde. Hab mir Paula geschnappt und bin mit ihr weg. Verwirrt, ohne die Umgebung wahrzunehmen. Später saß ich am Meer, habe Paulas Fell gekrault, in die Unendlichkeit gestarrt.

Tello hat mich x-mal betrogen. Okay, das habe ich zumindest geahnt; meine Ent-Täuschung ist Teil meiner Täuschung; ich habe nie nachgehakt, wollte es nicht wissen, wollte von der Wahrheit nichts wissen …

Außerdem hat Tello ein Kind…da wollte ich nicht hindenken…plötzlich liefen mir Tränen über die Wangen. Wütend wischte ich sie ab, schnäuzte die Nase in ein Taschentuch. Du wolltest keine Kinder, rief ich mir selbst zu, warum heulst du?

Weil es zu viel ist. Viel zu viel …

EINIGE TAGE sind vergangen. Der Kühlschrank ist, abgesehen von den Dellen, längst repariert, mein Innenleben nicht. In mir wechselt es zwischen Wut, Verzweiflung, Enttäuschung und…komischerweise Schuldgefühlen. Oft ist es mir zu eng im Wohnmobil, obwohl ich oben im Alkoven liege und Tello hinten im breiten Bett schläft. ‚Schlafmobil‘ haben wir diese Aufteilung früher liebevoll genannt, und gewöhnlich kuschele ich mich morgens vor dem Aufstehen einige Minuten zu ihm, aber das ist passé. Ich könnte ihn nicht aushalten, seine körperliche Nähe wäre mir unangenehm. Ich kann es nicht mal ertragen, wenn er nur in meiner Nähe steht.

Paula hatte drei Tage Durchfall. Sie reagiert stark, wenn wir Zoff haben, trägt ihre Kuscheldecke von einem zum anderen, als wenn sie vermitteln wollte. Gibt es nicht, Vermittlung. Die Schnitte sind zu tief, die Wundheilung wird dauern. Wenn überhaupt!

Beim Tagesausflug nach Dubrovnik mit einem Boot trage ich Trotz, Ärger, Wut wie ein Schild vor mir. Schließlich ein lautstarker Streit mitten auf einem belebten Platz. Ist mir egal. Paula setzt dünnhäutig ihren Dünnpfiff mitten auf das Pflaster, pikiert blickende Passanten.

„Mach du die Kacke weg!", herrsche ich Tello an. „Bist schließlich schuld daran!"

Wie ein geprügelter Hund hat er in einem Brunnen Wasser geholt. Kein Mitleid, ich hätte ihn in die Scheiße hineinstoßen mögen.

So kenne ich mich eigentlich nicht. Meine in unserem Bekann-tenkreis berühmte ausgeglichene Zurückhaltung ist rotglühender Lava gewichen.

Nachts schwitze ich, decke mich auf, friere plötzlich. Dachte, die Wechseljahre liegen hinter mir, aber sie sind zurück. Pickel im Gesicht wie ein Teenager, Hitzewallungen und vor allem Wut, Wut, Wut.

Bei den kleinen Wanderungen im kroatischen Gebirge laufe ich vorne, damit ich Tello nicht anschauen muss. Er versucht mich auf Orchideen oder wild blühende blaue und gelbe Lilien hinzuweisen … ist mir egal. Ich vermeide Blickkontakt, habe Angst, ich würde ihm sonst ins Gesicht springen. Dazwischen stundenlanges Schweigen, in dem die Spannung zwischen uns zunehmend greifbarer wird, bis es erneut knallt.

Ich suche Tello nicht, finde ihn nicht, will ihn nicht finden!

Warum bin ich überhaupt noch dabei auf der Reise? Weil ich nicht wüsste, wo ich sonst hin soll, wahrscheinlich. Der Gedanke an zu Hause schüttelt mich; hier im frühlingshaften, warmen Kroatien haben meine Schreianfälle mehr Raum als im engen Nürnberg. Außerdem will ich nicht das Feld räumen, soll Tello abhauen …

Am meisten kotzt mich sein freundliches Getue an. Unterwür-fig eher. Wie ein kleiner Junge mit großen, wasserblauen Augen, der alles gutmachen will. Gut is nich!

Frauen vögeln, ein Kind zeugen, beichten, Absolution … so läuft das nicht!!

Nicht, dass ich ihn leiden lassen will. Aus Kalkül oder so. Doch, wenn ich ehrlich bin, will ich ihn in der Hölle brennen sehen, den Idioten. Genau, er soll leiden, so wie ich leide … er kann mich mal!

Eine Nacht träume ich davon, wie ich meine Mutter anschreie und ohrfeige. Fest gefesselte Männer kamen auch in meinen Albträumen vor, die mich regelmäßig aus dem Schlaf schrecken.

Ich habe mich unterschätzt ... ich bin ein Vulkan, dem die Kappe abgesprengt worden ist. Glühende Lava schießt heraus, will versengen, veröden, verletzen.

„Lass mich!", schreie ich, wenn Tello sich mir nähert. „Lass mich bloß in Ruhe!"

Er sitzt oft mit einer Flasche Bier auf den Felsen am Meer abends, weiß natürlich, dass ich ihn nicht ertrage. Wenn er gedrückt wegschleicht, sieht mich Paula mit ihren altweisen Augen an, als würde sie die Verwirrung in meinem Inneren spüren.

Warum nehme ich den Mist so extrem wichtig? Ich habe eifersüchtige Menschen früher belächelt und als unreif betrachtet. Atemübungen habe ich meiner Freundin vor einigen Monaten vorgeschlagen, als sie von ihrem untreuen Göttergatten berichtet hat. Atemübungen! Lächerlich! Mein Atem geht stoßweise, manchmal setzt er sekundenlang aus; nichts habe ich in der Hand, die Kontrolle und meine lang geübte Achtsamkeit ist elend zerborsten.

Es ist, als wenn jemand meine Lieblingspuppe zerbrochen hätte und meine Eltern mich deswegen sogar schimpfen, anstatt mir zu helfen, den Bösewicht zu verprügeln. Genau! Wie kann ich Schuldgefühle haben in dieser Situation, in der ich betrogen bin? Was habe ich versäumt, habe ich Tello in die Arme der anderen Frauen getrieben? Hätten wir ein spätes Kind haben sollen?

Bescheuerte Fragen längst geklärter Antworten ...

ETLICHE FARBENFROHE Sonnenuntergänge später. Häufig verfluche ich ihn, meinen lieben Mann, am liebsten laut. Innen drin merke ich jedoch, dass ich allmählich eine Spur milder gestimmt werde. Etwas ist passiert, von dem ich im Grunde längst wusste, habe ich mir auf meinen einsamen Spaziergängen eingestanden. Ein Wort ist Fleisch geworden, verdrängtes Wissen markante Wahrheit.

Bin oft traurig; allerdings eine andere Traurigkeit, als ich sie sonst kenne. Nicht weich, Tränen laufen nicht einfach aus mir heraus, sondern gallig, bitter, gehässig. Ein falsches Wort von ihm und meine Trauer zeigt giftige Haifischzähne…

Natürlich sitzt der Stachel in meinem Körper, tut, wenn er berührt wird, höllisch weh. Aber ich weiß wenigstens, um was es geht …

Anfassen ist nicht. Noch nicht jedenfalls. Sobald Tello auf mich zugeht, weiche ich zurück. Seine wunden, flehenden Hundeaugen erwecken Widerstand in mir, Wunsch nach Abstand. Weniger werdend. Ich merke, wie ich aufweiche und selbst Berührung vermisse. Ungewollt wallt sogar Zärtlichkeit zu diesem Menschen mit den halblangen, wirren Resthaaren und dem Dreitagebart auf. Zum Glück hilft mir meine schnell aktivierbare Wut, nicht schwach zu werden…es wäre trotzdem allmählich Zeit für klärende Gespräche zwischen uns. Vorwürfe hat er zuhauf einstecken müssen …

Wie wäre es mit einem Neuanfang? Neustart mit offenen Bedingungen, unter Berücksichtigung der eigenen Bedürfnisse, mit Ehrlichkeit …

Auch von meiner Seite. Stimmt, ich habe Tello mit seinem Zärtlichkeitsbedürfnis in der Vergangenheit oft zurückgestoßen. Habe mich zurückgenommen, wie es eben meine Art ist. Bisschen spröde, zurückhaltend, sexuell passiv. Wenig Zärtlichkeit, kaum Berührungen nebenbei. Vielleicht bräuchte er mehr Chancen und Körperkontakt von mir.

Vorsicht! Den Mist hat er gemacht. Soll er ruhig in seinem Saft schmoren. Will selbst in Ruhe über die Situation nachdenken… Sohn! Tello Vater! Was bedeutet das für ihn, was für mich? Da habe ich in meiner Verletztheit bisher nicht hinfühlen können… und wollen. Genaugenommen machen mich diese Fakten so was von durcheinander. Die widerstrebensten Träume durchströmen mich seit einigen Nächten. Kinder, die ich an der Hand führe, ein tränenfeuchtes Kissen beim Aufwachen; Ablehnung gegenüber diesem Winzling, Mitleid mit dem Opakindsvater, dem Tellokindskopf; Wut und Zärtlichkeit, Angezogensein und Wegdrückenmüssen ...

Wenn ich abends weit hinaus zu den grün bewaldeten Inselchen schaue, die vor unserem neuen Campingplatz liegen, springen und tanzen die unterschiedlichsten Empfindungen in mir herum.

Könnte weinen, schreien, mich in den Abendfarben verlieren, das Kind sanft im Arm wiegen, es hassen ...

„SPANNEND WIRD'S erst, wenn die starren Regeln und Gewohnheiten aufgebrochen werden..."

Wir sitzen am Kiesstrand des Campingplatzes. Seit einigen Tagen stehen wir am Ende der Halbinsel Peljesac und ich habe hier ein Stück Heimat gefunden. Will nicht weg, lange nicht. Bin endlich wenigstens ein bisschen bei mir angekommen nach all den Schmerzen, dem Zorn ... es ist wie ein Lichtschein am Ende eines schwarzen Tunnels; nicht dauerhaft, aber zunehmend...

Paula liegt lässig ausgestreckt unter dem Sonnenschirm, die Maisonne spielt Fangen mit weißen Wattewolken, vor mir gurgelt glasklares Wasser ...

„Was meinst du mit ‚Regeln und Gewohnheiten aufgebrochen'?"

„Ist mir gerade eingefallen, hab ich eher ins Unreine gesprochen", erklärt Tello, der auf einer Luftmatratze liegt. „Mmh, ich meine unseren halb verborgenen, sturen Rhythmus, den wir in den letzten Jahren hatten."

„Welchen Rhythmus?", frage ich wachsam.

„Na ja, ich lass dich in Ruhe, störe dich nicht in deiner Unberührbarkeit, und dafür schenkst du mir eine Stunde wohltemperierte Liebe, ritualisiert, nach vorheriger Absprache, Duschen und Zähneputzen. Danach musst du eine Woche nichts von mir befürchten, kannst dich in dein Schneckenhaus zurückziehen…"

„…hatten wir schon, Tello. Du hast eben mehr Lust auf Liebe als ich. Ich brauche ein paar Tage …"

„Das ist es ja. Ich weiß nicht, ob sich ein Wunsch bei dir aufbaut oder ob du es nur für mich, wegen der sexuellen Hygiene sozusagen, tust. Ehrlich, ich glaube fast nicht, dass du mich tatsächlich begehrst oder Lust hast."

„Die wächst schon, wenn wir beieinanderliegen …"

„Mmhh…trotzdem bleibt ein Restgefühl in mir, du machst es, wenn es soweit ist, ganz gerne mit, aber vor allem, damit mein Hormonhaushalt einigermaßen stabil bleibt und ich hinterher ausgeglichen Ruhe gebe…"

„Ach ja, und deshalb musstest du nach jedem Auftritt mit einer anderen Frau ins Bett springen!?", rufe ich erbost.

„Nicht nach jedem Auftritt", stottert Tello mit einem schiefen Grinsen, „zu oft, ich gebe es zu. War ein Kick, ein Abenteuer, das du mir nicht geben wolltest…oder konntest."

„Dumme Selbstbestätigung war es, wenn du mich fragst. Der Spaß eines kleinen Jungen, der ständig mitkriegen muss, wie toll er ist. Dabei haben die blöden Girlies nicht dich gemeint, sondern nur deine berühmte Gitarristenhülle…"

„Ja, weiß ich…das hat es mir im Übrigen leichter gemacht… weil eben letztlich nicht Echtes dahinter gesteckt hat, verstehst du?"

„Versteh ich. Aber kannst du verstehen, dass es nach fünfzehn Jahren Zusammensein nicht ist wie in der ersten Nacht …"

„eher besser", unterbricht mich Tello. „Du weißt, wie sehr ich auf dich und deinen schönen Körper stehe. Was mir fehlt, ist die kleine Abwechslung, das erotische Spiel, wenn du so willst.

Ein netter Slip, ein bisschen Tanzen bei Kerzenlicht, Liebe mal auf einer versteckten Wiese, mal im braven, gemütlichen, breiten Bett, eine kleine angedeutete Fesselung oder…"

„Du weißt, das ist nicht mein Ding …"

„dann lass dich halt ab und zu von mir mitreißen, folge meinen Ideen, lass dich verführen …"

„Da bin ich zu vernünftig und rational für. Sex bedeutet mir nicht so viel wie dir …", meine ich abschließend. Merke selbst, wie ich verkrampfe und wie abweisend ich klinge. Dieses Gespräch regt mich auf. Ich will in Ruhe nachdenken.

„Ich schwimme eine Runde, bist du dabei?", lenke ich ein, denn im Grunde bin ich froh, dass wir anfangen, uns und unsere Beziehung zu sortieren …

TELLO HAT in Teilen Recht. Ich bin nicht der Typ, der um Männer herumschwänzelt, sie anmacht, verführt und sich die eigene Bestätigung dabei holt. Nie gewesen!

Und, ehrlich, Sex ist mir, mit Mitte fünfzig, nicht wichtig wie früher. Mit Tello zu schlafen ist meistens schön und befriedigend, er weiß, wie und wo er mich berühren und streicheln muss, damit ich zum Höhepunkt komme. Aber ich könnte es wahrscheinlich ganz sein lassen, wenn er nicht regelmäßig Lust hätte. Vorbei die Zeiten, als ich mich manchmal selbst befriedigt habe, einfach geil war. Vergangenheit die Zeiten, in denen ich sinnliche Träume hatte und morgens den Wunsch, Tello in mir zu spüren.

Und es stimmt: ich mache es eher für ihn. Tello ist danach ausgeglichener, toleranter, zufriedener. Ich merke, wenn sich Sex- und Orgasmuswünsche in ihm aufbauen oder anstauen…er wechselt dann zwischen zurückgezogen und genervt sein…die Stimmung zwischen uns spannt sich an, kleine Streitereien liegen in der Luft, die zunehmend dicker wird…und nach der Liebe wie aus einem Luftballon sonnig entweicht. Danach ist es leichter mit ihm, vielleicht auch mit mir, wenn schließlich Beziehungsruhe eingekehrt ist.

Ich bin eben aus den spontanen Bettnachmittagen mit Sekt, dem Bett im Kornfeld und abendlichen Tanzverführungen rausgewachsen. Tello allerdings könnte das nach wie vor genießen.

In diesem Punkt habe ich meinen Kopf in den Sand gesteckt: seh ich nicht, ist mir egal, was du dir wünschst, solange du mir nicht weh tust … will ich nicht hinschauen, will nicht darüber sprechen.

Geh doch in den Puff, denkt sicher heimlich manche Frau, die ihre Ruhe haben will, bloß lass dich nicht erwischen …

Tello musste nicht in den Puff; er bekam es angeboten, hat sich seine Egobefriedigung in der Leere nach dem Rampenlicht geholt.

Das kann keine Entschuldigung sein für ihn, natürlich nicht, lediglich ein Aspekt unter mehreren; eher eine Tatsache, der ich ins Auge blicken muss …

MITTELMEER im Mai: kräuselnde Wellen, sein leises Plätschern, blau bis in den Horizont und darüber hinaus. Ich schaffe es nicht, schlechte Laune zu konservieren. Zu schön ist es.

Am späten Nachmittag nehme ich den Faden des Gesprächs erneut auf.

„Ich hab nachgedacht", meine ich, „über vorhin."

„Mmhh!?", macht Tello interessiert.

„Es stimmt, ich bin manchmal zurückweisend, und es stimmt auch, dass ich", ich hole tief Luft, „nicht so viel Lust habe. Aber …", längere Pause, „ich schlafe gerne mit dir … und ich werde, falls wir je wieder miteinander schlafen werden … und das ist noch nicht sicher", jetzt muss ich tatsächlich grinsen, „versuchen, mich stärker auf uns einzulassen. Und ich bin bereit, Neues in unserem

Bett zuzulassen oder zumindest darüber zu reden."

„Klingt gut!", freut sich Tello.

„… wenn wir überhaupt wieder miteinander schlafen", wiederhole ich betont. „Denn ich bin keineswegs so weit, ist ja wohl klar."

Tello nickt bekümmert, doch sein Gesichtsausdruck verrät, er nimmt einen Hoffnungsschimmer in der Dunkelheit wahr.

„Selbst wenn unser Bett keine megasinnliche Spielwiese war", fahre ich fort, „war es kein Grund, reihenweise junge Dinger zu vernaschen."

„Korrekt! Ist aber passiert, es gibt keinen Weg zurück. Ich sehe längst ein, es war falsch…"

„Ach was, red keinen Scheiß! Heimlich siehst du dich als den großen Helden, den tollen Frauenaufreißer. Dabei haben die Mädels dich flachgelegt und in ihr Musikerpoesiealbum eingeklebt. Wenn du nicht mit deinem Bekanntheitsbonus auf der Bühne herumgetanzt wärst, würde sich keine junge Frau für einen Sechzigjährigen interessieren."

„Weiß ich selbst", brummt Tello mürrisch. „Ehrlich, findest du mich so unattraktiv?"

„Für einen Mann in deinem Alter bist du ganz passabel", gebe ich zu.

„Na, dann gibt es vielleicht eine Chance für mich bei dir", flirtet er vorsichtig.

Ich muss, gegen meine Absicht, lächeln.

„Warten wir es ab, nur keine voreiligen Schlüsse. Noch sind wir nicht durch."

Tello nickt mit zusammengepresstem Mund.

„Ich wollt echt schon ewig aufhören, ist halt nochmal passiert vor drei Jahren …"

„Mit durchschlagendem Erfolg, wie ich schmerzhaft erfahren habe."

„Mmhh …"

„Sag mal, wieso hat dich das mit dem Kind so umgeworfen? Ich hab ja gemerkt, wie verwirrt du warst in den letzten Monaten."

„Das ist die entscheidende Frage!", ruft Tello aufgeregt. „Warum hat es mich dermaßen extrem umgehauen!? Willst du mehr darüber wissen? Willst du wissen, was ich herausgefunden habe?"

„Ja!"

„Ich werde mir ein Bier holen …"

„Bring mir eins mit …"

WIR NÄHERN uns an durch diese Gespräche. Tello berichtet von dem Therapeuten, den er in Nürnberg gefunden hat, von der überraschenden Sehnsucht nach dem Vater, die dort in ihm aufgebrochen ist.

Ich lerne in den nächsten Tagen Seiten von meinem Mann kennen, die mir verborgen waren. Vielleicht ihm selbst auch. Jedenfalls öffnet er Stück für Stück abgeschlossene, unaufgeräumte Schubladen vor mir, von deren Existenz er wohl selbst kaum wusste.

Weil er sich öffnet, kehrt mein Respekt vor ihm allmählich zurück, der mir durch seine Affären verloren schien. Und ich begreife plötzlich, warum ich mich einst in diesen Mann verliebt habe, obwohl er meistens als der coole Musiker auftrat. Genau, selbst im Alltag ist er ,aufgetreten'! Und dennoch habe ich nicht nur in Ausnahmefällen gewusst, dass er sein menschliches Mehr nicht verloren hatte, wenn er es auch oft verborgen hat oder unter Verschluss hielt.

Wir werden Zeit brauchen. Beide. Wir sind starke Menschen. Starke Menschen brauchen Zeit. Für sich, gemeinsam, für ihre Entwicklung. Damit die Lebensfragen nicht vorschnell in Antworten umgedeutet werden, sondern aus sich selbst heraus gedeihen können.

Ich fixiere Tello. Unter seiner Maske ringen ein verwundeter Junge, ein aufgedrehter Jungmann und ein dem Alter zuwachsender reifer Mann um ihr persönliches Stück erfüllten Seins. Diese sensible durcheinandergewirbelte Mischung war es, die mich zu ihm hingezogen hat, die mich, nachdem ich den Anfangsschock überwunden habe, vorsichtig auf ihn zugehen lässt. Nicht sein Bühnenantlitz hat mich gewonnen …

Und diese Mixtur, die sich endlich ungeschminkt und offener zeigt als je zuvor, lässt mich Schritt für Schritt näher an ihn herantreten, wie in einem geheimnisvollen Tanz. Zwei Tänzer, die sich nicht berühren, aber zunehmend in ihren Bewegungen angleichen und koordinieren …

Einmal, wir schlendern in der furios gemalten Dämmerung von dem kleinen Städtchen Orebic zurück zum Campingplatz, nehme ich spontan Tellos Hand. Er schaut mich fremd und gleichzeitig freudig überrascht an. Der unermessliche Himmel, schweigend, Paula tappt neben uns.

WIR BESCHLIESSEN, länger auf der Halbinsel zu bleiben. Der weite Blick aufs Meer und die grünen, hineingetupften Inselchen ist grandios, jeder Abend mit seinen Farben eine Sensation, selbst wenn er dahinrasende graue Regenwolken bringt. Gleichzeitig spüren wir beide, dass wir hier Ruhe finden. Jeder für sich, scheinbar auch gemeinsam.

Außerdem bildet sich unter den wenigen Campern, die im Mai unterwegs sind, zunehmend eine freundschaftliche Gemeinschaft. Wir werfen uns, wenn wir an den spärlich besetzten Plätzen vorbeigehen, Scherzworte zu; es werden Informationen über Wanderungen, Ausflüge und Supermärkte ausgetauscht, manchmal bleibe ich auf einen Plausch stehen.

Besonders Bärilla, so lautet jedenfalls sein Spitzname, ist uns ans Herz gewachsen.

„Den haben mir letzten Herbst Freunde in Spanien gegeben", lacht er, als wir ihn nach der Bedeutung des Namens gefragt haben, „die mich wohl für eine Mischung aus Bär und Gorilla hielten."

Ich mag diesen schlanken, großgewachsenen Anfangsfünfziger mit seinen halblangen graubraunen Haaren. Er hat eine längere Auszeit als Lehrer genommen und ist mit seinem älteren Wohnmobil mittlerweile seit über einem halben Jahr auf Tour.

Tello und er verstehen sich blendend. Zweimal sind sie für einen ganzen Tag in die Berge gewandert, ohne Paula, denn für die elfjährige Hündin wären diese Strecken zu weit. Tello hat zwar am nächsten Tag über Muskelkater gejammert, aber er wirkte glücklich und entspannt wie lange nicht.

Die beiden reden über unsere Situation, Tello ist bei Bärilla in guten Händen. Er scheint ein weites, offenes Herz zu haben. In seinen blaugrünen Augen schimmert manchmal eine alte Traurigkeit; wenn er Bier getrunken hat, was anscheinend zu seinem Abendprogramm gehört, blödelt er dann wieder ausufernd mit uns herum. Paula ringelt sich anhänglich neben seinem Stuhl zusammen, wenn er abends zu einem Absacker bei uns am Tisch sitzt.

„KENNST DU die Parabel vom Bauern mit seinem Pferd?"
„Nein!"

Ich bin nach dem Abendessen mit einem Glas Rotwein runter zum Kiesstrand, wollte allein, auf jeden Fall weg von Tello sein, denn vorhin hat mich ein spontaner Hassschub erwischt. Am Strand, unauffällig an einen Baum gelehnt, treffe ich Bärilla. Setze mich zu ihm, wir schweigen ein bisschen miteinander.

„Tello hat mir von seinem Sohn und dem Scheiß drumherum erzählt", meint Bärilla plötzlich leichthin.

„Und, wie siehst du das?", frage ich barscher als gewollt.

„Mmhh, ich glaube, es könnte letztlich ein großes Geschenk werden, für euch beide."

„Für uns beide!? Spinnst du?"

Ich schwebe zwischen interessiert, wütend und ungeduldig. Ich mag Bärilla, aber wenn er mir jetzt dumm kommt, kann er sich auf Ärger gefasst machen.

Und dann erzählt er mir die Geschichte vom Bauern mit dem Pferd.

„Einem alten Bauern, der seine Felder bestellt, läuft das einzige Pferd, das er besitzt, davon. Sofort drücken die Nachbarn des Mannes ihr Bedauern aus. ‚Was hast du für ein Pech!', meinen sie. Der Bauer antwortet: ‚Wir werden sehen.'

Einige Tage später kehrt das Pferd mit drei Wildpferden im Schlepptau zurück. ‚Was hast du für ein Glück!', rufen die Nachbarn aus, als sie davon hören. ‚Wir werden sehen', antwortet der Bauer ruhig

Der Sohn des Mannes will eines der Wildpferde zureiten. Das Tier wirft ihn ab und er bricht sich den Arm. ‚Du hast wirklich unerhörtes Pech!', meinen die Nachbarn voller Anteilnahme, doch der Bauer wiederholt nur: ‚Wir werden sehen.'

Bald darauf bricht Krieg in der Region aus und die Häscher des Fürsten zwingen die Männer in den Soldatendienst. Als sie den gebrochenen Arm des jungen Mannes bemerken, lassen sie ihn in Ruhe und ziehen weiter zu den Nachbarn. Als die dem Bauern später zu seinem Glück gratulieren, meint er gelassen: ‚Wir werden sehen'."

Mein Blick schweift übers Meer, ich lasse das Gehörte auf mich wirken. Es hat mich auf eine kurze, intensive Reise in eine andere Welt mitgenommen, als Bärilla mit unaufgeregter, ruhiger Stimme erzählt hat. Es ist, als habe diese Weisheitsgeschichte in mir geschlummert und sei nur nie ausgesprochen worden.

„Du meinst, man weiß nicht, welche Auswirkungen Ereignisse in der Zukunft auf einen haben können…selbst wenn sie bescheuert sind wie diese."

„Mmhh."

„Und außerdem nimmt der Bauer das Leben, wie es ist, ohne sich ständig zu beschweren oder zu jammern, stimmt's!?"

„Ja. Es scheint also auf den Standpunkt anzukommen, den man zu einer Sache einnimmt."

Ich denke nach.

„Darauf, wie man ein Geschehnis interpretiert, bezogen auf das eigene Dasein", meine ich langsam. „Ob ich es von vorneherein oder durchgehend ablehne oder ob ich einem Ereignis die Chance gebe, verschiedene Seiten zu entfalten."

„Ja, genau!"

„Weißt du", fahre ich zögerlich fort, „vor drei Wochen hätte ich dich angeschrien: ‚Was erzählst du mir hier für einen Scheiß, ich kann es nicht aushalten…' Vor zwei Wochen habe ich Tello angebrüllt: ‚Hau bloß ab, du Idiot!'. Gerade eben habe ich ihn mit einer Riesenwut im Bauch verlassen, aber im Grunde bin ich so weit zu sagen: ‚Wir werden sehen'. Es scheint also eine Frage der Zeit und der Dauer zu sein."

„Exakt!", antwortet Bärilla. „Antworten scheinen häufig mit Geduld und verstreichender Zeit im Gepäck aufzutauchen …"

„ICH HABE Bärilla zu einem Bier eingeladen", eröffne ich Tello, als wir auf unserer Womoaussichtsterrasse eintrudeln.

Ich bitte unseren Freund, die Erzählung zu wiederholen. Tello hört aufmerksam zu, nickt.

„Ich habe eine Ahnung, dass sie stimmt, aber mehr als eine Ahnung ist es nicht. Es ist schwer, sich auf die unbekannte Zukunft einzulassen, ohne sie im Vorfeld schönzureden oder abzulehnen", sinniert er.

„Und noch schwerer ist es, sie nicht kontrollieren zu wollen", ergänze ich. „Dabei wissen wir, wir können die Zukunft nicht wirklich vorher kontrollieren…und wollen es doch so gerne …"

„Ja, das ist das Spannungsfeld", sagt Bärilla. „Verhindert ein schmerzendes Knie, dass ich Tennis spielen kann, und ich bin deshalb sauer, oder gibt mir dieses Knie die Gelegenheit und die Zeit, auf andere Teile in meinem Leben, die gehört werden wollen, zu lauschen …"

Später teilt Tello mit uns die Parabel von den zwei Wölfen, die ihm sein Therapeut zum Abschied geschenkt hat.

„Die beiden Wölfe kämpfen gewaltig in mir in den letzten Wochen", gebe ich widerwillig zu. „Am Anfang habe ich gedacht, der Böse gewinnt; eigentlich wollte ich heimlich, dass er gewinnt, denn ich wollte dir nur wehtun, Tello. Wollte dich leiden sehen, weil du mich leiden lässt. Auge um Auge, Zahn um Zahn. Aber", ich starre meinen Mann direkt an, „das ist keine Lösung. Jedenfalls nicht dauerhaft für mich. Es wird wackelig bleiben zwischen uns, aber ich will auf dich zugehen …"

„Wir werden sehen", grinst Tello.

„Du Idiot!", schreie ich, doch es ist kein Schrei der lodernden Wut, sondern eher wie vor einem befreienden Lachen.

Bald darauf holen wir uns Pullover und Jacken. Paula verzieht sich ins Warme, wir wollen trotz des frischen Maiabends nicht ins Auto; plaudernd sitzen wir in der klaren Meeresluft und unter dem funkelnden Sternenteppich; gedankenverloren, scherzend, lachend, eingebettet in etwas weit Größeres, als unsere Vorstellungskraft hergibt. Plötzlich jaulen für einige Sekunden weit weg Schakale, die es hier auf der Halbinsel gibt. Unwirklich.

„Und was, meinst du, könnte dieses Kind für mich und uns bedeuten?", frage ich spontan in den unermesslichen Raum hinein.

Bärilla lacht.

„Wie viele Bereiche willst du haben?"

„Fünf!", rufe ich.

„Werden wir zusammenbringen."

Tello beugt sich aufmerksam vor.

„Da ist das Thema Ehrlichkeit und das Aussprechen von eigenen Bedürfnissen", beginnt unser Freund. „Obwohl, das sind eigentlich zwei Bereiche. Dann könntet ihr diskutieren, wie ihr dieses Kind integrieren wollt…"

„… falls wir es je kennenlernen", brummt Tello dazwischen.

„… mmhh, stimmt… Außerdem geht es um Verantwortung. Und vor allem ruft einen so ein junges Leben auf, über das restliche eigene nachzudenken. Welche Wünsche und Ziele habt ihr, wie und wo wollt ihr alt werden, wohin zieht es euch? Genug Ideen?"

„Vollkommen!", rufen wir wie aus einem Mund.

Vor dem Einschlafen schlüpfe ich für einige Minuten in Tellos Bett. Nur so. Aber das ist viel. Er seufzt tief, als ich mich an ihn kuschele. Plötzlich hängt sich ein Gedanke in mein Hirn. Breitet sich aus. Ich will in einem kleinen Haus mit Garten wohnen. Zwischen Blumen, Büschen und Bäumen werkeln. Während ich mir diesen Traum ausmale und zunehmend wacher werde, schlummert mein Mann selig neben mir. Vorsichtig schlüpfe ich aus dem Bett und steige die Leiter zum Alkoven hoch. Ich schlafe schlecht ein in dieser Nacht, doch diesmal ausnahmsweise nicht, weil ich an Tellos Fehlern hängen bleibe …

ES IST zehn Uhr morgens, als plötzlich die klare Stimme eines Saxophons über den Campingplatz klingt. „Happy birthday to you", leicht verfremdet, mit lustigen Schnörkeln und Verzierungen. Tello klatscht, als die letzten Töne verklingen.

„Der kann's!", lächle ich. „Hey, vermisst du nicht deine Gitarre. Mich hat es gewundert, dass du keine mitgenommen hast."

„Gitarrefasten", brummt Tello. „Fällt mir leichter als Alkohol-fasten vor Ostern. Ne, im Ernst. Ich habe bewusst Nein gesagt für diese Reise. Wollte wissen, wie es ist ohne."

„Und, wie ist es ohne?"

„Habe ein bisschen Angst, meine Finger werden steif, weil ich nicht übe. Manchmal sehne ich mich nach den Saiten, besonders wenn ich abends allein auf den Felsen sitze. Weißt du, ich kann halt meine Gefühle durch die Gitarre ausdrücken …"

„Besser, als sie auszusprechen. Jedenfalls früher …"

„Ich will aber lernen, über mich und das, was mich bewegt, zu reden. Deswegen habe ich sie daheim gelassen. Für diesmal. Das Spielen geht mir nicht verloren."

Ich bin echt beeindruckt. Der Mann hat wirklich was vor. Muss mich ranhalten, damit er mich nicht abhängt …

Nach dem Frühstück schlendert Tello in die Richtung, aus der die Musik kam.

„Heinz und Veronika aus Göttingen", berichtet er. „Er ist sechsundsiebzig und spielt, seit er achtzehn ist. Beruflich war er Verwaltungsangestellter; er hat oft auf Hochzeiten und anderen Feiern aufgespielt. Nette Leute … sind gestern angereist. Veronika hat heute Geburtstag …"

„Der bläst für sein Alter noch sehr klar …"

„Ja, er hat gemeint, er kann die Töne nicht mehr so lange halten, sonst passt es …"

In der Dämmerung schrauben sich erneut die starken, goldenen Klänge in die Luft.

„ ‚Petit fleur' und ‚Stranger on the shore'", murmelt Tello. Sonst schweigen wir, wollen nur zuhören.

Am nächsten Abend, Ilona, eine allein reisende Nachbarin, sitzt auf ein Bier bei uns, freuen wir uns, als Heinz gegen neun mit „Sweet Laraine" loslegt. Im zweiten Stück bricht er plötzlich ab und aus der Richtung seines Platzes ertönt lautes Stimmengewirr.

„Was ist denn los?", ruft Ilona und wir eilen rüber. Ein großer Mitdreißiger hat sich vor Heinz aufgebaut.

„...will ich, dass Sie mit dem Lärm aufhören!", fordert er gerade laut und bestimmt, als wir uns nähern.

Wir bemerken Rob und Hans-Jürgen, die entrüstet von ihrem Platz, der dem von Heinz gegenüberliegt, hinübergerannt sind.

„Was wollen Sie?", ruft Rob erbost.

„Dieser Mann soll sein Saxophongeblase einstellen. Ich sitze mit meiner Familie dort hinten beim Abendessen", er deutet auf einen Platz, der hundert Meter entfernt liegt, „und dieser Lärm stört uns."

„Da hinten stört Sie die Musik!?"

„Ja! Ich bin Physiker, ich weiß, wie sich Schallwellen verbreiten, mir machen Sie nichts vor."

Rob, die ich in den letzten Tagen als gelassene und freundliche Frau erlebt habe, reagiert sauer und verletzt.

„Das sind keine Schallwellen, das ist melodische Musik!", ruft sie ärgerlich, während Heinz verschüchtert und nahezu teilnahmslos in sich zusammengesackt daneben sitzt.

„Über Musikgeschmack lässt sich bekanntlich streiten, meiner wäre es nicht, aber das ist nicht der Punkt", rationalisiert der Mann, „mich stört der Lärm. Ich bin im Urlaub. Soll der Mann von mir aus in seinem Wohnmobil im kleinen Kreis spielen, nicht hier draußen. Ende!"

„Sie spinnen wohl!", mischt sich Ilona kopfschüttelnd ein. „Wie soll das denn gehen?"

„Ist mir egal. Ich will jedenfalls nicht, dass er spielt. Außerdem brauchen Sie mich nicht persönlich zu beleidigen. Ich darf ja wohl meine Meinung äußern."

„Aber uns gefällt die Musik", werfe ich ein, „und er spielt nur zehn Minuten."

„Mir sind diese zehn Minuten eindeutig zu lang. Ich will in

Ruhe meinen Abend genießen."

Der Mann dreht sich abrupt um und stapft energisch zu seinem Platz zurück.

Erregt diskutieren wir wild durcheinander. Die Wut auf diesen Ignoranten ist groß und will Raum; wir holen Stühle und Getränke, bald sitzen etliche Leute im Kreis beieinander.

Anfangs lassen wir unserem Zorn freien Lauf, danach übernehmen Spott und kreative Ideen, wie wir es diesem ‚Arsch von Physiker' heimzahlen wollen, die Oberhand und schließlich endet der Abend in ausuferndem Spaß und Gelächter.

Als uns der mit Taschenlampen bewaffnete Sicherheitsdienst gegen elf Uhr bittet, leiser zu sein, nehmen wir diese freundliche Warnung ernst, denn jetzt sind wir wirklich zu laut, und trollen uns beschwingt und beschwipst.

„Du warst still heute Abend, was war los?", frage ich Tello, als wir zum Zähneputzen Richtung Waschhaus laufen.

„Ich war total durcheinander und aufgewühlt durch den Streit. Einerseits hätte ich dieses Arschloch in die Fresse schlagen können und andererseits wusste ich nicht, was richtig ist und ob er nicht Recht hat. Eure Wut, vor allem die Wucht meiner eigenen Wut hat mich überrumpelt."

„Ach, deshalb bist du nicht mit zu dem Mann hin!?"

„Genau! Hatte Angst, die Beherrschung zu verlieren, deswegen bin ich weit weg geblieben."

Verwundert schaue ich den Mann an, der im Dunkel neben mir läuft. So kenne ich ihn nicht. Obwohl, mittelstarke cholerische Ausfälle, speziell nach übermäßigem Alkoholkonsum, habe ich erlebt; aber eine solche Wut nicht.

NACH EINEM kurzen, steilen Anstieg sind wir auf einen schmalen, erdigen Wanderweg eingebogen. Lichte Olivenhaine und Steineichen geben den Blick frei auf das kristallblaue Meer, das im frühen Sonnenschein blitzt. Paula tippelt-tappelt mit beschwingtem Schritt vor mir, ihr scheint der Ausflug sichtbar Spaß zu machen. Vor Paula wandert Bärilla, dem unser Hund nicht von den Fersen weicht, und die Spitze führt Tello als Pfadsucher. Wir wollen zu einer alten Kirche oberhalb des Meeres, die in unserem Reiseführer als magischer Ort beschrieben wird.

Wir schweigen. Entfernter Verkehrslärm dringt ab und zu von der weit unter uns verlaufenden Straße, ansonsten dominiert leises Summen von Bienen und anderen Insekten, die sich an den vielfarbigen Frühlingsblumen am Wegsaum vergnügen.

Plötzlich erschrickt Tello, bleibt abrupt stehen. Ich sehe den Schwanz der dicken, ein Meter langen schwarzen Schlange, die im dichten Buschwerk verschwindet.

„Äskulapnatter", brummt Bärilla, „ungefährlich!"

Beruhigt atme ich aus, merke, ich hatte den Atem angehalten. Paula schnüffelt kurz an der Hecke, dann bewegen wir uns weiter.

Irgendwie vermittelt mir dieser Mann Sicherheit. Als wenn er in dieser Steinbruchphase unserer Beziehung als Schutzengel abgeordnet worden wäre. Obwohl mir seit dem nächtlichen Gespräch klar ist, dass er selbst um sein Glück ringt und es ihm zeitweise durch die Finger gleitet, dass auch sein Leben zwischen Berg und Tal pendelt, vertraue ich ihm. Sogar mehr als vorher, jetzt, wo ich um seine Verletztheit und Suche weiß.

Bärilla hat von Rena, seiner Geliebten, berichtet, die es bisher nicht schafft, zwischen den beiden Welten zu entscheiden, in denen sie lebt.* Der gut ausgestatteten, wohltemperierten mit ihrem Mann und der unsicheren, aber möglicherweise spannenderen mit Bärilla.

„Einfach ist es mit mir nicht", hat er zugegeben. „Ich weiß außerdem nicht, wo meine innere Reise hingehen wird. Rena ist wie ein Spiegel meiner Auseinandersetzung mit meiner inneren

*Wer mehr über diese Beziehung erfahren möchte, dem sei mein erster Roman empfohlen. Winkler, Gerhard: Die Müllsammlerin, Höchstetten, 2. Auflage, 2017.

Leere … das spürt sie … und warum sollte sie sich in eine solche Unsicherheit hineinstürzen? Ein Netz oder einen doppelten Boden kann ich nicht bieten."

„Wer kann das schon, schau uns an."

„Aber ihr habt neben den Problemen eine längere Vertrautheit miteinander. Eine zumindest zeitweise gelungene Vergangenheit. Rena und ich haben einige gemeinsame Highlights, die Dauer fehlt …"

Da hat er wieder einmal das Richtige gesagt, der Bärilla. Stimmt, Dauer und Vertrautheit tragen, auch wenn besonders die Vertrautheit mir, zumindest zeitweise, extrem eingerissen und zerbrochen schien …

Ich stolpere, fange mich im letzten Moment. Sollte mich auf den engen Pfad vor mir konzentrieren, war im eigenen Kopf verschwunden. Der Weg ist der Weg, der Weg, der Weg, nicht mehr, nicht weniger, denke ich. Die Vergangenheit ist vorbei, die Zukunft nicht da, das Jetzt liegt direkt vor meinen Wanderschuhen.

Ich registriere die Umgebung bewusster. Wir laufen mittlerweile zwischen hochgewachsenen, dunklen Zedern, haben die Olivenbäume hinter uns gelassen. Der Pfad zieht nach oben, eine Lichtung öffnet sich. Mir stockt erneut der Atem, als wir sie ruhig betreten, überqueren, die Kirche in der Mitte beeindruckt umrunden.

Eine eigentümliche Ahnung durchdringt und durchflutet mich kraftvoll, erfüllt mich, wird an diesem wundervollen, Licht überstrahlten Ort für Augenblicke zu Gewissheit. Dieser Platz spricht in seiner goldenen Wärme, in seinem Zusammenspiel unterschiedlicher Grüntöne unmittelbar zu mir.

Wir setzen uns auf sonnenbeschienene Steine, packen Brot, Käse, reife Tomaten und Äpfel aus. Jeder Bissen schmeckt köstlich. Wir werfen Paula ein Stück Brot zu, sie verschlingt es gierig. Die Wasserflasche kreist.

Irgendwann steht Bärilla auf, verschwindet für einige Minuten im Wald. Paula trottet wenige Schritte hinter ihm her, doch sie gibt schnell auf, lässt sich auf einem Sonnenfleck in der Wiese niederplumpsen. Stille. Insektenbrummen. Vögel, die piepsend von Zeder zu Zeder fliegen. Eingebettetsein.

Blassblaue Augen blitzen in Tellos braunen, faltigen Gesicht. Weit wie das Meer …

FLEDERMÄUSE DURCHKREUZEN den Abendhimmel, aus dem das Licht abfließt, während unten Wellen gegen den Strand donnern, als gäbe es kein Morgen. Dazu eine letzte Amsel, die laut in einem Baum zetert, um die Dämmerungskatze zu entlarven. Plötzlich da und dort aufflammendes Licht der Campingplatzlaternen.

Tello und ich spielen Karten. Zum ersten Mal in diesem Urlaub. Vorher wäre das nicht möglich gewesen. Bärilla schlendert vorbei, winkt uns zu. Am nächsten Tag liegt ein Zettel unter einem Stein auf unserem Tisch.

„Sitzen zwei am Campingtisch,
spielen Karten, lieben sich."

Bärilla hat bemerkt, was ich, was wir vergessen hatten. Es stimmt: Ich liebe Tello, meinen Mann. Trotz all seiner Schwächen. Und er?

„Liebst du mich eigentlich?", frage ich ihn spontan, als er grinsend das Geschreibsel seines Freundes studiert.

„Oh ja, sehr! Maßlos will ich dein Geliebter sein … erinnerst du dich an diese Zeile aus einem unserer Lieder?"

„Das meine ich nicht! Nicht nur als Geliebte, da ist er wieder, dein heißgeliebter Sex! Ich meine alles. Liebst du mich im Ganzen?"

Tello schaut ernst.

„Auch im Ganzen", meint er schließlich. „Du bist der einzige Mensch, dem ich ein Stück meines früh verlorenen Vertrauens schenken kann. Allerdings mit fürchterlicher Angst, manchmal …"

Als ich mich wegdrehe, um meine nassen Augen zu verbergen, blinzele ich durch den Schleier auf die rissige Rinde des Olivenbaumes neben uns, die von der goldgelben Morgensonne überflutet wird, und bin sicher: etwas Schöneres habe ich nie gesehen.

„Lass uns frühstücken", höre ich Tellos Stimme rau hinter mir.

„Ja", nicke ich, „lass uns frühstücken. Ich habe einen Bärenhunger."

Paula, die gemütlich neben dem Tisch in der Sonne liegt, drückt sich bei dem Wort ‚Frühstück' schnaufend hoch. Ihre dunklen Augen treffen mich ins Herz.

Doch bevor die Rührung mich erneut überschwemmt, streckt sie mir die feuchte Nasenspitze fordernd entgegen.

„Ja, Frühstück", scheint ihr Gesicht mit dem schwarzen Riechknubbel an der Spitze auszudrücken, „denn ich bin Hunger."

Ich lache …

BÄRILLA ist weitergezogen.

„Unser Schutzengel verlässt uns", habe ich traurig geseufzt.

„Nein", hat er gegrinst, „euer Schutzengel bleibt, da bin ich sicher; aber ein Freund verlässt euch."

Wohl wahr. Ich habe ihn lieb gewonnen. Die Art, in der er zugehört hat, und seine kuriosen Sprüche und Geschichten haben Tello gutgetan. Mir genauso!

Gestern Abend, wir haben nach einem gemeinsamen Abschiedsessen mit einer Flasche Rotwein und Kerzen unten am Strand gesessen, hat Tello von seinen Anfangsjahren als Musiker erzählt.

Einige Anekdoten kannte ich, in dieser Tiefe hatte er seine Vita jedoch nie ausgebreitet.

„Ich war Anfang vierzehn und habe ziemlich für ein Mädchen geschwärmt. Es konnte Gitarre spielen, hat mir super gefallen. Ich habe Akkordeon gelernt; es hat mich absolut genervt, dieses schwere Ding den Berg hoch zu meinem Lehrer zu schleppen. Außerdem hat mich dieser Typ heftig auf die Finger geschlagen, wenn ich die falschen Tasten gedrückt habe."

Ich konnte es kaum glauben, aber Tellos Gesicht verriet mir, er hatte keinen Scherz gemacht.

„Na ja, jedenfalls hat ein Typ in meiner Schule eine Elektrogitarre verkauft. Sie hatte die Farbe ‚Sunburst', rot auf gelb lackiert, und war vom Typ her eine Stratocaster. Ich habe sie geliebt und autodidaktisch angefangen, auf ihr zu klimpern."

„Welches war dein erstes Lied?", fragte Bärilla.

„‚House of the rising sun' in der Version von Frijid Pink. Kennt ihr, oder?"

„Natürlich, das fand ich toll. Kraftvoll und urwüchsig."

„Wir hatten damals zum Glück einen modernen Englischlehrer, sonst hatte ich es nicht so mit den Paukern", meinte Tello mit einem Seitenblick auf Bärilla, der grinste, „der manchmal weg ging von den Standardmethoden. Er hat mit uns Rocksongs übersetzt, hat total Spaß gemacht. Fünf Stunden am Tag habe ich in dieser Zeit geübt; es hat mir absolut gefallen, auf den sechs Saiten alles vom Flüstern bis zum Donnern auszuprobieren. Schule war mir so was von egal und nach drei, vier Monaten war ich ziemlich fit. Besonders die weiße Bluesszene hatte es mir angetan; John Mayall, Rory Gallagher, der sich die Leber weggesoffen hat, und solche Leute …"

„Und wann hattest du deine erste Band?"

„Anfang der Siebziger. In meiner Klasse waren vier, fünf Leute, die Bass, Schlagzeug und so gespielt haben, und wir haben losgelegt. Wir haben eher Krach gemacht, als richtig gut zu spielen, aber der Kick war, es zu tun und irgendwo aufzutreten. Mittlerweile hatte ich mir mit wochenlanger Ferienarbeit eine neue Gitarre zusammengespart. Marke Gibson, goldene Farbe, Les Paul Goldtop, die habe ich heute noch. Ritchie Blackmore hat nach einem Auftritt auf ihr unterschrieben; ein Sammler hat mir 2500 Euro dafür geboten …"

„Wo seid ihr aufgetreten?"

„In den Dörfern um Schwabach und Nürnberg am Anfang. Lief nicht. Wir waren zu laut für die Kneipen und Scheunen. Das Publikum ist regelmäßig geflüchtet; drinnen war es leer, was natürlich für uns blöd war, draußen haben sie geraucht und zugehört. Dann kamen einzelne Szenekneipen in Nürnberg. Vorbild war damals für uns zum Beispiel die Gruppe ‚Blueswurscht', die kennt ihr bestimmt nicht."

„Der Name ist originell", lachte ich.

„Mit achtzehn bin ich zum Bund. Hab dort eine Band gegründet, das war mein Glück, denn wir sind häufig freigestellt worden. ‚Gefreiter Tellmann zum Üben in den Keller', war mein Lieblingssatz. Die Musik hat mich davor gerettet, beim Bund nur zu saufen und zu verblöden, sie war meine Rettung. Wie oft …"

Tello starrte gedankenverloren aufs Meer.

„Jedenfalls haben wir als Hausband bei Faschingsbällen und anderen Veranstaltungen aufgespielt, da ging es rund, kann ich euch sagen.

Nach dem Bund war ich ziemlich orientierungslos. Die Gitarre war ein fester Teil meiner Persönlichkeit, aber ich wusste außer Musik nicht, was ich tun sollte, obwohl ich Abi hatte. Kein Antrieb für Studium oder so. Habe mich mit Jobs in Fabriken und Brauereien finanziell über Wasser gehalten; von meinen Eltern kam nichts, mein Vater hatte keinen Draht zu meiner Musik, für den war ich eh ein Versager, weil ich nicht sofort mit einem

Studium angefangen habe. Er ist bald an einem Herzinfarkt gestorben. Da kamen andauernd Vorwürfe von der Mutter, ich sei ein Sargnagel für seinen Tod gewesen; unser Verhältnis hat sich dadurch nicht verbessert …"

Ich wusste, wie angespannt Tellos Verhältnis zu seiner vor Jahren verstorbenen Mutter war. In diesem Augenblick hielt ich einen weiteren Baustein in den Händen, welche Hintergründe dafür mitverantwortlich waren.

„Musikalisch dümpelte es so dahin in dieser Zeit. Nebenbei spielte ich bei verschiedenen Bands in den Szenekneipen und hatte Gigs bei Tanzveranstaltungen; 1976 haben wir unsere heutige Band gegründet."

„Dann habt ihr ja dieses Jahr vierzigjähriges Jubiläum!"

„Stimmt, und gleichzeitig meinen Abschied. Wir kamen gut an, damals war der Musikmarkt nicht eng wie heute. Das Spielfeld war in den 70igern ziemlich leer. Lange Haare, zerrissene Jeans, wilde Gitarrenrhythmen, die markante Stimme unseres Bandleaders, alles passte prima in die Zeit. Nur Geld haben wir anfangs kaum verdient, aber es reichte irgendwie. Unser Durchbruch kam schließlich mit den Auftritten im ‚Komm' in Nürnberg…"

„Ist das nicht später von der Polizei besetzt oder geräumt worden? Ich erinnere mich, diesen Namen öfters in der Zeitung gelesen zu haben", meinte Bärilla, der sichtbar keine Ahnung von der Frankenmetropole hat.

„Ich könnte dir Dutzende mehr oder weniger lustige Anekdoten erzählen", lachte Tello. „Die lasse ich weg, zumal Anja sie kennt. Na ja, irgendwann kam der erste Plattenvertrag, wir waren Vorgruppe bei großen Festivals und plötzlich waren wir in den Top Ten. Den Megaerfolg brachten uns die Open Airs und die gefüllten Fußballstadien. Ja, die 80iger, da war Verrücktsein angesagt; wir haben ausprobiert und gemischt, in unseren Songs hart polarisiert und weich geschmust. Erinnert ihr den Spruch:

‚Gegen Bullen hart, im Bett zart'? So ähnlich war unsere Devise. Selbst im muffigen alten deutschen Schlagermilieu gab es in dieser Zeit Entwicklungen. Lief jedenfalls, ich konnte mir eine große, renovierungsbedürftige Altbauwohnung im Nürnberger Stadtviertel Johannis kaufen, bevor es definitiv in und hip wurde. Zum Glück konnte ich Geld zusammenhalten, das habe ich von meinen Eltern gelernt, die vom Krieg gebeutelt waren.

„Und dein Leben …?"

„Alkohol, zum Glück nur leichte Drogen, wilde Partys, gefeiert und gevögelt, wenn ich es plakativ zusammenfasse. Habe alle Musikerklischees bedient. Nacht war Tag, Tag war Nacht, feste Beziehungen dauerten vor der Begegnung mit Anja höchstens Monate; Tiefgang hatte mein Leben nicht, dafür jede Menge Räusche und Höhepunkte. Allerdings habe ich beim Sex auf Verhütung geachtet; Kinder wollte ich nicht zeugen und danach nicht für sie da sein. War ein Sakrileg für mich."

„Und wie ist es dann vor drei Jahren passiert?"

Jetzt wollte ich es genau wissen.

„Die Frau hat mir versichert, sie kann keine Kinder bekommen", sagte Tello vorsichtig. Er wusste, er war, ohne es zu wollen, in einem brisanten Thema gelandet.

„Und Krankheiten?"

Meine Stimme war schneidend, habe es selbst gemerkt. Wie ein Schwamm mit Nägeln, der die Tafel, die Tello mit seinem Gerede vollgekritzelt hat, beim Leerwischen zerkratzt. Die Tafel auf dem Boden zerschmettert. Wut pur!

„Ich habe sonst Präservative benutzt", tönte seine Stimme in dem jämmerlichen Verteidigungston, der mich ankotzt. „War ja wirklich weniger geworden, nachdem ich dich vor fünfzehn Jahren kennengelernt hatte. Ich habe zwar gebraucht, mich auf dich einzulassen, doch völlig verantwortungslos habe ich nicht gehandelt."

„Da bin ich aber froh!", fauchte ich sarkastisch.

Na ja, so war der letzte Abend mit Bärilla zum Schluss verdorben. Und die halbe Nacht …

ICH HEULE, als Bärilla mich zum Abschied fest an sich drückt. Heute Morgen fühle ich mich zwar besser, aber Tellos Freundin bin ich nicht. Seine letzten Enthüllungen haben mich verletzt, obwohl ja nichts Neues dabei war. Jedes Mal, wenn reale Einzelheiten auftauchen, packen mich Wut, Zorn und Enttäuschung aufs Neue. Ich hasse Tello dann, ohne Wenn und Aber. Nach wie vor schäme ich mich ein bisschen über die Intensität meiner Ausbrüche, doch ich würde zerplatzen, würde ich sie in mir vergraben wollen. Selbst die rüden Ausdrücke, die ich benutze, erleichtern mich. Habe früher nie Begriffe wie ‚Ficken' oder ‚Vögeln' benutzt, aber in diesem Zusammenhang scheinen sie mir angebracht. Ein anderes Wort fällt mir dazu nicht ein. Und Tello muss wissen, dass es für mich eine Ebene gibt, auf der Verzeihen oder Vergessen kaum stattfinden kann.

Um mich nicht weiter hineinzusteigern, frage ich Bärilla nach seinen Reiseplänen.

„Montenegro und eventuell weiter nach Albanien. Je nachdem, wo der Wind mich hintreibt."

„Darüber haben Tello und ich auch gesprochen, aber bei der Rückreise in die EU benötigen Hunde eine besondere Impfung und deshalb haben wir die Tour gecancelt."

„Anja, dir geht es nicht so gut heute, oder?", wechselt unser Freund in seiner offenen Art, die keine unnötige Zeit verliert, das Thema.

Ich heule sofort los.

„Es geht mir total Scheiße, wenn es hochschwappt", schluchze ich. „Ich weiß dann nicht, wo ich mit mir hin soll … ich hasse Tello in diesen Momenten …"

„Versteh ich total", brummt Bärilla, „lass es einfach raus. Muss er ertragen. Die Achterbahn in dir wird bleiben …"

„Genau! Manchmal liebe ich diesen Arsch so arg, ist kaum auszuhalten … und Sekunden später diese Scheißwut …"

„So ähnlich ist es bei mir mit Rena. Im Grunde kann ich ihr Verhalten und ihre Entscheidungen bzw. ihre Entscheidungsunfähigkeit nachvollziehen, aber, wenn ich schlecht drauf bin, könnte ich nur schreien. Wollen wir die beiden Deppen nicht sich selbst überlassen und uns zusammentun? Steig zu mir ins Auto und ab sausen wir in die albanischen Berge …"

Ich muss unter Tränen lachen. Bärilla ist einfach süß.

„Du wärst schon der Richtige für mich. Aber du weißt ja, wo diese verdammte Liebe hinfällt …"

„Ja, ich weiß, da gibt es kein Gegengift. Kenne ich zu gut", lächelt er und schließt mich nochmal in die Arme.

Tello, der sich bisher sichtbar betröppelt im Hintergrund gehalten hatte, drückt den Freund an sich.

„Im Dezember habe ich mein letztes Konzert", grinst er gerührt, „ich hätte dich gerne als Ehrengast dabei …"

„Bin hundertprozentig da!"

Jetzt schnäuzt sich Bärilla.

„Mir reicht es mit euch beiden", macht er sich burschikos los. „Zu viele Gefühle. Ich hau ab …"

„ICH BIN Heinz beim Brotholen begegnet", berichtet Tello am nächsten Morgen beim Frühstück. „Er sah schlecht aus. Er muss starke Herztabletten nehmen, die den Blutdruck senken und seinen Herzmuskel unterstützen."

„Ach, deswegen bewegt er sich so zurückhaltend und vorsichtig."

„Genau! Und eben wirkte er abgehetzt, als wenn er sich übernommen hätte."

„ ,Ich will wie früher, aber es geht einfach nicht', hat er traurig gemeint."

Wir schauen uns an. Spiegeln in unserem Blick in diesem Moment das bei uns näherkommende Alter mit seinen möglichen Beschwerden.

„Selbst Musiker altern", versucht Tello ein Lächeln, während er sich Schokoladenaufstrich auf ein Stück Baguette streicht. „Ich merk's zunehmend."

„Auch Yogalehrerinnen."

„Du nicht!"

„Oh ja, auch ich. Meine Figur breitet sich, meine Haut welkt…"

„Ich will es nicht wissen", schreit Tello lebhaft dazwischen, „du bist die Schönste, die ich kenne."

Die Teetasse wackelt leicht in meiner Hand.

„So, so", lächle ich, „der alte Charmeur hat wohl gerade die Oberhand."

Heimlich freue ich mich – trotzdem.

HEINZ' SAXOPHON hat vier Tage geschwiegen. Traurig. Wir bitten ihn, am Abend für uns zu spielen. Er schüttelt bedenklich den Kopf, zögert, will nicht stören.

„Und außerdem, was ist, wenn der Mann auftaucht?"

Wir entwickeln einen Schlachtplan. Die resolute und schlagfertige Ilona und der kräftige Hans-Jürgen mit seinen langen weißen Haaren wollen Bodyguard spielen, wir anderen setzen uns im Halbkreis um ihn, als er loslegt. Wir sind freudig aufgeregt, was passieren wird.

Tatsächlich, beim zweiten Lied nähert sich unser gestresster Physiker mit eiligen Schritten. Unsere Bodyguards stehen auf, stellen sich vor Heinz.

„Ich hatte Ihnen gesagt, ich will nicht gestört werden!", faucht der Mann.

„Wir möchten gerne diese feine Musik hören", grinst Ilona mit vor der Brust überkreuzten Armen. „Und", fährt sie fort, „obwohl Anmut und Liebreiz meine zweite Natur sind, möchte ich Sie doch bitten, sich still und ohne Aufsehen zu entfernen."

Ich könnte grölen vor Freude.

„Demokratie lebt von der Mehrheitsentscheidung und dem Minderheitenschutz", doziert Hans-Jürgen ironisch. „Einige Tage hatten wir Minderheitenschutz, heute und morgen entscheidet die Musik begeisterte Mehrheit."

„Hau ab, Bursche!", brummt Tello, der sich zurückhalten wollte, aber spontan aufgestanden ist. „Schleich dich und stör uns nicht. In einigen Minuten hast du deine Ruhe."

Der Angesprochene zögert, starrt uns verbissen an, dann dreht er ärgerlich, wortlos ab.

Gerechtigkeit hat verschiedene Seiten, denke ich, und freue mich diebisch, während meine Fußspitze im Takt zu den Tönen von Heinz mitwippt.

Der Abend endet besinnlich. Wir haben einen Kampf gewonnen, aber darum, da sind wir sicher, ging es nicht. Wir wollten unseren Platz verteidigen; den Platz, der für uns gut ist, vielleicht sogar unseren Platz im Leben. Das wollte der andere genauso, diesmal waren wir dran. Wir sind, jeder auf seiner Position, für das eingestanden, was uns wichtig ist. Nicht gegen den Mann, sondern für uns.

So ist es nicht verwunderlich, dass nicht nur ausgelassen gefeiert wird, sondern auch besinnliche Themen aufkommen. Heinz, der glücklich wirkt, berichtet von einer Kirchenausstellung, die Veronika und er auf der Fahrt in den Urlaub besucht haben.

„Musik ist die Seele der Liebe, denn sie verbindet das Göttliche mit dem Menschlichen", zitiert er sichtbar begeistert einen Spruch von Bettina von Arnim, den er dabei entdeckt hat.

„Und von einem anderen Erlebnis will ich euch auch erzählen", fährt er fort. „Es war bei einem Musikworkshop vor zwanzig Jahren. Ich habe ‚Forever in Love' gespielt; Veronika, die ich neu kennengelernt hatte, hat mich auf dem Klavier begleitet. Plötzlich war ich eins mit meinem Saxophon. Nichts war zwischen uns und als ich zu Veronika geschaut habe, war es da genauso. Völlige Verbundenheit!"

Sichtlich gerührt verstummt Heinz. Ich blicke in das Gesicht dieses alten Menschen, lasse mich mitnehmen von seiner Freude und Offenheit.

„Wie war es, hat dich in dieser Phase das Saxophon gespielt?", will Tello nach einer Pause wissen.

Heinz schüttelt langsam den Kopf.

„Nein, ‚es' hat gespielt, so würde ich es ausdrücken … wenn es überhaupt Worte gibt."

Tello nickt.

„Ein Geschenk…wie Gnade, oder?"

Jetzt nicken Veronika und Heinz; sie lächeln sich liebevoll an. Mensch, denke ich, das ist auch ein Geschenk, wenn man sich in dem Alter so liebhat.

Auf dem Heimweg frage ich Tello: „Ist Musik für dich die Seele der Liebe?"

„Den Spruch habe ich nicht verstanden", brummt er, „der ist mir zu hoch. Die Sache mit der Einheitserfahrung kann ich nachvollziehen."

„ ‚Es spielt'… hast du das schon erlebt?"

„Klar! Wilder, ungezügelter, verrückter…ist ein geiles Feeling, wenn alles passt und man selbst nur ein Teil des Spiels und nicht mehr der Spieler ist. Allerdings", Tello bleibt stehen, „ich glaube, ich habe eine Menge ruhiger Momente versäumt."

Vielleicht können die ja noch kommen, denke ich.

„Ich bin auch noch nicht sechsundsiebzig und habe die Weisheit des Alters", grinst Tello in diesem Augenblick …

ABGESEHEN VON den anregenden Gesprächen und Treffen mit den Campingfreunden hat mich seit einigen Tagen ein Buch einer schwedischen Psychotherapeutin gepackt.* Meine ältere Schwester hat es mir vor unserer Reise geliehen. Anfangs fand ich es etwas altbacken und dachte, das kenne ich längst, aber durch Tellos Enthüllungen haben ihre Sätze aktuelle und höchst reale Bedeutung für mich gewonnen. Ich beginne, bewusst und aufmerksam niederzuschreiben, was mich in dem Buch aufhorchen lässt. In meiner besten Schrift.

An manchen Tagen schäume ich über vor Lebenslust und fühle mich wie das junge Mädchen, das ich einmal war, während mir an anderen Tagen die Beine wehtun und ich gegen eine Schwäche kämpfe, die von der alten Frau kündet, die ich einmal sein werde und die bereits auf ihren Auftritt wartet.(10)

Das Leben ist eine Direktübertragung. Man kann nicht auf „rewind" drücken und zurückspulen, wenn etwas Wichtiges fehlt.(10)

Es kann keine Entwicklung stattfinden, wenn man das, was war, nicht loslässt. Deshalb ist Trennung ein Hauptthema bei jeder Veränderung … Langsam, aber sicher gleitet einem das, was man als gewiss wähnte, aus den Händen … Im Nachhinein sieht man vielleicht, dass es genau die Situationen waren, in denen man „falsch" handelte, die für die entscheidenden Schritte in unserer Entwicklung die größte Bedeutung hatten. Ein erfahrener Mensch hat eine klare Urteilskraft. Zu einer klaren

*Tudor-Sandahl, Patricia: Das Leben ist ein weiter Fluss – Über das Älterwerden; Freiburg 2003.

Urteilskraft gelangt man allerdings erst, nachdem man unzählige falsche Entscheidungen getroffen und im besten Fall daraus gelernt hat.(35f.)

Wer es schafft, sich mit seiner Geschichte zu versöhnen, hat eine größere Chance, Gewohnheitsmuster zu durchbrechen und in Übereinstimmung mit seinem Alter zu reifen.(45)

Selbst lange Beziehungen gehen oft in die Brüche, nun, da die Illusionen nicht länger greifen und man seinen Partner vielleicht zum ersten Mal so sieht, wie er wirklich ist. „Du bist nicht derjenige, den ich geheiratet habe!" lautet ein häufiger, allerdings meist unberechtigter Vorwurf. Die Wahrheit ist vielmehr, dass der andere niemals so war, wie wir glaubten. Wir schaffen uns Bilder voneinander, ganz nach unseren Bedürfnissen und Defiziten, und werden oft von solchen Menschen angezogen, die das haben, was uns fehlt.(67)

Es ist eine schwere, aber notwendige Aufgabe – wenn sich eine Beziehung weiterentwickeln soll – , sich selbst und den anderen ohne Maske zu sehen … Es ist nicht einfach, unsere Illusionen über Bord zu werfen. Genau das müssen wir jedoch tun, wenn wir uns weiterentwickeln wollen.(69)

Es ist sehr schwer, einen anderen Erwachsenen dazu zu bewegen, sich zu ändern, und nur selten hat man das Recht dazu … Entweder lernt man nach dem fünfzigsten Lebensjahr, sich als Paar mit „offenen" Augen zu sehen und auf reife Weise gegenseitig anzunehmen, oder aber man trennt sich.(70)

Wahr ist, dass unsere Beziehungen nie besser werden können als die Beziehung, die wir zu uns selbst und unserem unbewussten

Leben haben. Was bei uns selbst verkehrt ist, stimmt auch in der Beziehung nicht.(72)

Die überkommene Hoffnung „zusammenzuwachsen" muss dem Wunsch weichen „zusammen zu wachsen" … Männer können zum Beispiel sinnlicher, gefühlsbetonter und abhängiger werden. Frauen können ihrerseits unabhängiger von der Meinung anderer und selbstbestimmter werden … Partnerschaften in der zweiten Lebenshälfte müssen sich so mancher Herausforderung stellen, und viele geben auf … Liebe ist ein Dauerprojekt, das in vielfacher Weise Arbeit erfordert. Soll eine Beziehung sich noch im fortgeschrittenen Alter weiterentwickeln, so müssen einige Bedingungen erfüllt werden. Jeder Partner muss die Verantwortung für sein emotionales Wohlbefinden selbst tragen und dem anderen seine Gefühle und Bedürfnisse mitteilen können, ohne sich in einem traurigen Aufzählen alter Fehler und Mängel zu verfangen. Schweigen ist der größte Feind der Beziehung. Ein Paar, das eine Form gefunden hat, über Gefühle und auch über Enttäuschungen zu reden, ohne festgefahrene und verletzende Worte zu benutzen, kann sehr weit kommen.(73f.)

„Was schreibst du in den letzten Tagen so eifrig?", fragt Tello, der mit Paula vom Spaziergang zurückkehrt.

„Ich lese ein Buch übers Älterwerden. Meine Schwester hat es mir geliehen. Vieles scheint mir passend für mich und uns. Es ist mir wichtig, einiges rauszuschreiben, weil ich es nach der Reise zurückgeben will."

„Lies vor!"

Tello setzt sich zu mir an den Tisch und hört aufmerksam zu.

„Weiter als bis S. 73 bin ich nicht", schließe ich. „Ist dir was aufgefallen?"

„Einiges. Vor allem handelt es ständig von Trennung…ehrlich, hast du über Trennung nachgedacht, als ich gebeichtet hatte?"

„Andauernd!"

„Und nun?"

„Weniger. Am Anfang war ich so sauer, ich konnte kaum einen klaren Gedanken fassen. Schwarz-weißes Bild und du warst der Arsch und Bösewicht in der Story. Mittlerweile sehe ich es differenzierter. Und diese Frau spricht aus, was ich ähnlich spüre. Damit will ich dich nicht aus deiner Verantwortung entlassen …", ich fixiere Tello scharf.

„Ja, ja!", wehrt er ab.

„Aber ich will meinen Anteil am Geschehen anschauen."

„Finde ich gut. Mir ist klar, ich habe den Scheiß gebaut. Um meinen Teil will ich mich weiter kümmern. Aber wir haben ja schon darüber gesprochen, dass einiges bei uns ziemlich festgefahren war …"

Wir diskutieren mit vollem Einsatz über die Sätze, die ich abgeschrieben habe, bis uns nagender Hunger zum Handeln zwingt.

„Schweigen ist der größte Feind der Beziehung", schreibt die Autorin. Da hat sie absolut Recht, denke ich, während ich Salat wasche und Tello Gemüse schnippelt.

„WENN EIN Konflikt oder ein Problem entsteht, geht jeder auf seine eigene Reise", begann Bärilla an einem Abend.

Ich habe mir diesen Satz aufgeschrieben.

„Und diese Reise ist bestimmt durch Gefühle, Erfahrungen, Einengungen und Kernüberzeugungen aus der Kindheit."

„Was meinst du mit Kernüberzeugungen?", wollte ich wissen.

„Machen wir ein Beispiel. Seid ihr dabei?"

Tello und ich nickten.

Unser Freund bat uns, für einige Sekunden still zu sein und achtsam zu werden.

„Gebt mir ein Nicken, wenn ihr bei euch seid."

Als wir das Zeichen gaben, sagte er mit ruhiger Stimme: „Was taucht in dir auf, es können Gedanken, Empfindungen oder Bilder sein, wenn du hörst: ‚Du bist ein guter Mensch!'? Lasst euch Zeit, sammelt innerlich, was in euch auftaucht."

„Ich hatte eine wohlige Wärme im Bauch", meinte ich bei der Besprechung, „und dann kam der Gedanke: ‚Ja, das ist weiter mein Ziel …'"

„Bei mir war es völlig anders", begann Tello. „Ich hatte sofort den glasklaren Gedanken: ‚Stimmt nicht, das glaube ich nicht… ich bin kein guter Mensch'."

„Ein Satz, unterschiedliche Auswirkungen", fasste Bärilla zusammen. „Wo kommen diese Assoziationen wohl her? Wie sind die in euch reingekommen? Was sagen sie über euch und darüber, was ihr von euch denkt und haltet?"

„Heißt das, alles, was wir wahrnehmen, interpretieren wir sofort irgendwie?", fragte ich.

„So ist es! Wir nehmen die Realität nicht einfach an, sondern wir bewerten und interpretieren sie, ausgehend von dem, was wir in der Kindheit gelernt haben."

„Dann sind wir ja keine Spur frei", überlegte Tello.

„Sind wir in dem Sinn auch nicht. Allerdings werden wir freier, wenn wir uns unseren Konzepten und Überzeugungen bewusster werden. In dem Moment, in dem wir davon wissen, beherrschen sie uns nicht mehr unbewusst. Wir haben dann eine Chance, neu und anders zu handeln, wenn wir wissen, wie unser Unterbewusstsein uns eigentlich handeln lassen würde."

„Da fällt mir ein Spruch von Moshé Feldenkrais ein, der uns in meiner Yoga-Ausbildung begleitet hat: ‚Du kannst nur tun, was du willst, wenn du weißt, was du tust'."

„Ja, genau!", rief Bärilla.

ICH HABE mich nach den ausgedehnten Yogaübungen zufrieden im gemütlichen Stuhl versenkt, die Füße auf den Hocker gelegt. Schaue entspannt vorbei an der weißblühenden Katalpa mit ihren herzförmigen, tellergroßen Blättern aufs tiefblaue, wellige Meer; die Sonnenstrahlen werfen gelblich durchflutete Schatten, Möwen kreisen mit stolzen, leichten Flügelschlägen; Amseln und kleine Vögel singen ihr Zizipeh und andere Lieder in den warmen Wind, der in wiederkehrenden Rhythmen gemächlich durch die Bäume fächelt. So ist es oft nach den fließenden, langsamen Übungsreihen, die wir im Yoga ‚Flow' nennen. Sie beruhigen mich nicht nur, sie schärfen gleichzeitig meinen achtsamen, liebevollen Blick auf die Umgebung.

Eine kleine, grasgrüne Eidechse läuft zwischen den Kieseln in meine Richtung. Plötzlich ist es, als wenn die Welt die Luft anhält, obwohl alles so bleibt, wie es ist. Es gibt nur dieses Echslein und mich.

Sie bleibt wenige Zentimeter vor dem Hocker stehen, stemmt ihren Oberkörper auf ihren Vorderbeinen in die Luft; sie schaut, meine ich, zu mir hoch, ich sehe auf sie hinunter; beide bewegungslos; nur der hastig pulsierende Herzschlag an ihrer Flanke pocht. Ich, Eidechse, ich, Vögel, Wind, Bäume, Meer – eine Symphonie, endlos, zeitlos, gedankenlos…

Jemand fährt auf dem Kiesweg hinter mir mit dem Fahrrad vorbei; die Eidechse erschrickt, ihre Beinchen wirbeln, geschmeidig verschwindet sie hinter dem Reifen unseres Autos. Ich bin aus dem Einheitsparadies zurückgekehrt, doch es hallt friedlich nach…

Plötzlich quengelt ein kleines, lautes Motorflugzeug vom Horizont über dem Meer aufs Festland zu. Sofort taucht das Feeling von Genervtsein in mir auf. Bei Unruhe und Lärm hört All-Ein-Sein sofort auf, das kann ich nicht integrieren.

Die Sache mit den Kernüberzeugungen fällt mir ein. „Nicht

ich!" Tello hat mir erzählt, wie er diesen Satz als seine uralte Kernüberzeugung und heimlichen Leitspruch in den Therapiesitzungen herausgefunden hat. Gerade habe ich einen bei mir entdeckt: „Lautes stört!"

Hab ich von meinen Eltern. Glasklar! Die waren genervt, wenn es irgendwo lauter wurde, und besonders Kindergeschrei konnten sie nicht ertragen. Ja, vielleicht bin ich deswegen ein zurückhaltender, ruhiger Mensch geworden…und Kinder wollte ich nie… sollte ich tatsächlich von dem Verhalten meiner Eltern in meinem nicht vorhandenen Kinderwunsch unbewusst beeinflusst worden sein? Den Gedanken schiebe ich lieber zur Seite, weg damit.

Andererseits, das mit dem lauten Geräusch stimmt nicht ganz. Die Musik von Heinz stört mich nicht.

Jetzt habe ich es: Lärm und laute Maschinengeräusche nerven mich. So wie andere die hohen Drehzahlen bei der Formel 1 megageil finden, so sehr verabscheue ich Gedröhne. Und der Physiker mag eben keine Saxophonklänge. Witzig, wie vielfältig Menschen fühlen und denken…

TELLO HORCHT auf, als er bei den abendlichen Nudeln melodische Klänge hört. Das Vorspiel von Led Zeppelins „Stairway to Heaven" weht leise zu uns herüber.

Am Nachmittag ist ein blauer Bus aus Süddeutschland angekommen. Tello beugt sich weit vor, um einen Blick auf den Spieler zu erhaschen.

„Ungefähr mein Alter, der Typ", murmelt er. „Die Gitarre sieht aus wie eine Taylor."

Der Abwasch führt ihn an dem Wagen vorbei. Ich beobachte, wie er auf dem Rückweg trödelt und, die Spülschüssel im Arm, um das Auto herumschleicht.

„Uli und Wolle aus Pforzheim", berichtet er. „Wir sind auf ein

Glas Wein bei ihnen eingeladen…"

Der Mitsechziger erzählt, dass er die Leadgitarre einer „Garagenband", wie er es nennt, spielt. Im Urlaub habe er eine Akustikgitarre immer dabei, ohne sie würde er nicht wegfahren.

Tello nickt versonnen.

Als Wolle ihm sein Instrument reicht, wirkt mein Mann glücklich. Kurz zuckt Wolle zusammen, als er hört, wie professionell Tello spielt; bald haben die Männer Vertrauen zueinander, reichen die Gitarre hin und her und spielen abwechselnd Songs, die ihnen einfallen.

Uli und ich amüsieren uns, wie happy unsere Männer sind, wie sie sich zu neuen Titeln ermuntern und anfeuern.

Wir summen und singen, die Rotweinflasche kreist, die Sonne versinkt kurz vor dem Meeresspiegel in einer Nebelschicht. Perfekt!

Schade, die beiden, die auf dem Rückweg von Montenegro sind, müssen bald weiterziehen, da ihr verwaistes Fotolabor und die Arbeit zu Hause rufen.

Wir umarmen uns fest.

„Mit Gitarre bist du nie ohne Freunde, die schafft sofort Verbindung."

An diesen Satz denke ich, als wir dem blauen Wagen nachwinken.

Tello scheint lockerer an diesem Tag. Entspannter.

„Wird Zeit, dass du deine Klampfe regelmäßiger in die Finger kriegst", meine ich lächelnd, als wir nachmittags unter einem Olivenbaum abhängen.

„Mmhh", grinst er zurück, „habe ich gemerkt."

BORA! DREI Tage Sturm. Das Womo steht mit der Nase im Wind auf einem Campingplatz an der Makarskariviera. Nach vier Wochen auf der Halbinsel haben wir unsere Sachen gepackt und sind ein Stück nach Norden gefahren. Wir wollten in den Krka-Nationalpark zu den Wasserfällen, die Bora hat unsere Pläne zunichte gemacht. Es gab kein Weiterkommen, selbst die Autobahn wurde gesperrt und wir waren froh, als wir einen einigermaßen sicheren Stellplatz gefunden hatten. Trotzdem werden wir Tag und Nacht durchgerüttelt und sind schon hochzufrieden, wenn uns keine der Kiefern, die eigentlich Schatten spenden sollen, quer aufs Dach kracht.

In den Bergen hinter uns schimmert in der glasklaren Luft seit gestern Schnee. Die Sonne scheint, es herrscht eine unglaubliche Fernsicht mit leuchtenden, überirdischen Farben, um jede Ecke lauert der scharfkantige Wind.

Paula hat keinerlei Lust auf Spaziergänge, zumal ihre blonden Zotteln vom Sturm gepeitscht werden und der Schwanz gedreht und zerzaust wird. Tello hat alleine eine Tour auf einen Hügel über dem Meer gemacht. Er kehrt durchgeblasen, aber glücklich zurück. Quer im Wind sei er gestanden, hat er gelacht, habe fast abgehoben.

Ich lese auf dem Bett, ruhige Musik läuft im Hintergrund, er legt sich neben mich. Lächelnd erzähle ich, dass ich manchmal träume, fliegen zu können. Ich segle mit ausgebreiteten Armen durch die Luft, schaue beglückt auf die Landschaft und Hügel unter mir. Mein leider seltener Lieblingstraum, denn dabei fühle ich mich frei und ungebunden.

Während ich rede, hat Tello seine Hand auf meinen Bauch gelegt. Sie ist warm. Ich protestiere nicht, er beginnt, mich zu streicheln. Als er unter den Saum des T-Shirts fährt und die nackte Haut berührt, will ich Einspruch erheben, aber ich spüre, wie sehr ich seine Berührungen vermisst habe. Ein bisschen darf er, denke ich; er lässt sich Zeit, fordert nicht, ich werde weicher. Allmählich erwacht eine Stelle zwischen meinen Beinen, die lange geschlafen hat. Fast wünschte ich, seine Hand würde mich dort berühren, und als Tello den Bund meiner Jogginghose mit einem Finger hebt, strecke ich mich ihm unabsichtlich entgegen. Ich muss seufzen; Tellos Atem geht heftiger, das erregt mich. Ein letztes Mal möchte ich mich verweigern, schießen Gedanken von seinen Untaten durch mein Gehirn; sie zerfleddern unter seiner Hand …

„So schön!", flüstert Tello später, den Kopf auf meine nackte Brust gelegt. Ich schlummere ein, Bilder voller Ruhe und Anmut träumen sich durch mich hindurch, verbinden sich im Halbbewusstsein leicht und lustvoll.

Als ich aufwache, schläft Tello an mich gekuschelt. Äußerst friedlich, doch in mir richtet sich der Stachel des Skorpions auf. So befriedigend es war, jetzt beißt die Wunde. Rauer als gewollt, schubse ich Tello und drücke ihn zur Seite. Als er die Augen öffnet, merkt er, der innere Wind hat gedreht. Er seufzt, stemmt sich auf die Unterarme.

„Un nu?", nuschelt er.

Ich muss wider Erwarten lachen.

„Sei bloß vorsichtig!", schnauze ich. „Sonst braust der Sturm draußen gleich hier drinnen."

„ZUR ZEIT passt vieles zusammen", meint Tello leichthin, während er an seinem Frühstücksbaguette kaut.

„Wie meinst du das?"

Wir sitzen gemütlich drinnen am Tisch, während draußen der Sturm heult. Ich hatte eine entspannte Nacht, mein Körper fühlt sich an, als hätte ich einige Steine abgelegt. Und Tello ist sowieso gut drauf, wenn wir miteinander geschlafen haben. Mich wundert, dass ich nicht böser auf ihn bin. Vielleicht bin ich ein Stück durch den zähen Schlamm gewatet, der mich umschlossen hatte. ‚Wir werden sehen‘, erinnere ich mich und beschließe, abzuwarten und meinen Gefühlen zu folgen. Vorerst.

„Es ist, als wenn die Dinge ineinanderfließen würden", fährt er fort. „Es gibt kaum Nahtstellen, wo es zwickt, außer, wenn du sauer bist. Kennst du das?"

Ich erzähle ihm von meinem Augenblicken mit der Eidechse.

„Mmh…ein Einheitserlebnis, wie es Heinz beschrieben hat."

„Genau! Es war wie ein großes Geschenk der Welt an mich. Ich würde es das Geschenk des ‚grundlosen Glücks' nennen …"

„Woher hast du diesen Begriff?"

„Weiß nicht. Irgendwann in einem Yogabuch gelesen …"

„Ja", sinniert Tello, „grundlos glücklich sein. Alles fügt sich in solchen Momenten wie zufällig sinnvoll zusammen."

„Und so etwas erlebst du zur Zeit öfters?"

„Nicht dauernd. Mehr als früher. Mein Alltag ist intensiver. Anders intensiv als früher. Da war er … powervoll … aber irgendwie gewaltvoller."

Ich nicke. Ähnlich empfinde ich Tellos Leben.

„Meinst du gewaltvoller oder energievoller?"

„Energievoll passt, hört sich neutraler an. Die Energie war allerdings, wie soll ich es ausdrücken, verwirbelter, dreckiger, ungelöster, eckiger …"

„Und jetzt?"

„Ist es lichter in mir. Oft zumindest. Klar geht es mir schlecht, wenn wir streiten oder du ärgerlich bist; klar verwirrt es mich, wenn ich an meinen Sohn denke; aber es gibt Phasen, in denen ich innerlich ruhiger bin. Angedockt. Die Welt passt besser zusammen."

Ich überlege.

„Hast du von dem Begriff ‚Synchronizität' gehört?"

„Ich glaube, Bärilla hat ihn erwähnt. Viel verstanden habe ich nicht."

„Gestern, bevor du mich verführt hast", mein Mann grinst bei diesen Worten von mir überaus glücklich, „habe ich davon in dem Buch von der Schwedin gelesen."

Ich blättere: „Die Kapitelüberschrift heißt ‚Welche Rolle spielt der Zufall?'. Die Autorin fragt sich, ob der Zufall möglicherweise den Teil der Wirklichkeit darstellt, den wir nicht erkennen. Später schreibt sie:

‚In der Psychologie … prägte Jung den Begriff Synchronizität, mit dem er sinnvolle – im Gegensatz zu zufälligen – Zusammentreffen beschreibt.
Scheinbar voneinander unabhängige Geschehnisse treffen manchmal gleichzeitig ein und vermitteln das Schwindel erregende Gefühl, dass sie auf eine Weise zusammenhängen, die unseren Verstand übersteigt.
Dabei spielt es keine Rolle, dass sie in den Augen anderer als unbedeutende Zufälle erscheinen. Denn unser persönliches Erleben sagt uns, dass das, was geschah, zu bedeutend ist, um ignoriert oder als bloßer Zufall betrachtet zu werden. Das Unergründliche des Lebens hat uns berührt und mit uns Kontakt aufgenommen. Synchronizität ist also die Frage nach subjektiv sinnvollen Zufällen, die sich im Nachhinein als von großer persönlicher Bedeutung erweisen.'"

„Lies es nochmal vor!"

„Könnten dann", ruft er aufgeregt, als ich fertig bin, „die Sohngeschichte und der anonyme Brief nicht so ein sinnvoller Zufall für mich sein? Bis eben hatte ich die rechten Worte nicht dafür gefunden."

„Du meinst so eine Art ‚Lebensänderungs-Chance-Zufall'?"

„Ja! Wie für andere ein Herzinfarkt, eine depressive Krise, ein Autounfall oder ein wichtiges Zusammentreffen mit einem Menschen. Manchmal, versteh mich richtig, das soll nicht übertrieben klingen, meine ich, es gab für mich ein Leben vor und ein Leben nach diesem Brief. So wichtig war dieses Ereignis für mich. Existentiell."

„Existentiell …", wiederhole ich fasziniert.

„Seitdem muss ich alles überdenken, bin durcheinandergewirbelt, sehe manches von einer anderen Seite an."

„Und … besser oder schlechter?"

„In erster Linie anders. Wie wenn ich eine neue, unbekannte Landschaft zu erforschen hätte."

Tello überlegt.

„Besser! Du hast gefragt, ob es besser oder schlechter ist. Besser ist die Antwort. Okay, mein altes Leben war klasse, ich habe genossen und mitgenommen, das will ich nicht verleugnen, aber es war irgendwie…flüchtig. Ich habe Verantwortung ständig in meinem Inneren weggedrückt, gelebt, als gäbe es kein Morgen … und nun bin ich auf eine Art in der Realität … auch bei dir … wenn du mich noch lässt …"

„Klasse, geerdet auf meine Kosten!", meine ich sarkastisch.

Andererseits verstehe ich, was er sagen will. Habe eine Idee, diese Ereignisse könnten in mir Verwandtes bewirken, wenn ich durch bin.

Das Fenster gibt den Blick frei auf die vom Wind gepeitschten Kiefern. Ob dort etwas ist, was mir Antwort gibt?

Da ist nichts, keine Antwort. Durch die Kiefern schimmert die unendliche Bläue des Meeres, eine Weite, in die ich hinaussegeln möchte … nicht gerade im Sturm, aber grundsätzlich. Wie die Möwen, die auf den brausenden Windböen surfen, von einer Seite zur anderen, frei, ungebunden, schwerelos im durchscheinenden Licht …

Ich erwache aus dem Tagtraum, erinnere mich des Menschen, der mir gegenübersitzt.

„Wo warst du?", erkundigt der sich leise.

„Da draußen", ich deute mit dem Finger aufs Meer.

„Tello", beginne ich, selbst überrascht, „du bist mein Mann gewesen … und ich möchte, dass du es wieder wirst."

„Wie?"

„Lass uns irgendwann und irgendwo, zum Beispiel am Meer, eine kleine Zeremonie abhalten. Mit Freunden, ohne Freunde, ich weiß nicht. Eine Vermählung."

Tello nickt, zögerlich, berührt, mitgerissen.

„Oder in einem Haus auf dem Land mit einem großen, wilden Garten", fahre ich mutig fort. „Seit Tagen verlässt mich dieser Traum nicht. Ich liebe unsere Stadtwohnung, sie hat für mich gestimmt in den Jahren, seit wir zusammen sind. Aber ich will raus aus der Stadt, runter vom zweiten Stock auf die Erde und mit meinen Händen darin graben und buddeln."

Tello wirkt unsicher, aber nicht total ablehnend.

„Du weißt, das wäre ein großer Schritt für mich. Ich, der Antihandwerker. Ehrlich, mein erstes Gefühl war ‚Nicht ich!'. Dem will und werde ich nicht unüberlegt folgen wie früher. Weg mit den Kernüberzeugungen, da hat mir Bärilla wirklich geholfen. Aber ich brauche Zeit, um mich in diese Richtung zu bewegen. Das wäre ein echter Paradigmenwechsel, ehrlich."

„Wann, wenn nicht jetzt!", hake ich nach. „Jünger wirst du nicht, du willst Neues zulassen und den Rattenschwanz mit der Band willst du abschneiden…"

„Gib mir Zeit, mich an den Gedanken zu gewöhnen", zögert Tello. „Lass mir Zeit. Aber", er strahlt plötzlich, „ich bin grundsätzlich dabei! Ja!"

Ich bin baff. Kaum zu glauben.

„Kümmerst du dich darum, etwas zu finden, wenn wir zurück sind?", meint mein Mann plötzlich lässig und cool, so wie ihn die Musikwelt kennt.

„Die Macht der Synchronizität wird uns helfen", deklamiere

ich übertrieben feierlich voll der Freude. „Ich werde mich ihr hingeben, sobald wir zu Hause sind."

AM NÄCHSTEN Tag, die Bora hat sich ziemlich verzogen, knallt es zwischen uns. Dabei beginnt es euphorisch.

„… und ich werde ein Projekt finden, das finanziell und in der Größe zu uns passt!"

Tello reagiert heute reservierter auf meine Umzugsideen. Aber ich kann nicht lockerlassen, ich bin einfach begeistert.

„Freue mich total darauf loszulegen. Von mir aus könnten wir bald heimfahren."

„Vorsicht", brummt Tello, „nicht übertreiben…"

„Allerdings", zieht es mich weiter, „deine Eigentumswohnung in der Stadt wirst du verkaufen müssen …"

„So was hab ich vermutet", reagiert Tello, ärgerlich werdend. „Vergiss nicht, ich lebe fünfundzwanzig Jahre dort. Für mich gibt es da Erinnerungen…"

„Kapier ich doch", versuche ich zu begütigen, „aber sonst reicht es finanziell nicht."

„Mir ist dein Tempo zu hoch. Gestern haben wir das erste Mal darüber geredet …"

„Ja, und ich habe die halbe Nacht darüber gegrübelt. Ich will meine Träume verwirklichen …"

„Okay! Aber lass mir Zeit. Du hast dir auch Zeit genommen, als du von meinen Affären erfahren hast…"

„Das war etwas anderes", ich bin empört, „das ist nicht zu vergleichen!"

„Veränderung ist Veränderung, so oder so …"

„Was für ein Blödsinn, du betrügst mich ohne Ende, vögelst mit anderen Frauen herum …"

„… hatten wir x-mal", explodiert Tello, „langsam wird es langweilig. Ja, ich hatte Sex mit anderen Frauen, einfachen, dreckigen Sex. Sonst haben sie mir nichts bedeutet. Sie waren keinerlei Konkurrenz für dich …"

„Du bist ein Mistkerl! Mein Vertrauen ist weg! Und jetzt, wo du ein bisschen was gutmachen könntest …"

„Ach so, mit dem Scheiß-Landhaus könnte ich ein bisschen was gutmachen", äfft Tello mich nach, „nach meiner Meinung vermischst du ganz schön viel … und setzt mich unter Druck …"

„… will ich nicht! So habe ich es nicht gemeint."

Eigentlich will ich einlenken, aber in mir brodelt es und gleichzeitig bin ich den Tränen nahe.

„Ich hab eben gemerkt, dass ich eigene Träume habe … schließlich wolltest du die Tage wissen, wo ich im letzten Lebensdrittel hin will. Aber kaum zeigt sich in mir eine eigene Idee, zieht der Herr Musikus den Schwanz ein und schreit ‚Nicht ich!'. Wie immer!"

„Du bist so was von unfair! Ich breite mein Inneres vor dir aus und du benutzt es, um mich dumm anzumachen. Von mir erfährst du nichts mehr."

„Genau! Zieh dich in dein Schneckenhaus zurück, häng in der Wohnung rum und reiß zwischendrin ein paar Teenies auf."

„Leck mich! Lebenslust, aufsprühende Sinnlichkeit, Geilheit, alles Fremdwörter für dich."

„Und für dich Verantwortungsgefühl und Stabilität. Du stehst nicht mit beiden Füßen auf dem Boden, du eierst flirrend durch die Luft. Wie der langhaarige Flippi, der du früher warst. Dabei ist es wichtig, im letzten Abschnitt Sinnvolles, Passendes gemeinsam aufzubauen."

„Du mit deinem blöden Lebensabschnittsbuch. Immer nur Alter, Alter, Alter …"

„Darum geht's nicht. Es geht darum, dass du endlich erwachsen wirst …"

„Darauf haben meine Eltern bereits vor vierzig Jahren herumgeritten … war schon damals nervig …"

„Deine Eltern interessieren mich nicht. Aber jetzt sind vierzig Jahre vergangen …"

„Ach, lass mich in Ruhe! Vergiss die Geschichte mit dem Haus, lass mich einfach in Ruhe … bleib in deinem jungfräulichen Schneewittchenschlaf …"

„… und du in deinem Machogitarristentum …"

Wütend steh ich auf und renne weg. Runter zum Strand, weg, bis mich keiner hört.

„Scheiße!", schreie ich, „Scheiße, Scheiße, Scheiße, du Mistkerl, du elendiger!"

PAULA UND Tello sind verschwunden, das Auto ist abgeschlossen, ich habe in meinem Zorn keinen Schlüssel mitgenommen. Kurzentschlossen laufe ich zu Petra und Lothar rüber, die seit zwei Tagen ein Stück entfernt von uns stehen.

„Eigentlich wollten wir weiter im Süden sein", hat Lothar erzählt, als wir uns beim Abspülen kennengelernt haben, „die Bora hat uns ausgebremst. Autobahn zu, Landstraßen gefährlich. Abgerissene Markisen und zerfetzte Vorzelte gab es einige auf dem letzten Platz."

Seitdem haben wir nur freundliche Begrüßungsformeln ausgetauscht, aber nun brauche ich Menschen.

Sie sitzen hinter ihrem Wagen und genießen die Spätnachmittagssonne.

„Hat euch unsere Schreierei vorhin gestört?", beginne ich das Gespräch.

„Streit kommt in den besten Beziehungen vor", begütigt Petra.

„Willst du ein Feierabendbier?", fragt der gemütliche, schwere Lothar.

Ja, will ich. Ich setzte mich zu den beiden und plötzlich sticht mich der Hafer. Ich muss auspacken.

„Wie würdet ihr euch verhalten, wenn euer Partner wiederholt fremdgegangen ist?"

„Halte ich für unmöglich", grinst Lothar lakonisch, „Petra ist nicht der Typ dafür."

„Meinst du?", fragt sie schnippisch.

„Ich würde ihn kastrieren, den Typ", fährt sie launig fort und fixiert ihren Mann scharf.

Petras freche Art gefällt mir. Tut mir gut.

„Die Idee hatte ich vorübergehend auch", feixe ich.

„Schnipp, schnapp, Schwänzchen ab!", schreit Petra übermütig, hebt ihr Glas und stößt mit mir an.

„So extrem lustig finde ich den Spruch nicht", beschwert sich Lothar, „er tut mir körperlich weh."

„Soll es ja auch", lacht Petra. „Aber im Ernst, ich wäre tierisch sauer", fährt sie fort, erneut mit diesem besonderen Seitenblick auf ihren Mann.

„Wahrscheinlich würde ich ihm irgendwann verzeihen, vorher müsste er büßen."

„Büßen, wie meinst du das?", erkundige ich mich neugierig. Endlich eine Frau, mit der ich ohne Blatt vor dem Mund sprechen kann.

„Sexentzug, Anschweigen, Klamottenfrustkäufe, Schreierei, selber Fremdgehen, was weiß ich, halt das volle Programm."

Welle der Erleichterung! Ich darf wütend sein, wie ich bin, muss nicht verstehen wollen. Jawohl!

„Und warum, bitteschön, hast du uns diese Frage gestellt?", spricht Petra in meine Gedanken hinein.

„Weil, … ach, war nur so ein Gedanke …", nein denke ich, so nicht, „… weil mein Mann mir vor einigen Wochen seine Affären gestanden hat."

„Selten dämlich!", entfährt es Lothar.

„Puh, heavy", Petra presst ihre Lippen zusammen, „und wie gehst du damit um?"

In diesem Moment bricht es aus mir heraus. Die Wutanfälle, die Schuldgefühle, meine Liebe, meine Verzweiflung, mein Hass. Ich erzähle, heule dazwischen, erzähle weiter …

„Da ist er ja!", ruft Lothar, der gebannt an meinen Lippen gehangen hat, plötzlich.

Paula und Tello biegen mit zerzausten Haaren um die Ecke.

„Ach, hier bist du. Na, Feierabendbier?", meint er, um sonniges Wetter bemüht.

Wir starren ihn stumm an.

„Is was?", stottert er verunsichert.

„Ich habe es erzählt!", meine ich drohend.

„Alles?", stöhnt er.

„Nicht alles. Noch nicht. Aber das kommt jetzt."

„Willst du dich nicht setzen?", feixt Petra.

Tello nickt.

„Bier?" Lothar stemmt sich schwerfällig hoch, um ein kühles Blondes zu besorgen.

Tello nickt.

Und schon ist die heiße Diskussion in vollem Gange. Das dauert, geht nicht in wenigen Minuten ab. Warmes Abendessen fällt aus. Wir räumen aus den Kühlschränken, was zusammenpasst, stellen auf die zusammengeschobenen Campingtische, was Platz findet, trinken, was die Kühlung hergibt. Selbst ich bin heute dabei, ist mir egal.

Wir legen los. Mit Schweigepflicht, versteht sich.

Zum Glück steht kein Zelt oder Wohnwagen in unserer Nähe. Denn zwischendrin ist es ziemlich laut.

„Alles muss raus!", diesen Werbespruch erinnert mein vernebeltes Hirn irgendwann. Heftiges Gegröle, als ich ihn mitteile.

Ernste Phasen hat dieser Abend genug; wütende, Tränen fließen, aber manchmal fallen wir fast vom Stuhl vor Lachen.

Als Tello und ich schwankend die paar Schritte zu unserem Wagen wanken, Paula zwischen uns, deutet er plötzlich nach oben.

„Sternenhimmel", brabbelt er.

Ich kann mich der Wahrheit dieses Satzes nicht entziehen. Über uns funkelt das Weltall, kaum durch Lichtquellen gestört: prachtvoll, gedankenlos, endlos.

Wie zwei armselige Würmchen stehen wir darunter: zerknittert, gedankenvoll, verdammt endlich. Aber nicht mal richtig unglücklich.

VIERTES KAPITEL

TELLO

Josha sitzt im Planschbecken mit den blauen Schwimmflügeln. Neben ihm schwimmt eine gelbe Plastikente.
„Mami, Papi", ruft er, „will ans Meer."
„Du willst wieder ans Meer?", fragt Papi, der neben ihm im Wasser sitzt.
„Ja, ans Meer, schwimmen im Wasser."
„Wir waren doch erst dort", meint Mami.
„Is sooo schön!", sagt Josha, „bitte, bitte!"
Mami schaut zu Papi, der mit der gelben Ente spielt.
„Werden wir es diesen Spätsommer schaffen, drei Wochen gemeinsam Urlaub zu machen?"
„Versprochen! Ich habe es Josha längst versprochen", lacht Papi.
„Allerdings zwei Wochen, mehr geht nicht. Das musst du verstehen…"
„Immer gehen die anderen vor", mault seine Frau und schüttelt den Kopf. Aber Josha merkt, dass sie sich trotzdem freut.
„Dann werde ich Reiseprospekte wälzen", lächelt sie. „Wohin willst du?"
„Griechenland! Ich finde, wir sollten helfen, dieses wunderbare Land vor dem Ruin zu retten."
Susanne lacht.„Und wann soll es sein?"
„Anfang September, da ist es nicht so heiß. Was meinst du?"
Seine Frau schüttelt fröhlich ihre langen Haare. Der Junge merkt, die Sache steht gut.
„Ulaub!", ruft er zufrieden, „alle zusammen."

DER LACK ist ab, definitiv. Darunter haben wir das nackte Metall bloßgelegt, mit harter Arbeit, diesen Eindruck habe ich zumindest. Durchgebissen durch unehrliche und unaufgeräumte Schichten, Schale für Schale abgeschabt und abgerissen. Jetzt spiegelt sich das Metall in der kroatischen Endmaisonne. Ob wir uns daran endgültig die Zähne ausbeißen? Oder ist es Gold, was da glänzt?

Jedenfalls war es tierisch anstrengend. Wenn auch sinnvoll, ich gebe es zu. Müde und zerknautscht sitze ich neben Anja, die Richtung Plitwitzer Seen steuert.

Vor einer Woche haben wir mit Petra und Lothar den vorläufigen Höhepunkt unseres Beziehungsdramas erlebt und gefeiert. Letztlich war es eine der genialsten Feten, die ich in den letzten Jahren mitgemacht habe, obwohl wir uns vorher beinahe an die Gurgel gegangen sind.

Zwei Tage haben wir gebraucht, um uns nervlich und körperlich von diesem Streit und seinen Folgen zu erholen. Weitere Diskussionen und erneute Aussprachen waren nötig, aber nach unserem Zusammenstoß sind wir freundlicher miteinander umgegangen. Auch vorsichtiger.

Eins ist mir zumindest klarer als je zuvor. Ich will mit Anja zusammen sein, egal wohin der Wind uns wohntechnisch treiben wird. Anja ist die Frau, mit der ich diese Krisenchance durchstehen will.

„Beim Aufwachen hatte ich einen Traum", beginne ich. „Willst du ihn hören?"

„Ja!"

„Okay! Die Sache mit meinem Sohn war irgendwie rausgekommen. Die Presse war hinter mir her, wollte das Ganze ausschlachten. Da die eh Druck machen und Spekulationen verbreiten, habe ich einer großen Zeitschrift, ich glaube, es war ‚Der Spiegel' oder der ‚Stern', ein Exklusivinterview gegeben. Ich habe vorher vereinbart, das gesamte Honorar auf ein Konto meines Sohnes zu überweisen. Dann habe ich volle Pulle losgelegt…dabei bin ich wach geworden."

Wir schweigen eine Weile.

„Klingt ein bisschen albern, oder?", meine ich verlegen.

„Zumindest vereinfacht. Was mich anspricht, ist, dass du es im Traum für deinen Sohn tun willst. Das freut mich. Du willst dich für ihn einsetzen."

„Will ich", sage ich mit leiser Traurigkeit, „oder, exakter, würde ich gerne …"

Schweigen. Ich muss schlucken, Anja räuspert sich.

„Wenn ich nur etwas herausfinden könnte …"

„Ich werde dich dabei unterstützen", meint Anja fest.

WÄHREND ICH über diesen letzten Satz meiner Frau, der mich ziemlich beeindruckt, nachdenke, fällt mir eine Wanderung mit Bärilla ein. Zum wiederholten Male hatte ich mein Herz ausgeschüttet und geklagt; Bärilla hatte geschwiegen, nur ab und zu mit der Hand auf einen Ausblick oder einen besonderen Baum gewiesen.

„Was Gott dir verborgen hat, brauchst du nicht zum Leben", hat er plötzlich in seiner spitzbübischen Art gegrinst.

„Was soll das denn heißen?"

„Ist ein Spruch von Jesus Sirach."

„Wer ist Jesus Sirach, bitteschön?"

„Ein Gelehrter, der ungefähr 180 Jahre vor der Geburt von dem anderen Jesus, den die Christen Gottes Sohn nennen, gelebt hat. Er hat in etlichen Kapiteln seine Erfahrungsschätze in einer Art Weisheitsbuch niedergelegt. Ist lesenswert …"

„Religiöse Bücher sind nicht so mein Ding. Ich bin aus der Kirche ausgetreten …"

„Ich auch", lachte Bärilla, „aber wenn du diese Bücher symbolischer deutest, geben sie einem einiges mit."

„Wenn ich das schon höre: ‚Gottes Sohn'…"

„Ich würde auch nie sagen: ‚Der Sohn Gottes' sondern ‚ein Sohn Gottes'."

„Was soll der Unterschied sein?", habe ich wegen des Themawechsels leicht genervt gefragt.

„Na, es nimmt ihm die Exklusivität. Für mich sind wir alle Töchter und Söhne Gottes, wobei ich ‚Gott' lieber durch ‚Großes Ganzes' ersetzen würde."

„Der Terrorist, der mit einem LKW über einen belebten Strand brettert, ist für dich ein Sohn Gottes?"

„Ja! Allerdings ein sehr kranker und gestörter."

„Und Hitler, Stalin, Mao?"

„Auch! Was sie jedoch aus dem Geschenk des Lebens gemacht haben, ist eine andere Sache. Die Freiheit in uns ermöglicht eben schreckliche Gewaltexzesse, Kriege und die Unterdrückung anderer."

„Das geht mir zu weit! Und wenn jemand dein Kind vor deinen Augen erschießen würde? Ist das ein Sohn Gottes?"

„Theoretisch ja, in der Praxis würde ich ihn höchstwahrscheinlich hassen und strafen wollen."

„Na, wenigstens gibst du das zu! Lassen wir die Religionsphilosophie lieber. Wie war der Spruch vorhin nochmal?"

„Was Gott dir verborgen hat, brauchst du nicht zum Leben."

Erneut dieses dämliche Grinsen von Bärilla.

„Du meinst, wenn ich meinen Sohn nie kennenlernen werde, passt das so."

„Zum Beispiel."

„Mag sein. Aber dann hätte er diesen Sohn überhaupt vor mir verbergen können. Wäre mir lieber gewesen …"

„Dem alten Tello sicher. Ehrlich, wolltest du zurück, vor dieses

Wissen?"

Im Grunde musste ich keine Sekunde nachdenken.

„Nein! Ich hatte zwar manchmal eine beschissene Zeit in den letzten Monaten, doch es hat mich wie Dornröschen aus dem Schlaf gerissen. So spannend wie momentan war mein Leben selten …"

„Also war's gut, dass Gott dir nicht alles verborgen hat und dir wenigstens einen Zipfel des Tischtuches in die Hand gegeben hat."

„Blödmann! Ich will wissen, was auf dem Tisch aufgedeckt ist!" Bärilla lachte.

„Da zitiere ich doch erneut Jesus ben Sirach: ‚Der Geduldige kann warten, bis der rechte Augenblick gekommen ist'."

PLITWITZER SEENPLATTE; zwei Tage hat dieser Naturwahnsinn, den die UNESCO nach meiner Meinung zu Recht als Weltnaturerbe deklariert hat, Gedanken und Zweifel verdrängt. Mit wundervollen Bildern im Herzen und viel zu vielen auf der Kamera rollen wir zurück zum Meer. Ein großer FKK-Platz in Istrien ist unser Ziel. Anja ist eine überzeugte Naturistenanhängerin und ich habe die Vorteile des Nacktseins und Badens ohne Badehose längst eingesehen. Wir besuchen diesen Park zum wiederholten Mal, wissen seine Weitläufigkeit, die gepflegten Steinterrassen am Meer und seine Natürlichkeit zu schätzen. Hier wollen wir schwimmen, sonnen, ich möchte schnorcheln.

Anja sitzt neben mir im Wagen und philosophiert. Ich konzentriere mich auf die Straße und freue mich nebenbei, dass Anja locker drauf ist.

„Weißt du, jeder von uns hat Chancen gehabt und Chancen vertan in seinen Jahrzehnten. Für mich ist es wichtig, jetzt, wo wir älter werden, dankbar zu sein für das, was gelungen ist."

„Du junger Hüpfer hast neun Jahre weniger als ich", brumme ich.

„Na und. Einen Reifeunterschied bemerke ich nicht. Obwohl, allmählich holst du eine Spur auf", schäkert Anja.

„Und was ist mit den vertanen Chancen?", nehme ich das Thema wieder auf.

„Ja, die vertanen Chancen. Ein bisschen trauern, dann…loslassen. Loslassen und weitergehen …"

„Total leicht, oder!?", meine ich ironisch.

„Ist es natürlich nicht. Anders geht es allerdings für mich nicht. Am schlimmsten sind, finde ich, die Menschen, die ihren verlorenen Chancen im Alter nachtrauern."

„Meinst du die, die ständig damit anfangen, welchen Traum sie irgendwann verpasst haben?"

„Genau! Wenn einer andauernd jammert, er hätte ein großer Fußballspieler werden können oder sie hätte ein tolles Yoga-Studio aufmachen können …"

„Was mache ich mit diesen Zeitgenossen?"

„Ruf ihnen zu: Erfülle jetzt die Träume, die du hast, lass die alten, die definitiv vorbei sind, in den Orkus fahren!"

„Lokus?"

„Orkus, die Unterwelt der Griechen, du Kulturbanause!"

„Ah ja!"

„Oder ruf ihnen im besten Latein zu: Hic Rhodus, hic salta!"

„Gute Güte, du bist ja heftig im altsprachlichen Bereich unterwegs. Was soll das denn heißen?"

„Kennst du die Story nicht? Ich nur ungefähr. Jedenfalls hat im antiken Griechenland ein Prahlhans seinem Gesprächspartner ständig mit seinen früheren Großtaten in den Ohren gelegen, vor allem wie weit er springen konnte. Irgendwann hat es dem anderen mit dem Gelaber gereicht und er meinte: Hic Rhodus, hic salta; hier ist Rhodos, hier spring!"

„Gefällt mir."

„Eben. Früher ist vorbei, morgen nicht da. Heute können wir

erleben, was vor uns liegt. Nicht mehr, nicht weniger …"

„Macht es dir etwas aus, wenn ich auf diesen weisen Satz zurückgreife, wenn du dich demnächst über meine vergangenen Missetaten aufregst?", will ich frech wissen.

„Da wird es leider knapp mit meiner Weisheit, wenn Gefühle mir die Zügel aus der Hand reißen", gibt Anja zu. „Probieren kannst du es…"

„Fein, dass du nicht völlig abhebst", meine ich nüchtern.

„Will ich auch nicht. Ich finde nur, wir sollten uns auf unsere Alternativen und Stärken besinnen. Von mir aus mittlerweile mit einer neuen Hüfte, der Lesebrille auf der Nase oder einem Herzschrittmacher …"

„Du meinst, die Spatzen pfeifen ihr Lied heute Morgen, stimmt's!?"

„Stimmt! Es ist schön, wenn dich der Vogelgesang vor dreißig Jahren entzückt hat. Eine wunderbare Erinnerung. Aber die Vögel singen jetzt …"

„Ziemlich radikale Einstellung."

„Ja! Mich nervt es, wenn Männer mit ihrem Bierbauch vor dem Fernseher sitzen, über die Leistung von jungen Spielern nörgeln und darüber diskutieren, wie sie früher als toller Hecht in ihrer Mannschaft gekickt haben. Sollen sie spazieren gehen, anstatt vor der Glotze zu vergammeln!"

„Sollen wir ne Pause machen? In unserer Fahrerkabine ist so eine heiße Luft", grinse ich.

„Bald! Eines will ich vorher loswerden. Ich habe ausführlich nachgedacht und weiß es nun: Ich bin ein Verfechter der vorletzten Chance."

„Was?"

„Ganz einfach. Wenn du einem Menschen die letzte Chance gibst, was passiert, wenn er die verspielt hat?"

„Na, nichts. Schluss! Ende!"

„Eben! Dann ist der Bruch da … oder man muss seine Prinzipien aufgeben …"

„Und was soll das mit der vorletzten Chance für Vorteile haben?"

„Der Prozess geht weiter; ein neuer Start sozusagen, Entwicklung ist möglich …"

„Ehrlich", meine ich, „da kannst du in diesem Moment keine Antwort von mir erwarten. Muss ich mir erst in Ruhe durch den Kopf gehen lassen. Ich plädiere im Hier und Jetzt allerdings dringend für eine Pinkelpause … und ich glaube, Paula braucht die ebenfalls."

LUCIE, EINUNDFÜNFZIG Jahre, blonde, lange Mähne, lebhaftes, markantes Gesicht, das manchmal traurig aussieht, wenn sie nicht lacht. Dazu eine schlanke, wohlgeformte Figur, die ihr wichtig ist und an der sie jeden Tag mit Joggen oder ausgiebigen Spaziergängen arbeitet. Könnte mir gefallen, nein, besser, hätte mir gefallen, früher. Na ja, jedenfalls ist damit eine neue Freundin beschrieben, die mit ihrem Wohnmobil in unserer Nähe auf dem FKK-Platz steht.

„Sweetheart!", ruft sie mir morgens frech-fröhlich zu, wenn ich mit Paula vorbeischlurfe, „wohin so früh des Weges?", und sofort steigt meine Laune.

Ich mag ihre frische, gleichzeitig nachdenkliche Art und Anja genauso; kein Wunder, dass wir öfter gemeinsam kochen.

„Wieso ist eine Schönheit wie du alleine unterwegs?", erkundige ich mich an einem Abend neugierig.

Sie winkt ab und nimmt einen Schluck von ihrem alkoholfreien Bier.

„Männer sind so was von doof!"

Anja nickt begeistert, ich wiege bedächtig mein Haupt.

„Nee, im Ernst", legt sie nach, „das ist eine größere, zumindest zur Zeit ziemlich unglückliche Geschichte …", und sie erzählt sie uns. Ihr Mann, mit dem sie zwanzig Jahre verheiratet ist, hat sie wegen einer Jüngeren verlassen, bei der er wohnt. Trotzdem halten sie heimlich Kontakt, denn er scheint in der neuen Beziehung nicht recht glücklich zu sein. Ein großes Kuddelmuddel, unklar, wie es ausgehen wird. Jedenfalls hatte sie die Schnauze voll und sich ein gebrauchtes Wohnmobil gekauft, um unabhängig zu sein.

Ihr Vertrauen im Gespräch ehrt uns. Als sie jedoch gegen Ende meint: „Nicht jeder führt eine ausgeglichene, glückliche Beziehung wir ihr beiden", schauen wir uns entgeistert an, bevor wir verhalten loslachen.

Na gut, wir sind dran. Schnell stellt sich heraus, dass Lucie, die als freiberuflicher Coach arbeitet, nicht nur ein professionelles Verständnis, sondern auch eine mitfühlende Seele hat. Nicht nur das. Sie hat, wie sich herausstellt, eine Kindheit, die die Sicht auf meine Problematik außerordentlich erweitert.

„Synchronizität", sinniert Anja, „so was ist kein Zufall."

Ich hatte erzählt, dass mir kein Kontakt zu meinem Sohn möglich ist.

„Es ist Mist, nichts zu wissen. Ich kann mich in keinster Weise beteiligen…"

„Meinst du denn, deine Beteiligung wäre überhaupt erwünscht?", fragt Lucie.

„Anscheinend nicht, sonst hätte mir die Frau in dem Brief einen Tipp gegeben. Andererseits schon, sonst hätte sie den Brief erst gar nicht geschrieben."

„Nach meiner Ansicht lebt die Frau in einer festen, stabilen Beziehung. Sie ist wahrscheinlich hin und her geworfen zwischen dem Wunsch, es zu verschweigen, und dem Drang in ihr, die Wahrheit ans Licht zu bringen. Höchstwahrscheinlich weiß ihr Mann nichts von der Sache. Stellt euch vor, was es für ihn und die

Beziehung bedeuten würde, wenn es herauskommt. Heftig! Da würde ich genauso zögern. Keiner weiß, wie er reagieren wird."

„Klar", ereifert sich Anja, „das wird extrem heftig, zumal es total überraschend für den Mann sein würde. Vielleicht wäre es besser, wenn er es nie erfährt."

„Aber der Junge muss es erfahren", ruft Lucie aufgeregt, „auf jeden Fall!"

Wir sind überrascht, die Vehemenz ihrer Worte ist überdeutlich.

„Ich sehe es ähnlich", meine ich, „und in meiner Therapie ist das zumindest so angeklungen. Doch bei dir, Lucie, hört es sich an, als wüsstest du mehr über solche Sachen…!?"

„Oh Mann, dieses Fass wollte ich heute Abend nicht aufmachen", seufzt Lucie. „Lasst mir ein bisschen Zeit. Wir reden auf jeden Fall darüber, okay!"

KICHERND UND glucksend schlendere ich vom kleinen Supermarkt, wo ich Baguette geholt habe, mit Paula zurück zu unserem Auto. Unsere Nachbarn, ein mittelaltes Ehepaar, wir kennen ihre Namen nicht, schauen neugierig von ihrem Frühstückstisch auf: „Na, was war denn so lustig beim Einkauf?"

Anja stellt sich neugierig zu uns, als ich beginne.

„Vor mir in der Ecke, wo das Brot ausgegeben wird, standen zwei kleine Mädchen, ungefähr fünf und sieben Jahre alt. Ich dachte, sie sind Schwestern, mit ihren blonden Haaren. Bei den Brotmengen, die sie geordert haben, war mir schnell klar, es müssen Freundinnen sein und sie kaufen für zwei verschiedene Familien ein. Sie haben gewusst, was und wie viel sie wollen, ihre Eltern hatten sie wohl genau instruiert.

Na ja, eine Minute später wartete ich hinter ihnen an der Kasse. Sie standen einträchtig nebeneinander, noch einträchtig. Im

Supermarkt kann man mit Kuna und mit Euro bezahlen. Ich sehe plötzlich, wie eine Eineuromünze am Boden klappert. Weiß nicht, von wem. ‚Euch ist ein Euro runtergefallen‘, sage ich. Die Kleinere bückt sich. ‚Gib ihn mir!‘, ruft die Große. ‚Nein, es ist meiner!‘, ‚Gib ihn mir!‘, bekriegen sie sich.

Der dünne Typ an der Kasse, ihr kennt ihn bestimmt, es ist der mit den Tätowierungen am Arm, der ein bisschen deutsch spricht, guckt sich das Spektakel amüsiert an, schließlich setzt er sich relaxed auf seinen Hocker. Wir grinsen uns an.

Nach einer Weile behält die Jüngere die Oberhand. Es geht ans Zahlen. Die Große öffnet einen Brustbeutel, der um ihren Hals hängt, holt einen 10-Euro-Schein heraus, bezahlt, verstaut den Rest ordentlich. Die Kleinere zahlt mit Kleingeld, plötzlich fehlen ihr 40 Cent. Der Dünne meint: ‚40 Cent fehlen‘. ‚Hab nicht mehr‘, antwortet sie.

Abgesehen von dem Sprachproblem zwischen dem Kroaten und dem deutschen Mädchen fällt mir auf, wie stur die Kleine verneint. Die andere dreht sich weg, als wenn es sie nichts anginge. Macht keine Anstalten, der Freundin 40 Cent vorzulegen.

Irgendwann wird es dem Kassierer zu bunt; er nimmt ein Brot aus der Plastiktüte, legt es auf die Seite und will die reduzierte Ware abrechnen.

Ich grinse die ganze Zeit innerlich und außerdem tut mir die Familie leid, wenn eines der bestellten Brote fehlt. ‚Ich zahle die 40 Cent‘, meine ich deshalb. Der Typ lächelt, legt das Brot zurück, das Mädchen linst zu mir hoch, ohne Worte, die beiden gehen. Ich zahle unser Brot, der Kroate lächelt erneut, alles passt.“

„Und was ist der Gag?“, fragt Anja.

Ich muss kichern.

„Abwarten! Als ich in den offenen Vorraum trete, stehen die beiden Mädchen vor einem Automaten, in dem es runde Kaugummis und anderen Kinderkram gibt. Ich meine väterlich: ‚Bitte sagt euren Eltern, sie sollen euch genug Geld für den Einkauf mitgeben.'

Die Mädchen nicken geistesabwesend, als hätten sie mich nie gesehen, denn sie sind absolut auf den Automaten fixiert. Ich will weiter, da sagt die Kleinere zu der Größeren: ‚Ich hab so viel zum Reintun.' In ihrer Hand, ihr glaubt es nicht, glänzt ein 50-Cent-Stück golden. Genau die 50 Cent, die ihr beim Brotkauf gefehlt haben. Ab dann war Lachen in mir, bis ich hier war."

„Darüber könnte ich nicht lachen", ruft die Frau aufgeregt. „Erstens bin ich selbst eine große Schwester und weiß, wie schwer es ist, sich gegen die Kleineren durchzusetzen. Und außerdem finde ich es schrecklich, wie geldgeil diese Mädchen sind."

Sie stockt kurz.

„Exakt das Klientel, das ich in meiner neuen Schule im Zentrum von Stuttgart habe. Die raffen nur noch, sind durchgehend mit ihren Smartphones beschäftigt, haben keinen sozialen Hintergrund mehr. Wie ihre Eltern", fügt sie, ziemlich wütend, hinzu.

„Weißt du, was ich gemacht hätte!?", ereifert sich ihr Mann. „Ich hätte ihr die 50 Cent aus der Hand genommen, wäre rein, hätte sie wechseln lassen, hätte meine 40 Cent genommen und ihr die 10 zurückgegeben. ‚Du spinnst wohl', hätte ich sie danach angefahren und wäre gegangen."

„Hätte ich auch so gemacht!" Anja ist ebenfalls aufgebracht. „Zumindest hätte ich die Kleine zusammengestaucht."

„Ich versteh euch ja", kichere ich, „pädagogisch und so. Aber ich fand die Situation nur klasse und lustig. Wie Slapstick. Und überhaupt, was sind schon 40 Cent – für so einen Spaß?"

„Das ist nicht das Thema", regt sich die Frau auf, „es geht ums Prinzip! So geht es einfach nicht!"

Anja nickt zustimmend.

„Es sind nur kleine Kinder", gebe ich zu bedenken.

In mir ist es plötzlich leer. Etwas ist mir geschenkt und sofort wieder weggenommen worden. Ich habe Sehnsucht nach meinem kleinen Sohn. Die Pädagogik ist mir schnurzegal. Ich würde gerne Spaß mit ihm haben, einfach so. Kurz sticht mein Herz.

„Da geht es ums Prinzip!", wiederholt die Lehrerin.

Sie hat Recht, natürlich. Aber was ist mit dem nackten Soseindürfen, ohne Konsequenzen, ohne Blick in die Zukunft? Möchte nur Vater sein, der über die Kapriolen seines Kindes herzhaft lacht. Möchte mich freuen wie ein unschuldiger, unbedarfter Vater...

LUCIE SITZT mit uns auf den Steinterrassen am Meer. Vor wenigen Minuten ist ein Delfinrudel weit draußen vorbeigezogen. Man konnte die Flossen der sechs, sieben Tiere deutlich erkennen, wenn sie aus dem Wasser auftauchten. Fast an jedem Abend schwimmen sie vor der Dämmerung an der Küste, verschwinden gemächlich hinter einer kleinen Insel, die grün im Meer leuchtet.

Delfine sind für mich der Inbegriff von Freiheit. Wenn wir uns als Kinder gewünscht haben, welches Tier wir gerne wären, gab es bei mir kein Zögern. Während Anja das Bild der dahinziehenden Meeressäuger ‚ganz nett' findet, bin ich bei jeder Begegnung begeistert, jedenfalls der Kleine in mir.

Lucie war fasziniert, sie hat das Naturwunder zum ersten Mal bestaunt. Ich merke, wie es mich freut, wenn jemand aus sich herausgeht wie ich. Anja ist meistens innerlich reserviert... ich komme mir dann vor, als wäre ich übertrieben, ein bisschen hysterisch, wie abgelehnt...wenn jemand mit mir jubelt wie gerade Lucie, fühle ich mich angenommen, in Verbindung.

Nur in einem solchen Kontakt bin ich wirklich überzeugend als Musiker; fehlt er, bin ich zwar noch Profi, aber eine Qualität ist verloren: die Vereinigung und das harmonische Zusammenklingen verschiedener Stimmen ...

„Meine Mutter hat mich alleine erzogen", unterbricht Lucie

meine Gedankengänge. „Sie hat mir nichts über meinen Vater mitgeteilt. Ich dachte, er sei tot, irgendwann habe ich zufällig erfahren, dass er am Leben sein muss. Mit siebzehn hatte ich schwere Depressionen. Hab meine Mutter in dieser Zeit angefleht, von meinem Vater zu erzählen, sie hat es verweigert. War eine brutal heftige Zeit für mich."

Sie schluckt. Wir hören atemlos zu. Lucie starrt aufs Meer. Ihre Stimme dringt von weit her, aus einer dunklen Vergangenheit.

„Fünfzehn Jahre später, ich war zweiunddreißig, als meine Mutter endlich einen Brief an meinen Vater geschrieben und von mir berichtet hat. So habe ich mitgekriegt, er lebt in London und ich habe dort einen Halbbruder. Er hat nämlich geantwortet, dabei aber seine Vaterschaft mir gegenüber verneint und abgelehnt. Jedenfalls hatte ich endlich seine Adresse, habe ihm geschrieben und ein Bild von mir geschickt. Danach gab es keinen Zweifel mehr, denn ich sehe meinem Vater ziemlich ähnlich."

„Wie war es, als du Kontakt mit ihm aufnehmen konntest?", erkundigt sich Anja.

„Total erleichternd. Durch den Brief von ihm war es, als wenn sich zwei getrennte Hälften in mir vereinigen konnten."

Lucie macht in diesem Moment unwillkürlich eine Handbewegung, die mir unter die Haut geht. Ihre beiden Hände bewegen sich aufeinander zu, kommen zusammen, berühren sich.

„Vorher waren meine beiden Hälften schmerzhaft getrennt, mein ganzes Dasein in sich war getrennt", fährt Lucie fort, „deshalb konnte ich mein Leben schwer bewältigen …"

Sie schluckt wieder, in meiner Brust und meinem Hals brennt es.

„Und wie ist der Kontakt heute?", frage ich leise.

„Prima! Ich habe ihn und seine Familie häufig besucht. Anfangs war es für seine Frau heftig, denn sie hatte Angst, wie sich herausgestellt hat, ich könnte ihr den Mann wegnehmen. Deshalb hat sie mich ziemlich abgelehnt. Mittlerweile mögen wir uns und ich finde es klasse, einen jüngeren Bruder in England zu haben."

„Okay", meine ich, „in deinem Fall ist absolut nachzuvollziehen, wie wichtig es war, den Vater kennenzulernen. Das hat so etwas wie Vollständigkeit ermöglicht …"

„Genau! Vollständigkeit und es hat mir Kraft gegeben …"

„Aber kann man deine Situation auf meinen Sohn übertragen? Der hat, jedenfalls hoffe ich es, einen Vater, den er liebt. Warum sollte er erfahren müssen, dass es mich gibt?"

„Ich habe mich mit Familienstellen und verschiedenen Therapieformen beschäftigt", erklärt Lucie. „Überall habe ich gelernt, die Energie ist da, selbst wenn eine Sache nicht ausgesprochen wird. Geheimnisse wirken in jedem Fall. Im Unbewussten."

„Selbst wenn Tellos Sohn nichts von ihm weiß?", zweifelt Anja.

„Auch dann. Seine Mutter wird es nicht völlig verarbeiten; es wird sich, zumindest ab und zu, in ihrer Beziehung zu ihrem Mann ausdrücken. Außerdem ist es in dem Energiefeld des Jungen, selbst wenn er nichts ahnt. Sicher würde es ihm kaum so schlecht gehen wie mir damals, aber er kann sich erst komplett fühlen, er ist erst komplett, wenn er es weiß."

„Und wann? Wann würdest du es ihm mitteilen?"

„So schnell wie möglich. Kindgerecht natürlich …"

„Nicht warten, bis er zum Beispiel achtzehn ist?", unterbreche ich.

„Nach meiner Meinung und Erfahrung nicht!", schließt Lucie nachdrücklich.

Gedankenvoll schimmert das nachtblaue Meer. Bestimmt gibt es deutlich andere Aussagen und Ideen zu dieser Frage. Ich merke, ich würde keine vorschnelle Entscheidung treffen können. Alle Seiten müssten ausführlich mit den Beteiligten diskutiert werden. ‚Würde', ‚müsste', mir ist sonnenklar, dass ich im Konjunktiv denke. Möglichkeiten und Bedingungen sind von diesem theoretischen Gespräch hier am kroatischen Mittelmeer meilenweit entfernt. Ob es je einen Realitätscheck geben wird, ist offen.

Sei's drum! Ich hebe mein Glas. Der Rotwein funkelt im letzten Licht.

„Auf dich, Lucie, und darauf, wie deine inneren Seiten sich verbinden konnten."

Lucie lacht. Ihr unwiderstehliches Lachen.

„Und auf deinen Sohn, der hoffentlich rundherum zufrieden in seinem Kinderbettchen schlummert …"

HEIMFAHRT. SCHNEEBEDECKTE Berge flankieren den Tauern-Tunnel. Elf Wochen waren wir unterwegs, für mich in seiner Dichte wie ein halbes Leben. Anja sitzt am Steuer. Auf dem braunen Handrücken bemerke ich einzelne dunklere Punkte. Die ersten Altersflecken?

Meine Gedanken fließen nach Slowenien, das wir heute verlassen haben. Einige Tage haben wir an der Soča, einem Wildwasserfluss, der aus dem Triglav-Nationalpark strömt, kampiert.

In Italien wird die Soča zum Isonzo, dessen traurige Berühmtheit aus dem Ersten Weltkrieg herrührt. Vorgestern haben wir bei einer Wanderung alte, enge Erdstellungen entdeckt. Zehntausende Soldaten haben in den dichten Wäldern oberhalb des Flusses geatmet, geträumt, sind erbärmlich verreckt. Mir war schlecht bei diesem Spaziergang, auf Wegen und in Erdbefestigungen, wo vor hundert Jahren unermessliches Leid geschaffen und unnötiges Blut vergossen worden ist. Für einige Quadratmeter Landgewinn hin oder her.

Ich konnte kaum sprechen; Anja schien verstört, sie hat die dunkelerdige Enge zwischen den hohen Buchen und dem Buschwald besonders belastet.

Als wir auf einer Hängebrücke den reißenden Fluss überquerten, von oben bunt gekleidete Wildwasser-Kajakfahrer beobachten konnten und schließlich ein Stück unterhalb zwischen einigen Felsblocken im eiskalten Wasser planschten, ließ sich das blutige, dunkle Grauen allmählich abschütteln.

Zum Glück konnte ich abends das Gesehene bei einem Champions-League-Halbfinale mit erfolgreicher bayrischer Beteiligung im vollen Campingplatz-Bistro verdrängen. Diverse Biere haben dabei geholfen…

„Willst du wechseln?", frage ich Anja.

„Nein, ein Stündchen fahr ich noch", antwortet sie gelassen. „Hol mir mal die Kekse aus dem Rucksack."

Meine Gedanken wandern zurück zu der Zeit, die wir gemeinsam auf so engem Raum verbracht haben, aufgemischt durch heftige Auseinandersetzungen nach meiner Beichte. Ich bin froh, es geschafft zu haben, reinen Tisch zu machen. Mir ist bewusst, ich habe Anja extrem belastet. Dementsprechend fragil ist unsere Beziehung weiterhin, obwohl ich fest glaube, die schwersten Brocken haben wir zur Seite geräumt. Hoffentlich! Jedenfalls ich habe mich innerlich klarer und eindeutiger an Anja gebunden.

Farbige Erinnerungsbilder schwirren durch meinen Kopf. Dazu spannende Menschen und Begegnungen. Besonders die alten Camper haben es mir angetan und Mut gemacht. Heinz und Veronika mit Saxophon und Keyboard, Clärle mit ihrem achtzigjährigen Mann Siggi, die monatelang mit ihrem Wohnwagen auf naturbelassenen Plätzen kampieren. Im Frühjahr sammeln sie den wilden grünen Spargel, im Herbst, haben sie uns erzählt, klauben sie Pilze, Nüsse, Feigen auf ihren Spaziergängen auf und trocknen Apfelscheiben auf ihrem kleinen, elektrischen Dörrgerät.

„Es ist schön, alt zu sein, aber nicht so schön, alt zu werden", hat Siggi, der schlecht hört und wenig spricht, bei einer Wanderung zu mir gesagt. Habe nachdenklich genickt. In weniger als zwanzig Jahren bin ich achtzig, falls ich noch lebe. Jede Menge

Frühlinge und Sommer bis dahin, genug Chancen, trotz allem.

„Du bist schweigsam", spricht Anja in meine Gedanken hinein. „Denkst du über unsere Reise nach?"

„Mmmh", brumme ich zustimmend und streichle kurz über ihre Hand mit den braunen Flecken, die lässig am Steuer liegt.

„War im Ganzen eine feine Tour, oder!?", frage ich nach einer Weile vorsichtig an.

„Ja!", antwortet Anja.

ENDE SEPTEMBER. Die Monate sind im Flug vergangen. Keine Nachrichten von meinem Sohn. Die Therapie läuft, ich komme mir zunehmend auf die Spur. Wenn ich durch Nürnberg schlendere, hängen überall Plakate von unserer Tour. „Tello – zum letzten Mal!" steht dick darauf. Quer darüber ist ein dicker Balken mit „Ausverkauft!" aufgeklebt. Ich bin stolz und etwas traurig.

Anja hatte ein mittleres Tief, als nach der Rückkehr nicht sofort ein Traumhaus für uns aufgetaucht ist. Zu teuer, extrem renovierungsbedürftig, Lage mitten im Wald…die Liste der Probleme ließe sich fortführen. Zum Glück ist sie bald lockerer geworden, hat eingesehen, sie kann es nicht mit Gewalt puschen. Aber sie ist dran.

Ich unterstütze sie, obwohl es mir schnell emotional zu heftig wird. Switche nach wie vor weg, wenn scheinbar größere Verantwortungsbrocken innerlich auf mich zurollen. Sofort habe ich Fluchtgedanken, will nichts damit zu tun haben. Mein altes „Nicht Ich!", es wird mich lebenslang begleiten. Bin nicht der Meister meines Seins.

Heyhi, bei dem ich fest und wöchentlich in Therapie bin, hat mir ein Gedicht zu diesem Thema aus seinem anscheinend reichhaltigen Fundus geschenkt.

Autobiographie in fünf Kapiteln

1.Ich gehe die Straße entlang.
Da ist ein tiefes Loch im Gehsteig.
Ich falle hinein.
Ich bin verloren...
Ich bin ohne Hoffnung.
Es ist nicht meine Schuld.
Es dauert endlos,
wieder herauszukommen.

2.Ich gehe dieselbe Straße entlang.
Da ist ein tiefes Loch im Gehsteig.
Ich tue so, als sähe ich es nicht.
Ich falle wieder hinein.
Ich kann nicht glauben,
schon wieder am gleichen
Ort zu sein.
Aber es ist nicht meine Schuld.
Immer noch dauert es sehr lange
herauszukommen.

3.Ich gehe dieselbe Straße entlang.
Da ist ein tiefes Loch im Gehsteig.
Ich sehe es.
Ich falle immer noch hinein,
aus Gewohnheit.
Meine Augen sind offen.
Ich weiß, wo ich bin.
Es ist meine eigene Schuld.
Ich komme sofort heraus.

4.Ich gehe dieselbe Straße entlang.
Da ist ein tiefes Loch im Gehsteig.
Ich gehe darum herum.

*5.Ich gehe eine andere Straße.**

---

*Portia Nelson, zitiert in: Sogyal Rinpoche: Das tibetische Buch vom Leben und Sterben, Frankfurt/Main 1993.

Dieses Gedicht beruhigt mich ungemein. Ich bin nicht alleine. Es muss nicht schnell gehen. Ja, Veränderungen dauern, denn alte Gewohnheiten sind stark. Aber sie sind nicht alles. Bewusstwerdung ist möglich. Veränderung ist möglich, allmählich, durch Bewusstwerdung. Anjas Satz von diesem Körpertherapeuten taucht in mir auf: „Du kannst nur tun, was du willst, wenn du weißt, was du tust."

Okay, manchmal falle ich in die alten Löcher. Krabbele wieder raus, nehme meine Gitarre, die ich neu lieb gewonnen habe nach dem Entzug, spiele ein paar Lieder …

„ES IST nicht leicht für mich zu reden, über mich zu reden, das merke ich andauernd", beginne ich die Sitzung. „Früher habe ich mich in erster Linie über mein Spiel ausgedrückt, verstehen Sie?"

„Wie ist Ihnen das klargeworden?"

„Auf der Reise in Kroatien. Ich hatte elf Wochen keine Gitarre dabei. Extra. Das erste Mal seit meinen Jugendtagen."

„Und?"

„Am Anfang hat mir nichts gefehlt. Denn ich war sehr mit Anja, meiner Frau, beschäftigt, nachdem ich gebeichtet hatte. Es gab logischerweise jede Menge Konfliktpotential. Anja hat mich ziemlich gefordert …"

Heyhäuser nickt versonnen.

„… und ich musste Worte finden. Für mein Verhalten, die Gründe…es war schon schwer genug für mich, mich zu entschuldigen für meine Verhaltensweise …"

„Aber Sie haben Worte gefunden, nicht wahr?"

„Allmählich ja. Deshalb hat mir die Gitarre nicht so gefehlt. Am Ende doch, da haben echt die Finger gezuckt und manchen Lauf im Trockenen gespielt."

„Würden Sie sagen, Sie haben mit dem Spielen früher Ihre Gefühle verdrängt, ausgedrückt oder sublimiert?"

„Was meinen Sie mit ‚sublimiert'?"

„Mmh, Emotionen in künstlerische Leistung umgesetzt, verfeinert, so etwa."

„Ja, habe ich in jedem Fall. Wenn ich meine Gitarre in der Hand hatte, konnte ich mich direkt und am besten ausdrücken. Das war nicht so kompliziert wie reden. Mit Worten war es zu Hause so eine Sache. Da wurde schnell dran rumgedeutelt, ich wurde angemotzt oder angeschissen, mein Vater ließ fast nichts von dem, was ich gesagt habe, gelten. Wenn meine Finger über die Saiten schwirrten, war ich frei…hab beim Spiel alles vergessen…sonst bin ich weggerannt, war ja eh falsch, was ich gemacht habe. Mit meiner Süßen im Arm bin ich voll rein, war ich einfach sicher."

„Klingt, als sei die Gitarre wie eine Geliebte gewesen …"

„War sie! Wissen Sie, in der Band – wir waren nur Männer – mussten wir keine Rücksicht auf Frauen nehmen; Mädels waren unsere Fans, haben uns mit begeistertem Jubel angetörnt; nach der Show war es erfreulich, hübschen Frauen zu begegnen, deren Augen glänzend auf uns geleuchtet haben…schneller, unbedeutender Sex ist okay gewesen, längerfristig einlassen war nicht.

Mit der Gitarre war es anders; da konnte ich meine Empfindungen ausdrücken…ansonsten habe ich sie verdrängt…bis ich Anja begegnet bin…und näher kennengelernt habe…die habe ich letztlich auch auf Abstand gehalten, habe ich ja allmählich mitgekriegt…vielleicht habe ich alles nur gemacht, um ihr weh zu tun und so zu ihr auf Distanz gehen zu können…dabei habe ich mir selbst am meisten weh getan, das weiß ich jetzt…wenn ich früher jemanden an mich herangelassen hätte, dann hätte mich das verbrannt. Deswegen habe ich mich bestimmt in Anja verknallt… sie ist eher der spröde, zurückgezogene Typ mit traumhaftem Körper, da war es nicht schwer, nicht voll reinzugehen…oder jedenfalls nur langsam, verheimlicht vor mir selbst…etliche Jahre.

Meine Geliebte ‚Gitarre‘, da bin ich voll rein, die war immer für mich da; die wollte nichts von mir, hat sich mir an guten Tagen absolut geschenkt und an schlechten habe ich sie aus der Hand gelegt… ohne den Würgegriff von Vorwürfen und Schuldgefühlen…wie bei meiner Mutter…vor meiner Gitarre war ich nicht schuldig, vor Menschen andauernd…mit ihr war ich sicher…

Im Umgang mit Menschen hab ich mich eher verloren…war ein schwankender, gefährlicher Grund, nicht klar einzuordnen… mmh, mit Körpern aller Art konnte ich umgehen, mit den ganzen Menschen nicht so…die sind irgendwie unsicher und gefährlich …“

„Und Ihr Sohn?“

Woher kommt nur dieses Schluchzen, das meinen Oberkörper schüttelt? Mein Rücken kribbelt, mir ist heiß, aus meinen Augen läuft Wasser…ohne Widerstand …

„Mein Sohn…dieses Kind…war…ist der Scheiß Herzensöffner…mir laufen Tränen über die Backen, wenn ich an ihn denke… mir vorstelle, wie er krabbelt, an der Hand läuft, zum Sandkasten rennt, lächelt …“

Heyhäuser reicht mir ein Taschentuch.

„Manchmal setze ich mich auf einen Spielplatz und schaue kleinen Kindern zu. Mein Herz wird weit, es tut weh, es tut so gut…einmal ist einer von den Kurzen auf mich zugerannt…er hat mich angesehen…diese Kinderaugen, da kannst du bis in den Himmel gucken …“

„Mmhh …“

„Wissen Sie, im Musikgeschäft habe ich mich wichtig gefühlt. Beifall, Jubel, ich, der Größte…oder wenigstens ein Großer … doch unmittelbar nach dem Auftritt schreit die ätzende Einsamkeit in einem…keiner jubelt, letztlich ist man nach dem Klatschen völlig allein…feiern, trinken, vögeln, große Feste, sexy Frauen…

viele Angebote; alles ohne Herz, ich wusste, ich bin nicht ge-meint...egal, das Karussell hat sich gedreht...und plötzlich tappt ein großer Babykopf auf wackligen, dicken Beinchen auf mich zu mit einer überdimensional großen Windel um den Hintern...was sind unsere Alben und der Beifall dagegen? Schein, Illusion...das Leben findet mit Menschen statt...

Wer bin ICH? Die Frage habe ich in der Regel mit einigen Bierchen weggeschwemmt. Plötzlich ist da ein Kind, ein Sohn. Mein Ego ist zusammengeschrumpft auf ein Ei und eine Samen-zelle, ohne Eintrittskarte zu diesem Wunder ..."

„Ich finde, Sie nehmen seit einiger Zeit an einem Wunder teil", lächelt Heyhäuser.

Ich schaue ihn aus verweinten Augen neugierig an.

„An dem Wunder Ihrer zweiten Geburt als Mensch, wenn ich das so ausdrücken darf. Und ich bin dankbar, als Geburtshelfer mit im Boot zu sitzen."

Oh, Scheiße, dieser Mensch ist nicht auszuhalten. Dieses Leben ist zu groß, zu gewaltig für mich. Wo soll ich nur hin?

Ich sitze still, ich versuche dazubleiben, nicht zu verschwinden. Ich will versuchen anzunehmen, dass jemand Gutes zu mir sagt. Nicht über mein Gitarrenspiel, sondern zu mir.

Natürlich ist der Zweifel da, ob der überhaupt mich meint, nicht nur seinen Job macht oder nur mein Geld will; was wäre ich ohne meinen tief sitzenden Zweifel?

Aber ich habe es gehört...und ein Teil, ein kleiner Teil von mir glaubt ihm...freut sich...will ihm glauben, jubelt verhalten.

„Es ist lange her", sage ich leise, „seit ich gespürt habe, dass mich jemand gern hat, ohne etwas von mir zu wollen. Es ist schwer zu glauben...genauer...ein Teil von mir kann es überhaupt nicht glauben. Andere Teile in mir wünschen sich aber sehr, dass es so ist...das wollte ich heute ausgesprochen haben...nicht nur gefühlt ..."

ENDE OKTOBER; ein schwächer werdender goldgelber Sonnenteppich liegt über den Pegnitzwiesen, als ich mit Paula unterwegs bin. Ich liebe diesen Herbst, meine, ihn nie so intensiv erlebt und in mich aufgenommen zu haben.

Übermorgen beginnt unsere Abschlusstournee, die am 10. Dezember in Nürnberg enden wird.

Anja und ich haben ausführlich über die Zeit gesprochen. Sie wird uns besuchen, andererseits wochenlang nicht dabei sein. Ich habe ihr versprochen, auf mich und uns aufzupassen. Wir waren dreimal gemeinsam bei Heyhi, hat uns enorm gutgetan. Anja konnte dort nochmal ihren Schmerz voll ausdrücken und rauslassen; ich konnte in dieser vertrauensvollen, geschützten Atmosphäre nicht nur wahrnehmen, sondern ebenso annehmen, wie weh ich ihr getan habe.

Gleichzeitig habe ich ausgesprochen, wie oft sie mich nach meiner Meinung alleingelassen oder zurückgestoßen hat. Manchmal war es kritisch in diesen Stunden, doch wir haben die Kurve gekriegt. Wir achten, seit der Kroatienreise, stärker aufeinander; ja, vielleicht achten wir uns überhaupt mehr. Vorher dachte ich öfters, Anja hätte keinen Respekt vor meiner Arbeit und vor mir. Jetzt nimmt sie mich ernster, das stärkt mich.

Allerdings tauschen wir uns ausführlicher aus als früher. Sprechen deutlich schneller an, wenn ein Problem auftaucht. Ist ziemlich anstrengend, aber es lohnt sich.

Mittlerweile bin ich nicht ein Zuschauer, dem im Grunde das meiste gleichgültig ist, sondern bin eher in die Manege, ins Rampenlicht meines eigenen Seins getreten. Früher war die Bühne mein Rampenlicht, nun spüre ich, sie war nicht nur das, sondern vor allem ein Ablenkungsmanöver. Ein Trick, von mir und meinem zaghaften Durchlavieren abzulenken.

Verrückterweise glaube ich mittlerweile, die Auftritte waren nicht nur mein Leben, sondern eher ein gelungener Versuch, mich vom Leben fernzuhalten oder abzuschneiden. Ein powervoller, morbider Reiz, bei allen Sensationen angereichert mit selbstzerstörerischen Komponenten. Etliche meiner Kollegen sind ausgebrannt verreckt oder haben sich durch Suizid ausgelöscht: von Drogenexzessen zerstört, nach außen erfolgreich, innen voller Selbstzweifel, letztlich beziehungslos.

Mir fallen problemlos etliche Situationen ein, in denen ich selbst nahe daran war, ins Nichts auszusteigen. Natürlich, ich habe dieses explosive Spiel gewollt, gebraucht, mir selbst geschaffen und in vollen Zügen genossen. Sicherheit erschien mir als Langeweile, Leere als Zeitverschwendung, feste Beziehung als Ausdruck des Spießertums…

Jetzt nehme ich jedenfalls mehr teil an meinem Leben als je zuvor. Der Junge hat die Kugel ins Rollen gebracht. Im Grunde hat mir dieser anonyme Brief die Chance gegeben, meine Frau kennenzulernen und zu ihr zu finden, auch wenn es ein mühevoller Kampf war. Ohne diesen Auslöser wären wir in den Sumpf der Gewohnheiten und des Älterwerdens sehenden Auges tiefer und tiefer hineingewatet…

In den letzten Monaten versinke ich öfter in solchen Gedankenassoziationen. Früher wäre ich längst aufgesprungen und hätte irgendetwas gemacht. Die Gitarre hätte mich vor dem Grübeln geschützt, ihre Saiten sind allzeit bereit für klingende Aktion.

Heute bleibe ich lieber auf der warmen, herbstlichen Parkbank sitzen, zumal Paula zu meinen Füßen zusammengerollt schläft.

Zwei junge Businessfrauen in modischem Outfit, die ihre Mittagspause plaudernd bei einem Spaziergang auf der Wiese genießen und ab und zu in ein Brötchen beißen, schlendern vorbei. Eine mit schlanker Figur, die andere füllig; meine alten Bewertungsmechanismen arbeiten nach wie vor einwandfrei. Wenn die mich erkennen würden und was von mir wollten, würde ich…?

Ich würde nicht, da bin ich ziemlich sicher. Obwohl mir das

‚ziemlich' in meinen Gedanken deutlich aufgefallen ist. Die Sucht lebt weiterhin in meinem Körper, wie bei dem Alkoholiker, dessen Entzug gelungen ist. Oder wie wenn der Gewohnheitstrinker morgens aufwacht und sich vornimmt: ‚Heute Abend nur zwei Flaschen Bier' und abends das eindeutige Feeling hat, inklusive Schuldgefühlen, dass ihm vier Bierchen nie geschadet haben.

Beim Thema ‚Sex' sollte ich mir nichts vormachen. Sex zieht, diffus, dunkel, nebulös, gierig. Dem habe ich meinen Willen entgegenzusetzen. Und ich hoffe, nicht zu scheitern. Das Wort ‚hoffe' gefällt mir auch nicht. Scheiße, ich muss auf mich aufpassen, wenn die Tournee läuft. Was ist, wenn die alten Tourgewohnheiten aufbrechen?

Ich merke an einem feinen Zittern in meinen Händen, wie beunruhigt ich bin. Muss unbedingt mit Heyhäuser darüber sprechen …

Natürlich hat sich mein Sex mit Anja nicht grundlegend geändert. Wir geben uns Mühe, genießen unsere gepflegte, solide wöchentliche Liebe; ein sinnliches Tollhaus ist es nicht geworden, trotz neuer Ideen…von denen die meisten nie umgesetzt wurden.

Ich habe mit den Freunden in der Band über Sexualität diskutiert. Wollte endlich erfahren, wie es bei anderen in unserem Alter ist.

„Tote Hose", haben sie abgewinkt; Sex sei in der festen Beziehung in unserem Alter vorbei. Wenn überhaupt, sporadisch bei der Edelhure oder ab und zu nach einem Auftritt; eigentlich sehen sich alle sexuell auf dem absteigenden Ast.

Nur unser Schlagzeuger wusste anderes zu berichten.

„Die Ehe mit meiner neuen Frau, ihr wisst ja, die ist zwanzig Jahre jünger als ich, ist echt Scheiße", hat er gegrinst. „Wir streiten andauernd oder schweigen uns an. Aber manchmal fallen wir übereinander her wie ausgehungerte Löwen, haben tollkühnen Sex auf oder unter dem Tisch…und danach geht der Rosenkrieg nahtlos weiter."

Sprachlos haben wir anderen uns angegrinst. Sollten wir neidisch oder zufrieden sein?

Ich habe mich für hochzufrieden mit diffusem Neid im Hintergrund entschieden, denn schließlich ist mein Verhältnis zu Anja besser als je zuvor …

ZUM LETZTEN Mal vor der Tournee sitze ich Heyhi gegenüber. Ich habe ihm zu Beginn Eintrittskarten für meinen letzten Auftritt, der hier in Nürnberg in der Frankenhalle stattfinden wird, mit Einladung zur anschließenden großen Abschiedsparty überreicht. Er hat sich gefreut und mir gestanden, er und seine Frau seien große Fans von uns. Das wiederum hat mich gefreut. So hat jeder seine Freude.

„Ich glaube, ich habe in den letzten Monaten zunehmend Frieden mit meinem Vater geschlossen", beginne ich die Stunde.

Heyhi nickt nachdenklich.

„Der Groll, der sonst innerhalb von Sekunden in mir hochgestiegen ist, wenn mich etwas an ihn erinnert hat, ist weniger geworden. Ich stehe ihm, mmh…neutraler gegenüber."

„Können Sie sich besser gegen ihn abgrenzen?"

„Ja! Ich kann ihn eher sein lassen, wie er war, und dadurch rege ich mich nicht auf, wenn ich an ihn denke."

„Genau! Wenn man in der Erinnerungsarbeit den Nebel der Vergangenheit lüftet und danach seine Eltern und ihre Erlebnisse eher versteht, grenzt man sich klarer gegen sie ab. Dann wird es einfacher…lichter."

„Das Rollenspiel, bei dem ich mich auf den Stuhl mir gegenüber gesetzt und in das Leben meines Vaters und seine Gedanken hineinversetzt habe, hat mir dabei extrem geholfen. Es ist zwar sechs Wochen her, aber es wirkt unheimlich in mir."

„Inwiefern?"

„Die Hintergründe seines Handelns sind für mich eher nachvollziehbar. Zum Beispiel ist mir klarer, warum er mich in meiner Jugend so wenig unterstützt und meine Musikerwünsche heftig abgelehnt hat. Mein Vater befürchtete wahrscheinlich, ich würde mein Potential nicht ausschöpfen. Vielleicht war er auch neidisch. Er hatte keine Chance, länger eine Schule zu besuchen, ich konnte Abi machen…aber vor allem hatte er Angst! Eine fette Angst, ich könnte keine seriöse Ausbildung machen, keinen vernünftigen Job kriegen…würde irgendwann in Armut dahinvegetieren müssen…"

„Mmmh …"

„… und mir ist sonnenklar, woher er diese Angst hatte, haben musste. Bei ihm ist durch den Krieg alles den Bach hinuntergegangen; er hat als Vertriebener das Elternhaus und seine Heimat verloren, er war ein echtes Kriegskind. Sicherheit musste bei ihm den Großteil seiner Gedanken einnehmen. Das habe ich nicht kapiert; ich fand ihn nur spießig und langweilig…und wegen seiner Nazinostalgie haben wir eh andauernd gestritten, als ich in der Pubertät war…ich habe ihn deswegen total abgelehnt. Schließlich war ich Pazifist …"

„Sie haben mal erwähnt, Sie sind trotzdem zum Bund gegangen …"

„Ja. Hat eigentlich nicht zu meiner Einstellung gepasst…trotzdem habe ich nicht verweigert, was allerdings damals ziemlich schwierig war. Wissen Sie, ich glaube, das habe ich neben meiner Faulheit, mich dem Verweigerungsaufwand zu stellen, unbewusst aus", ich muss schlucken, „aus…Zuneigung zu meinem Vater gemacht…um ihn nicht zu verlieren."

Heyhäuser nickt schweigend.

„So wie hinter seiner Angst vor meinen Verrücktheiten genauso Liebe stecken könnte, besonders aber der Wunsch, es möge mir besser gehen als ihm in seiner Jugend und den Jahren nach Kriegsende."

Es ist still im Raum. Ab und zu rauschen Autos draußen leise vorbei.

„Nicht jeder Vater kann seine Liebe freundlich und bewusst ausdrücken…speziell wenn er Angst hat, sein Kind könnte in eine missliche Lage geraten", meint mein Therapeut. „Auch mein Vater hatte, wie viele Männer, seine Schwierigkeiten, Emotionen und Wärme offen zu zeigen."

Es berührt mich total, dass Heyhäuser eben eine Spur von seinem Privatleben preisgegeben hat.

Ich bewundere diesen Mann. Er ist für mich der Einzige, der sein Leben in seiner Gänze bewältigt hat.

Mir ist klar, das ist Idealisierung, aber so ist es mit Vorbildern. Habe es selbst oft genug erlebt. Doch dieser Satz hat mir mitgeteilt, auch er hatte Probleme aufzulösen.

Ich spüre die Nähe, die ich sowieso zu ihm habe, für diesen Moment auf einer brüderlichen Ebene. ‚Brother, wer hat dir das angetan?', haben wir früher spaßig gerufen, wenn einer von einem Missgeschick berichtet hat. War ein warmer Satz für mich, obwohl er scheinbar als Floskel daherkam.

„Lesen Sie, wenn Sie Zeit haben, das Buch „Kriegskinder"*, holt mich mein Gegenüber aus meinen Gedanken. „Da wird deutlich, wie roh und hart unsere Väter nicht nur gehandelt haben, sondern wie sie behandelt wurden. Ihr Vater gehört möglicherweise dazu."

„Und wir sind dann die ‚Nachkriegskinder', oder? Die, die das Dilemma in der nächsten Generation weitergetragen haben."

„So heißt tatsächlich ein anderes Buch der Autorin. Ja, wir sind die Generationen, die einiges von dem, was unsere Eltern im Krieg erlitten haben, in unserem Lebensskript, oft unbewusst, weiterführen."

---

*Es gibt drei wichtige und lesenswerte Sachbücher von Sabine Bode zu diesem Thema: Die vergessene Generation. Die Kriegskinder brechen ihr Schweigen, Stuttgart 2004, Nachkriegskinder. Die 1950er Jahrgänge und ihre Soldatenväter, Stuttgart 2016, und Kriegsenkel. Die Erben der vergessenen Generation, Stuttgart 2009.

Siedend heiß fällt mir mein Kernsatz ein.

„Nicht ich!", sinniere ich leise. „In meiner für mich notwendigen Abgrenzung von diesem Grauen habe ich fast zwanghaft die andere Seite der Medaille gewählt. Ich will mit all dem nichts zu tun haben, wollte ich damit ausdrücken, oder?"

„Vielleicht war diese Abgrenzung sinnvoll und überlebenswichtig in Ihrer Kindheit…ein Ausdruck Ihrer Kraft …"

„Nur hat sie mich danach, in den folgenden Jahrzehnten, eher eingegrenzt."

„Nun, es hat Sie weiterhin ein Stück an Ihre Eltern gebunden…"

„… von denen ich eigentlich frei sein wollte. Das heißt nichts anderes, als dass ich das Leben meines Vaters gelebt habe, nur mit umgekehrten Vorzeichen sozusagen.

Heyhi lacht.

„Ziemlich extrem formuliert."

Ich muss grinsen.

„Gerade fällt mir ein alltägliches Beispiel ein", meine ich. „Es zeigt, wie unser Eiertanz aussah. Mein Vater hat zu jedem festlichen Ereignis Anzug und Krawatte getragen. Soweit ich mich erinnere, war das nicht nur ein Muss, sondern sein Wille. Mich haben sie als kleinen Jungen ebenfalls in solche Teile gestopft. Ich weiß es nur von Bildern, sonst habe ich es anscheinend verdrängt. Als ich zehn war, habe ich mich standhaft und unnachgiebig geweigert, mich in der Art zu kleiden, egal zu welchem Anlass. Es gab anfangs jede Menge Zoff deswegen, irgendwann haben meine Eltern missmutig aufgegeben. Bis heute nenne ich weder einen Anzug noch eine Krawatte mein Eigentum. Es würde mich grausig schütteln, wenn ich mich hineinzwängen müsste…es ging damals wie um Leben und Tod in meiner Ablehnung gegenüber diesen Konventionen …"

Ein unangenehmer Gedanke bohrt sich in mein Hirn.

„Muss man seinen Vater töten, um sein eigenes Leben ausschöpfen zu können?", will ich wissen.

„Wie?"

„Ich habe in einem Buch den Satz gelesen: ‚Triffst du Buddha unterwegs, dann töte ihn. Triffst du Jesus unterwegs, töte ihn'. Muss man, frage ich mich, seinen Vater töten, um König im eigenen Reich zu werden?"

„Ich möchte mit einem anderen Spruch antworten", erwidert der Therapeut. „ ‚Wer einen anderen tötet', wird im Buddhismus gelehrt, ‚schaufelt zwei Gräber'."

„Bedeutet im Klartext, wer einen anderen tötet, bindet sich absolut an ihn, oder!?"

„Kennen Sie die Sage von Ödipus?"

„Das ist der, der, ohne es zu wissen, seinen Vater getötet und danach seine Mutter geheiratet hat, nicht!?"

„Wissen Sie, wie es ausgeht?"

„Miserabel. Ödipus irrt am Ende blind, verzweifelt und allein durch die Wüste, soweit mich mein Gedächtnis nicht trügt."

„Geblendet, genau! So viel zum Thema, ob man seinen Vater töten sollte. Ich persönlich halte es für sinnvoller, wenn man ihn integriert und dann hinter sich lässt und seinen eigenen Weg geht; wie Sie es am Anfang der Sitzung formuliert haben. Erst verstehen, dadurch integrieren, loslassen und pfeifend den eigenen Pfad beschreiten."

„Und was ist mit Buddha und Jesus?"

„Darüber müsste ich nachdenken. Ich vermute, das Wort ‚Töten' ist hier bildlich gedacht, als Metapher sozusagen. Nicht ihnen bedingungslos und blind nachfolgen und ihre Lehren kritiklos nachplappern, sondern ihre Weisheiten im eigenen Dasein individuell umsetzen. Es hieße eher ‚freimachen'…"

„Okay! Ich werde Bücher über die griechische Sagenwelt und über Kriegskinder mit auf die Tournee nehmen", lache ich, „mein

Interesse ist geweckt."

„Na fein", lacht Heyhi mit, „Sie kennen ja mittlerweile mein Faible für Erzählungen und Gedichte."

„Ja! Das hat eine neue Bilderwelt für mich geschaffen in den letzten Monaten."

„Freut mich!"

Wir sitzen uns gegenüber. Ich bin glücklich, diesen Menschen zu kennen.

„Die Sache mit meinem Sohn hat mich geweckt, stimmt's!?", grinse ich.

„Ja!", antwortet Heyhäuser einfach.

„Ich lebe wacher als früher", begeistere ich mich, „ich empfinde öfter Zufriedenheit, bin glücklicher…"

„Nehmen Sie eigentlich Ihren Vater mit auf die Tournee?", sticht der Therapeut in meinen Höhenflugzustand hinein.

Ich stutze.

„Wie?"

„Na ja, da es Ihre Abschlusstournee ist, ist es die letzte Gelegenheit, Ihrem Vater hautnah zu zeigen, was Sie aus Ihrem Leben gemacht und was Sie geschaffen haben. Oder?" Und er setzt hinzu: „Ich vermute, er wäre stolz auf Sie. Ich wäre es jedenfalls als Vater …"

Ich schlucke. Dieser Sauhund schafft es immer wieder, mich zu überraschen.

„Wie könnte ich ihn mitnehmen?", will ich leise wissen.

„Keine Ahnung, was meinen Sie?"

„Vielleicht ein Bild …!?"

GITARRENSPIELER sind Geschichtenerzähler. Seit einiger Zeit finde ich das Wort ‚Gitarrenspieler' ausdrucksstärker als den Begriff ‚Gitarrist'. Manche spielen mit Worten, andere mit

Klängen, die Betonung liegt auf ‚spielen‘.

Ich habe eben beim Auftritt gelungene Storys erzählt, da gibt es nichts. Meine Solos waren facettenreich und stark, hautnah an mir dran.

Okay, ich war meistens ein guter ‚Saitenspinner‘. Nur habe ich nicht gelebt, was ich erzählt habe. Nein, stimmt nicht! Ich habe gelebt, allerdings einseitig. Das war der Zwiespalt. Zwischen der Geschichte, die ich mit meinem Instrument erzählen konnte, und meiner Realität, die weniger authentisch war. Ich habe mich ins Leben gestohlen mit der Gitarre in der Hand, für eine Zeit, hinterher habe ich meine eigenen Versprechen nicht erfüllt. Habe vermieden, die Erwartungen, die ich in mir selbst geweckt hatte, zu erfüllen.

Natürlich werde ich nach der Tournee weiter spielen. Kein Gitarrero legt sein Instrument freiwillig aus der Hand…bis dass der Tod uns scheidet. Aber sie soll kein Ersatz fürs Eigentliche sein, wie es früher oft war; ich will nicht aus dem emotionalen Leben aussteigen, wenn ich die Gitarre weggelegt habe…

Ich lümmle in einem Sessel in meinem Hotelzimmer. Hab mich bewusst früher von der Aftershowparty in Regensburg verabschiedet. Adrenalin tobt in meinen Blutbahnen, an Schlaf ist nicht zu denken. Doch ich will das neue Abenteuer ‚Alleinsein nach dem Auftritt‘ auskosten, wie schon mehrmals während der Tour.

Ich bin einsam. Sehne mich nach Anja, meinem Sohn, einem Menschen zum Reden. Unten wird kräftig gefeiert. Es wäre schnell jemand für mich da. Unser Nimbus als Rockband ist ungebrochen, es gibt genügend Angebote für jeden von uns. Anscheinend kennen Stars keine Altersfalten und kein Verfallsdatum für die, die sie wie Sprüche im Poesiealbum sammeln. Meine Attraktivität ist das Bild, das sich die Fans von mir in ihrer Phantasie ausmalen.

Es besteht kaum eine Chance, aus diesem Bild zu fallen, und

damit ebenso kaum eine Chance, ihnen als realer Mensch zu begegnen. Es bliebe nur Smalltalk, wenn ich hinuntergehen würde; das könnte meine wirkliche Sehnsucht nicht stillen, weiß ich mittlerweile.

Ist nicht schlimm. Nicht jeder Wunsch muss unmittelbar befriedigt werden. Manchmal ist das unerfüllte Bedürfnis sogar seelenfüllender; ein kleiner Schmerz, der über einen selbst hinausreicht in die Verbindung zu den Menschen, mehr nicht.

Vor mir steht ein kühles Hefeweizen. Daneben liegt ein Bild von meinem Vater. Es hat mich erschüttert, nahezu keine Jugendbilder von ihm auftreiben zu können, auf denen er keine Uniform trug. Ein anderes, nicht uniformiertes Leben scheint es in dieser Zeit nicht gegeben zu haben. Wahnsinn!

Ich wollte ihn nicht mit Armeemütze oder Stahlhelm und Rangabzeichen dabeihaben. Deshalb blieb nur ein Hochzeitsbild von ihm und meiner Mutter vom 6. März 1946 übrig.

Meine Mutter trägt ein weißes, langes Kleid, unter dem helle Schuhe hervorschauen. Sie hält einen Blumenstrauß im Arm. Hängende Ohrringe umrahmen ihr Gesicht, auf ihrer Brust liegt ein dünnes Kettchen mit einem kleinen Kreuz, in ihrem fein frisierten Haar steckt ein schmaler Reif. Sie wirkt ernst und gesammelt, ist jung und sehr schön.

Mein Vater steht links neben ihr und umfasst sie leicht mit der rechten Hand. Er trägt einen schwarzen Anzug, ein weißes Hemd mit einer weißen Fliege, in der linken Hand hält er weiße Handschuhe und einen Zylinder. An der linken Seite seines Revers an der Anzugsjacke ist etwas angesteckt, ich erkenne es selbst mit Lesebrille nicht, eventuell ein Myrtenzweig.

Er schaut ernst, mit einem angedeuteten, leicht verkrampften Lächeln. Er hat kurze schwarze Haare, eine männliche Ausstrahlung, ist größer als meine Mutter. Auch er ist sehr schön.

Das Bild trage ich seit Anfang der Tournee bei mir. Am Anfang fand ich es ein bisschen albern, aber es hat mir zunehmend Spaß gemacht, meine Eltern dabeizuhaben. Mittlerweile ist es wichtig, dass es ein Foto von beiden ist. Ich möchte euch beiden meine Erfolge zeigen, den Jubel, der uns entgegenwogt, die Freude, die in mir lebt, wenn meine Gitarre und ich eins sind.

Mein Gefühl ist klar: ihr freut euch mit mir.

Diese Fotografie, die seit Urzeiten in einem Holzkästchen zwischen Kriegsbildern vergammelte, habe ich nie so intensiv in mich aufgenommen. Mein Auge hängt an den jungen Gesichtern. Es schmerzt in meiner Brust, ich bekomme kaum Luft, meine Wangen sind feucht. Ich liebe diese beiden Menschen, die ich, als sie noch lebten, nie wirklich wahrnehmen konnte, sehr.

Anders als sie waren, konnten sie nicht sein, anders als ich damals war, konnte ich nicht sein.

Ihr wart vom Krieg traumatisiert und habt versucht, euch und euer Leben sicherer und angstfreier zu organisieren. Habt hart gearbeitet und euch die Maske des aufsteigenden Konsums übergezogen, unter der ihr die verstaubten Ideale und Rituale eurer Jugend gelebt habt, und das war eben die Nazizeit. Und natürlich wolltet ihr nicht, dass eure Jungendzeit ständig von mir zornig in Frage gestellt wurde. Bestimmt hattet ihr unbewusst Furcht, meine Generation wollte euch eure Jugend wegnehmen, schlechtmachen.

Ich dagegen zog einen Großteil meiner Energie aus dem Widerstand zu euch, in einer permanenten Trotzphase, die ich gegen euch ausleben musste. Abwechselnd habe ich mit erhobenem Stinkefinger oder dem Peacezeichen vor euren Gesichtern herumgefuchtelt; mein wichtigstes Ziel war, unter allen Umständen anders als ihr zu sein, das Gegenteil von dem, was ihr für mich dargestellt habt, zu leben.

Anders als ihr wart, konntet ihr nicht sein, anders als ich war, konnte ich nicht sein.

In dieser negativen Bindung waren wir uns nah, ohne etwas davon zu begreifen. Wir haben leider aneinander vorbeigelebt, es gab kaum eine Möglichkeit der Begegnung. Ja, so war das!

Jetzt bin ich zunehmend in der Lage, euch zumindest ab und zu in mein Herz aufzunehmen. Das macht mich glücklich…vollständiger…ich möchte gerne euer Sohn sein…ich bin euer Sohn…

Ich hebe unter Tränen das Weizenglas in die Luft und stoße imaginär mit meinen Eltern an.

„Prost, Mama, Prost, Papa, schön, dass ihr dabei seid!"

DER HYPE um mich ist riesig. Sonst steht unser Leadsänger als Frontmann im Mittelpunkt der Aufmerksamkeit, das hat uns anderen Bandmitgliedern jahrzehntelang relative Ruhe beschert. Heute Abend liegt der Fokus unwiderruflich auf mir.

Grässlich! Nichts hasse ich mehr als Publicity. ‚Nicht ich!', grolle ich in mich hinein, als mir auffällt, dass ich mit diesem Spruch alte Überzeugungen bediene.

Okay, stürzen wir uns so voll und ungebremst wie möglich ins Gewühle …

Medienleute umschwirren mich wie Motten das Licht. Leicht genervt wünsche ich mir, sie würden sich die Flügel verbrennen, zumal ich mich plötzlich an den Traum in Kroatien erinnere. Aber erstens weiß hier niemand von meinem Sohn, nicht einmal meinen Bandfreunden habe ich davon erzählt. Bei allem Miteinander war es wichtig, in manchen Punkten einen für mich gesunden Abstand zu wahren…sonst hätte unsere vierzigjährige Zusammenarbeit mit Sicherheit nicht funktioniert.

Und zum zweiten haben die Medien uns groß, reich und prominent gemacht, das stimmt mich milder. Wer verdient schon richtig Geld mit Musik?

Also haben all die aufgedrehten Menschen ordentlich an meinem Traum mitgestrickt, da will ich ehrlich sein. Meine Dankbarkeit ist ihnen gewiss, solange sie mich nach meinem Abschlussauftritt in Ruhe lassen.

Deshalb beantworte ich geduldig die immergleichen Fragen nach meiner Zukunft mit meinem neuen Lieblingsspruch ‚Wir werden sehen‘ und setze dahinter: ‚Keine Ahnung, bestimmt wird es kleinere Projekte geben; ich möchte mir Zeit lassen, nichts überstürzen.‘

Als mich nach dem x-ten Kurzinterview der Hafer sticht, provoziere ich ein bisschen.

„Langeweile ist heutzutage Mangelware“, grinse ich, „ich will beobachten, wie sich damit zurechtkommen lässt. Nur ein leeres Glas kann gefüllt werden.“

Verdutzt schreibt die Redakteurin mit, der ich bei diesen Sätzen tief in die Augen geschaut habe. Bin gespannt, wo es in den nächsten Tagen erscheinen wird.

Ich habe mehr Spaß bei meinem definitiven Abschied, als ich dachte. Stehe einerseits ein Stück neben mir, andererseits spüre ich einen gehörigen Abstand.

Lampenfieber habe ich weiterhin, wie in meiner gesamten Laufbahn. Die Toilette ruft wie immer in den letzten Jahrzehnten, business as usual …

Und plötzlich ist es vorbei, das Abschiedsspektakel. Wir haben Zugaben gespielt ohne Ende. Zum Schluss stehe ich vorne auf der Bühne. Standing Ovations prasseln auf mich nieder; die Menge steht, johlt, klatscht und schreit. Überwältigend!

Bin gleichzeitig drinnen und draußen. Genieße und muss mich zur selben Zeit innerlich abschneiden, um diese übergroße Menge an Kontakten auszuhalten. In den Gängen hinter der Bühne und der Garderobe wimmelt es von Leuten, die zu mir wollen, um mich zu beschenken, zu verabschieden oder was weiß ich, was sie wollen. Es brummt und summt wie in einem Bienenschwarm.

Ich bin gottfroh, aus den Augenwinkeln Anja und einige Vertraute um mich herum wahrzunehmen. Wie Bodyguards halten sie friedlich Wache über mich. Als sich Bärilla, unser Freund aus Kroatien, schüchtern und ein wenig scheu vor diesem Rummel in seiner ganzen Größe durch die Tür schiebt, überfällt mich plötzlich ein ungeheures Glücksgefühl. Da ist jemand, der um mich weiß, meine Ängste und Hoffnungen kennt, der mich von Herzen mag.

Er ist seit vorgestern da. Anja und ich wollten, dass er bei uns in der Wohnung übernachtet, er hat lachend abgelehnt.

„Ich habe eine prima Heizung. My womo is my castle!", und so steht er auf dem Stellplatz am Marienbergpark.

Wir haben fast die ganze Nacht durch geplaudert, Anja, er und ich. Endlich mit einem vertrauten Freund über alles gesprochen, was wir sonst nur in der Beziehung und mit meinem Therapeuten teilen.

Wir umarmen uns im Gewühle fest. Er ist wie ein Anker für mich, und ich verstehe, warum er seinen Spitznamen erhalten hat. Gerade lasse ich ihn los, als Heyhäuser mit seiner Frau durch die Tür tritt.

Mich trifft der Schlag, als ich den ängstlichen, verwirrten Blick der Frau bemerke…und sie erkenne. Ich meine, keine Luft zu bekommen, ziehe Bärilla wie zum Schutz schnell an mich.

„Das ist sie!", flüstere ich ihm eindringlich ins Ohr.

„Wer?", wundert er sich.

„Die Frau, mit der ich geschlafen habe, damals. Die Mutter meines Sohnes."

„Gibt es nicht! Bist du sicher?"

„Hundertprozentig!", zische ich ihm zu, während Heyhäuser schon vor mir steht.

„Ein grandioser Auftritt!", meint er breit lächelnd. „Darf ich vorstellen! Meine Frau Susanne."

„Tello", antworte ich dümmlich.

Nicht jetzt, flehen ihre Augen. Bitte sag nichts.

„Es ist schön, dass Sie beide kommen konnten", presse ich hervor. „Hier ist fürchterlich viel Trubel. Wir sehen uns später auf der Party, ja!?"

„Es war ein tolles Konzert!", lächelt Susanne. „Wie immer!", setzt sie hinzu und starrt mich voll an.

Ich nicke, merke, wie ich den Mund zusammenpresse. Eifrig drängt sich der nächste Gratulant zwischen uns.

MINUTEN SPÄTER realisiere ich, was geschehen ist. Ich habe die Mutter meines Sohnes kennengelernt!

Volle emotionale Breitseite. Mein Blutdruck jagt, mein Kopf muss dunkelrot sein. Ich hatte es mir erträumt, es gewollt und erhofft, ich hatte innerlich dafür gekämpft und mich vorbereitet, aber als es eben geschehen ist, war ich absolut überrumpelt.

Jung, alt, zeitlos, habe keine Idee, wer in meinem Körper steckt. Ich könnte schreien, mutwillig einige Stühle zerlegen, ich könnte mich genauso still in eine Ecke setzen und in mir versinken.

Mit Anja kann ich nicht sprechen, wäre too much für sie in diesem Moment. Ich bemerke Bärilla, der neben mir steht und mich aufmerksam anschaut.

„Wie geht es dir?", fragt er, als ich mich zu ihm wende.

„Wie es mir geht? Ich habe keine Ahnung!" Ich schüttele verwirrt den Kopf. „Meinst du, es hat irgendjemand etwas bemerkt?"

„Sicher nicht. Es war eine Begrüßung wie jede andere. Wer ist der Typ, ihr Mann?"

„Mein Therapeut, der Mensch, dem ich seit Monaten mein Herz ausschütte."

„Nee, ist nicht wahr, oder!?"

Nun ist es an Bärilla, baff dazustehen.

„Das haut mich um!"

„Und mich erst", grinse ich verzerrt. „Pass auf, wir müssen einen Schlachtplan entwickeln. Habe hier noch ein paar Leute abzufertigen. Wir reden gleich beim Fest. Bleib bitte in meiner Nähe. Ich brauche dich!"

„Yes, brother!", grinst mein Freund, „ich bin da!"

ALS BÄRILLA sich zwischen den Partygästen, die überall in Gruppen stehen und plaudern, zu mir durchdrängt, zappele ich aufgeregt herum, obwohl ich mindestens vier Bier intus habe.

„Hast du sie gesprochen? Was hast du gesagt, was hat sie gesagt?"

Ich hatte ihn gebeten, unauffällig Kontakt mit Susanne aufzunehmen. Ich selbst hatte keinen Plan, wie ich es hätte hinbringen sollen. Anja unterhält sich in einer anderen Ecke des Saales, jetzt habe ich die Gelegenheit, mit meinem Freund zu sprechen.

„Ja, ich habe mit ihr gesprochen", spannt er mich grinsend auf die Folter.

„Und, wie hast du es eingefädelt?"

„Total easy. Ich habe mich als dein Freund und Vertrauter vorgestellt. Dann habe ich gefragt: ,Bist du die Mutter von Tellos Sohn?'"

„Was?", schreie ich halblaut. „Du Blödmann, hättest du das nicht einfühlsamer aufbauen können?"

„Warum?", grinst Bärilla mutwillig. „Meinst du nicht, in dieser Situation kann man auf einführende Floskeln verzichten?"

„Ach, egal. Was hat sie geantwortet, wie hat sie reagiert?"

„Sie hat einfach genickt."

„Und sonst nichts?"

Es ist kaum auszuhalten, diesem gemein grinsenden Idioten jeden Satz aus der Nase ziehen zu müssen.

„Doch. Sie ist froh, dass es endlich ans Tageslicht kommt. Sie überlegt eh seit langem, Kontakt zu dir aufzunehmen. Sie denkt allerdings, man sollte heute jeden Aufruhr vermeiden …"

Ich nicke zustimmend.

„…zum Schluss hat sie mir ihre Handynummer gegeben. Du sollst morgen anrufen …"

ÜBERNÄCHTIGT und zerknautscht hänge ich in einem Sessel in unserer Wohnung, als es klingelt. Am Morgen habe ich mit Anja gesprochen und danach Susanne angerufen. Anja ist mit Paula unterwegs und anschließend isst sie mit ihrer Schwester beim Italiener; sie wolle bei diesem ersten Treffen lieber nicht dabei sein, möchte Susanne aber bald kennenlernen. Hut ab vor meiner Frau, sie hat sich wirklich mit der Situation vertraut gemacht.

Susanne will ihre Schwester Melanie mitbringen, Bärilla wird von meiner Seite aus dabei sein. Überhaupt soll es ein kurzes Meeting werden, da waren wir am Telefon einer Meinung. Meinen Sohn, Josha heißt er, und es war überwältigend, seinen Namen zu erfahren, werde ich noch nicht treffen. Er ist bei seiner Lieblingsbabysitterin, wie Susanne gemeint hat. Wir wollen heute nur besprechen, wie wir es ihrem Mann beibringen.

Dass er mein Therapeut ist, ist eine mehr als kuriose Situation; ich habe keinen Plan, ob es die Problematik leichter oder komplizierter werden lässt. Verwirrter, als ich eh bin, kann ich sowieso nicht werden.

Sanne, Tello, Mele, Bärilla; vier Spitzname treffen aufeinander, hat sich bei der relativ lockeren Begrüßung herausgestellt. Wer in Gottes Namen erfindet all diese Nicknames, habe ich mich eigentümlicherweise für Sekunden gefragt. Trauen wir uns nicht, unsere Geburtsnamen zu benutzen, sind die zu langweilig, lehnen wir sie innerlich ab oder was ist da los? Keine Ahnung, warum diese belanglosen Gedanken in mir aufgetaucht sind, denn es gibt Wichtigeres zu bedenken.

„Ich wusste nicht, dass du Patient bei Rolf bist", beginnt Sanne. „Er ist in diesem Punkt äußerst gewissenhaft; aus ethischen Gründen kenne ich niemanden von seinen Klienten. Ich war zwar überrascht, als er die Karten für das Konzert gebracht hat, aber ich habe mich gefreut, denn wir haben selten Zeit, abends gemeinsam auszugehen. Habe natürlich gedacht, du erkennst mich in der Menge eh nicht. Erst als er nach dem Auftritt plötzlich meine Hand genommen und mich Richtung Backstagebereich gezogen hat, ist mir blümerant geworden. ‚Was wird das?', wollte ich vorsichtig wissen. ‚Überraschung!', hat er glücklich wie ein Kind gerufen, und ja, dann standen wir vor dir. Er war anscheinend total happy, dich mir vorzustellen, sonst hätte er diese Ausnahme nie gemacht."

„So was Ähnliches habe ich vermutet. Ich hatte ihm die Karten und die Einladung mit Freuden geschenkt. Schließlich hat er mich ein ganzes Jahr wunderbar begleitet, nachdem ich wegen eines anonymen Briefes, wenn dir das etwas sagt, zu ihm gekommen war, der mich aus der Bahn geworfen hat."

„Also geht dir das mit dem Kind nicht am Arsch vorbei?", fragt Sanne forsch.

„Keineswegs! Deine Nachricht hat meine Schutzmauern ziemlich komplett eingerissen. Es war wie ein Zeichen aus dem Weltall, welchen Weg ich zukünftig nehmen sollte. Nicht, dass ich irgendeinen Anspruch auf den Jungen oder gar dich erhebe", wiegele ich mit erhobenen Händen ab, weil ich meine, ihren erschreckten Blick wahrgenommen zu haben. „Ich will nicht unnötig in eure Familie einbrechen…obwohl ich natürlich Josha gerne kennenlernen möchte. Die Geschichte hat eine Wahnsinnsspirale in mir in Gang gesetzt. Übrigens weiß das keiner besser als dein Mann."

Vorsichtig nähern wir uns an, kreisen das Hauptthema dieses

Treffens ein. Mele und Bärilla schweigen die meiste Zeit, aber sie sind da. Enorm wichtig!

Hör mal, Bursche", grinse ich, nach dem ersten Bier zunehmend entspannt, das Bärilla und ich uns gönnen, nachdem die Schwestern gegangen sind, „hast du etwa mit Susannes Schwester geflirtet, während wir ernste Themen besprochen haben? Ich hatte zumindest den Eindruck."

„Schon möglich!", lacht er. „Mele hat mir gefallen. Taff, selbstbewusst, prima Figur. Bisschen kühl vielleicht, könnte man prüfen."

„Du hättest wohl Lust, die verwirrende Gemengelage zusätzlich anzuheizen, wie?"

„Mal sehen. Meinst du, es könnte ein Problem sein? Ich hätte nicht übel Lust, ein paar Tage in der Region rumzuhängen. Immerhin, Telefonnummern haben wir ausgetauscht."

„Meinen Segen hast du. Ich blicke eh nicht durch. Und wenn du länger hierbleibst, tut es mir nur gut. Ich kann dich als seelische Unterstützung hervorragend gebrauchen ..."

MIT BILDERN von Josha, die Susanne mitgebracht hat, sitze ich später allein im Sessel. Leer und übervoll, von glücklich bis tieftraurig wechselt meine Gefühlslage, als ich dieses runde, glücklich wirkende Kindergesicht anschaue. Manchmal fühle ich gar nichts, ist too much.

Stelle die Bilder ins Regal, zum Hochzeitsfoto meiner Eltern...

ICH HABE Rolf, wie ich ihn mittlerweile für mich nenne, gebeten, mir ausnahmsweise die letzte Stunde seines Arbeitstages zu geben. Er war verwundert, hat jedoch zugestimmt, nachdem ich ihm mehrmals versichert habe, es sei wichtig für mich.

Meine Hände sind schweißnass, als ich die Tür zur Praxis öffne, mein Herz schlägt hart und unruhig, als ich ihm gegenübersitze. Fetzen von vergangenen Sitzungen, wertvolle Momente meines Lebens, schießen in Sekundenbruchteilen durch mein Gehirn. Ich versuche mich zu sammeln, Atmen fällt mir schwer, ein Kloß drückt in meiner Magengegend.

Rolf thront in seinem Sessel, achtsam und konzentriert.

„Wir müssen die Therapie beenden, Rolf, äh…Herr Heyhäuser …"

„Warum? Was ist geschehen?", wundert sich mein Gegenüber.

„Weil …", ich nehme alle Kraft zusammen, „ich bin der Vater deines Sohnes."

Puh, es ist draußen…Stille…Stecknadel.

„Ich habe Sie nicht richtig verstanden …"

„Wir sollten uns duzen", meine ich gefasst. „Ich bin der Tello …und ich bin der biologische Vater von Josha."

„Wie?"

„Susanne, deine Frau, und ich haben vor vier Jahren nach einem Konzert meiner Band miteinander geschlafen, dabei ist Josha gezeugt worden."

„Sie wollen mich verarschen, Tello…oder auf irgendeine Probe stellen", lacht Rolf leicht gequält.

„Nein, ich mache keinen Scheiß. Ich habe Susanne wiedererkannt, als ihr nach dem letzten Konzert Backstage aufgetaucht seid. Vorher hatte ich keine Ahnung, weißt du ja. Ich habe Sanne getroffen, weil ich Gewissheit haben wollte. Ich wollte es dir zuerst mitteilen, Susanne hat zugestimmt. Und deswegen habe ich auf den letzten Termin bei dir gedrungen, weil ich vermeiden wollte, dass du danach noch Klienten hast. Verstehst du?"

Heyhäuser ist sprachlos. Ringt nach Worten, findet keine. Ich würde gerne Körperkontakt zu ihm aufnehmen, habe aber Angst, er könnte mich schlagen. Also sitze ich unruhig vor ihm und beobachte, wie sich die überraschenden und schmerzhaften Fakten in sein Hirn bohren.

„Wir konnten lange keine Kinder kriegen …“, brummt Rolf schließlich ruhig und scheinbar gefasst vor sich hin.

„Genau! Deshalb haben wir nicht verhütet. Es war nur einmal, wir haben uns nie wiedergesehen…aber du kennst ja die Geschichte …“

„Ich glaub es nicht recht.…ich kann es nicht glauben“, der sichtbar erschütterte Mann mir gegenüber spricht wie zu sich selbst, „das ist ziemlich überraschend für mich …“

„Natürlich, es ist der Hammer, war es für mich auch. Aber nun sollten wir das Beste daraus machen. Wollen wir irgendwo ein Bier trinken?“, versuche ich burschikos die Situation handhabbar zu machen.

„Eher nicht“, meint Rolf mit einem angedeuteten Lächeln, „ein anderes Mal vielleicht. Ich glaube, ich will allein sein, um zu begreifen, was hier los ist…sortieren.“

„Okay! Ich will nur sagen, Susanne weiß natürlich von unserem Treffen und sitzt bestimmt wie auf Kohlen. Wir haben diskutiert, wie du es erfahren solltest; schließlich haben wir uns geeinigt, dass wir zwei uns zuerst gegenübersitzen sollten.“

„Danke, Tello“, antwortet Rolf müde, „ich werde es irgendwann sicher zu schätzen wissen, dass du dich in die Höhle des Löwen begeben hast. Jetzt ist es besser, wenn du verschwindest …“

FÜNFTES KAPITEL

ROLF

Josha sitzt bei seiner Oma auf dem Schoß.
„Omilein, Omilein!", ruft er, „Josha hat ein roten Roller. Zum Burtstag geschenkt. Kann schnell fahren!"
Oma lächelt.
„Ich weiß, wir waren ja an deinem Geburtstag bei euch. Wir haben dich fahren sehen. Ein schöner Tag, dein Geburtstag, nicht?"
„Ja! Omi…"
„Ja?"
„Papi ist ganz böse. Hat laut geschrien, ganz arg laut!", meint der Junge nachdenklich.
Oma schaut ihn ernst an.
„Papi hat auch geweint. Papi ist traurig."
„Das wird schon wieder!" Oma streichelt über seinen Kopf.
Susanne öffnet die Wohnzimmertür.
„Warum hast du das eigentlich gemacht?", fragt Oma.
„Ich habe es halt gemacht", trotzt sie, „und wenn ich's nicht gemacht hätte, würde Josha nicht auf deinem Schoß sitzen."
Sanne sinkt in einen Sessel. Sie weint. Josha klettert runter und rennt zu ihr. Er schlingt seine Arme um sie. Streichelt über ihren Kopf.
„Das wird schon wieder!", sagt er.

EIN GEZACKTES Brotmesser liegt in meiner Hand und schwebt wenige Zentimeter über meinem linken Handgelenk. Ich erschrecke, als ich zu mir komme und es bemerke. Ein unangenehmer Reiz, ins weiße Fleisch meines Unterarms zu schneiden, zieht durch meinen Körper. Nur ein bisschen sägen, nicht viel.

Erschrocken lege ich es zurück in die Brotkiste und drücke den weißen Deckel vehement zu. Erinnere mich nicht, wie ich in der Küche an diesen Platz gekommen bin und wieso ich das Messer genommen habe.

Muss verdammt auf mich aufpassen, registriere ich. Vor einer Stunde habe ich mich beim Joggen im Reichswald, den ich wirklich kenne, verlaufen und musste andere Läufer nach dem Weg fragen. Jetzt finde ich mich mit dem Brotmesser in der Hand in der Küche. Weiß null, was dazwischen geschehen ist. Dabei muss ich mit dem Rad heim gefahren sein.

Ich horche in das stille Haus. Susanne ist mit Josha zu ihren Eltern geflüchtet. Anfangs konnten wir vorgestern in Ruhe reden, dann bin ich total ausgetickt. Habe geflucht, gejammert, geweint, geschrien. Noch nie habe ich mich in einer solchen Verfassung erlebt. Ausnahmezustand!

„Lügnerin!", bin ich explodiert, „elende Hure! Du hast unser Leben versaut."

„Hab ich nicht! Schau dir Josha an!"

„Was hab ich mit dem zu tun? Der ist nicht von mir!"

Mit dem Rest meines Verstandes ist mir klar, es ist besser, dass Susanne davongelaufen ist. Ich bin nicht zurechnungsfähig, meine Nerven laufen über ein dünnes, zerfetztes Seil, das an einem Faden hängt; die emotionale Ladung ist hoch.

Brauche einen Plan. Sonst verliere ich mich endgültig. Duschen, danach die restlichen Klienten für die nächsten beiden Wochen abtelefonieren, in der Eckkneipe essen, mich anschließend gepflegt betrinken. Wie gestern.

Saufen macht es scheinbar leichter; hintenherum schleichen sich allerdings mit jedem Schluck Scheißgefühle in mich hinein. Jämmerlich!

Nehme das Telefon, muss mit jemandem sprechen …

Als ich Melanies Stimme höre, schießt plötzlich eine Welle von Wut rotglühend durch mich hindurch. Die wusste hundertprozentig Bescheid, wette ich.

„Ach, du bist's, Rolf. Wie geht es dir?"

„Beschissen! Im wahrsten Sinne des Wortes."

„Versteh ich! Ist eine saudumme Situation."

„Ja! Wusstest du von der Sache?"

Mele zögert. Siedend heißer Zorn breitet sich in meinem Kopf aus.

„Sag schon!"

„Ja, ich wusste davon. Sanne hat es mir in den Pfingstferien erzählt…"

„Was, in den Pfingstferien!", schreie ich. „Du weißt es seit einem halben Jahr!?"

„Rolf, beruhige dich! Was hätte ich denn machen sollen? Sanne hat es mir unter dem Siegel der Verschwiegenheit erzählt, weil sie es nicht ausgehalten hat. Seitdem überlegen wir hin und her, wie sie es dir beibringen kann…und jetzt kam dieser Zufall…"

Ich höre Mele weinen. Und ein Geräusch im Hintergrund.

„Ist jemand bei dir?", schreie ich.

„Ja, ein Freund!"

„Weiß der auch Bescheid!?"

„Ja, es ist der beste Freund von Tello …"

„Na fein", meine Stimme überschlägt sich, „schön, die ganze Welt außer mir kennt die Nachricht! Der Rolf hat ein Kuckucksei im Nest. Wünsche euch viel Spaß beim Maulzerreißen…und anschließend einen geilen Fick!"

Wütend knalle ich das Telefon auf den Boden. Außer mir suche ich fahrig den dicksten Filzstift, den wir haben.

BETROGEN, HINTERGANGEN, VERLETZT, GEDEMÜTIGT, BELOGEN, BESCHISSEN

schmiere ich in großen Buchstaben an die weiße Wand im Wohnzimmer. Ich schreie, weiß nicht, wo ich mit mir hin soll. Meine Faust donnert gegen die Wand. Der blutige Schmerz bringt mich zur Besinnung. Die Haut hängt in Fetzen an meinen Handknöcheln, Blut tropft auf den Holzboden.

„Pack!", schreie ich, „elendes Pack! Alle!"

KOMME AUF dem Sofa zu mir. Mein Kopf dröhnt. Stöhnend setze ich mich auf. Es wirkt ziemlich chaotisch um mich herum. Nach dem Pinkeln öffne ich die Badeschranktür, wo Susanne für absolute Notfälle ein berühmt-berüchtigtes Schmerzmittel, das laut Werbung wunderbar hilft und zudem Vitamine enthält, aufbewahrt. Nein, begehrt ein Rest meiner Selbstehre auf, das nicht. Wer sich besaufen kann, kann auch den Kater aushalten. Stecke den schmerzenden Kopf unter die Dusche. Eiskalt, warm, eiskalt, warm. Mache Kaffee …

Die Hand sieht übel aus. Ich wasche die Wunden und klebe Pflaster darüber. Mit einem Lappen versuche ich das Blut an der beschmierten Wohnzimmerwand abzuwischen, wobei ich es eher noch mehr verschmiere. Scheiß drauf!

Habe vor zehn Jahren mit dem Rauchen aufgehört. Wenn in diesem Moment ein Päckchen im Haus wäre, würde ich eine reinziehen.

Bei der zweiten Tasse Kaffee schimmert ein Rest Verstand durch mein geplagtes Kopfweh-Hirn. Ich muss mir Hilfe holen. Reden. Mit einem Außenstehenden. Damit meine Wut nicht sofort die Führung übernimmt.

Meine alte Supervisorin fällt mir ein. Vertrauen, zu der habe ich Vertrauen.

Als ihre Stimme aus dem Anrufbeantworter dringt, könnte ich losheulen. Fühle mich jämmerlich! Bitte dringend um einen Rückruf.

Dämmere auf dem Sofa, als das Telefon klingelt.

„Rolf", höre ich eine warme Stimme, „dein Anruf klang so, als sollte ich sofort zurückrufen. Ich habe Zeit, bis mein nächster Patient eintrifft. Was ist los?"

Ich berichte in einigen Sätzen von den Tatsachen. Weine.

„Das ist frisch, oder?"

„Ja, ich bin voll drin."

Mein Blick gleitet über die ehemals weiße Wand. Ich lese die Worte vor, die ich aufgeschmiert habe.

„So geht's mir. Jämmerlich! Komme mir vor wie der letzte Versager. Könnte Sanne verprügeln…"

„Und Josha?"

„Ich liebe ihn!", schluchze ich.

DER AUSTAUSCH hat mir gutgetan. Soweit man in meiner Situation von gut sprechen kann. Liege auf dem Sofa, um meine Gedanken zu ordnen. In mir springt es von einem Punkt zum anderen, Emotionen wechseln in Sekundenschnelle.

‚Innehalten, Richtung geben', erinnere ich einen Leitspruch, der seit Jahren an meiner Pinnwand hängt. Nicht wegrennen, die Gegenwart aushalten, dableiben.

Allmählich bilden sich Wege in mir. Steinige, verdreckte Feldwege mit Schlaglöchern voller Schmutzwasser; wenigstens tappe ich nicht völlig hilflos durch den Dschungel.

Was nehme ich aus dem Telefongespräch mit?

„Es ist richtig, dass du Raum für dich geschaffen und deinen Klienten abgesagt hast. So musst du nicht für andere funktionieren und kannst dich um dich kümmern", hat die Therapeutin gemeint.

Diese Aussage unterstützt mich, schwächt die Schuldgefühle, die ich habe, wenn ich nicht für die Menschen, die ich begleite, zur Verfügung stehe. Altes Helfersyndrom, eine meiner größten Fallen …

Da ich um Weihnachten die Praxis sowieso zumache, habe ich vier Wochen am Stück frei. Gab es bisher nie.

„Brauchst du es, dich einzumauern?", hat sie mich gefragt, nachdem ich ihr vom Rumhängen und Saufen erzählt hatte. „Ist das gut für dich? Sinnvoll?"

Ist es natürlich nicht.

„Ich bekomme mit, deine Ehre ist verletzt und du bist schwer gekränkt …"

Ja, richtig. Ich finde, mir ist übel mitgespielt worden.

„Was soll ich tun?", habe ich hilflos gejammert.

„Kränkung und Liebe hängen zusammen. Liebst du Susanne?"

„Verdammt, ja, ich liebe sie…obwohl, gerade hasse ich sie!"

Okay, die elenden Schuldzuweisungen, Einmauern und depressives Rumhängen sind scheiße.

Leicht gesagt. Wo soll ich hin? Habe null Plan. Doch sie hat Recht. Ich muss raus, unter Leute, mein kleines geplagtes Ego in einen größeren Rahmen einbetten.

„Rolf, du bewältigst das! Ich weiß es!", hat die Therapeutin am Ende mit Nachdruck gesagt.

Das stärkt mich. Sie hält viel von mir, weiß ich. Schmaler Lichtstreifen am Horizont.

Und ich solle mir die Adjektive an der Wand nochmal anschauen.

„Betrogen, hintergangen, verletzt, gedemütigt, belogen, beschissen", lese ich halblaut.

Sind das wirklich Gefühle? Meine Gefühle?

Eigentlich nicht. Wut, Trauer, Verlorenheit…und Einsamkeit ist eher, was ich spüre.

Die Worte an der Wand gehen nicht von mir aus. Sie kommen von außen auf mich zu. Bei allen steht im Mittelpunkt, dass mir jemand etwas zugefügt hat. Ich bin das arme Opfer.

Ich überlege.

Nein, gefällt mir nicht. Will weder Opfer sein noch mich selbst dauerhaft als Opfer darstellen.

Wie schaffe ich es, dieses Jammertal zu verlassen?

HAUPTBAHNHOF NÜRNBERG; ich schlendere ziellos durch die hohen, lärmigen Hallen. Hier ist es mir zu voll, das blockiert mich. Ein städtische Tagesticket in der Hosentasche gibt mir allerdings etwas Beruhigendes. Ich bin frei, kann in jede Richtung fahren, aussteigen, wo und wann ich will. Ein Hauch von Weite, wie ein Urlaubstag, obwohl ich nicht weiß, wo die Reise hinführen soll. Und obwohl trostlose Verlorenheit weiterhin in mir dominiert.

Als ich durchs Untergeschoss Richtung U-Bahn schlendere, bemerke ich den bärtigen Mann, der den „Straßenkreuzer", die Obdachlosenzeitung der Region, verkauft. Er sitzt auf seinem Eisenkarren und hält die Zeitschrift still vor sich in die Höhe.

Ich lehne mich einige Meter entfernt an eine Steinsäule und beobachte ihn unauffällig. Bemerke Widerstrebendes in mir. Einerseits würde ich gerne hingehen, die Zeitung kaufen, einige Sätze mit ihm wechseln. Andererseits…zuerst bekomme ich es nicht richtig zu fassen, plötzlich finde ich Worte: ich habe Angst.

Habe ich Angst vor dem Mann? Er ist zwar groß und wirkt nicht übermäßig zugänglich, aber er strahlt keinerlei Aggression aus. Nein, ich habe keine Angst vor diesem Menschen.

Mir fällt es wie Schuppen von den Augen. Ich fürchte mich vor seiner Lebenssituation! Eine diffuse Unsicherheit vor dem Abstieg, den er wahrscheinlich erfahren hat. Stelle mir vor, dass er in Elend und Dreck hausen musste, arm ist, kaum zufriedenstellende Beziehungen zu anderen Menschen hat. Meine Einsamkeit und Hilflosigkeit spiegelt sich in ihm.

Trauer! Ich bin traurig, weil ich ihm nicht helfen kann…weil ich Angst habe, mir nicht helfen zu können. Nicht aus meiner misslichen Lage rauskomme …

Und ich fürchte mich davor, ein ähnliches Schicksal zu erleiden. Abstieg, Suff, „Unter-der-Brücke-leben", Familie verlieren, in einsamer Sinnlosigkeit dahinvegetieren. Selbst verschuldet, vom Leben hineingezogen oder einfach so passiert …

Jedenfalls halten mich diese unklaren, verwirrenden Empfindungen sogar davon ab, eine Zeitschrift bei ihm zu kaufen. Ich schaffe es nicht. Eine Art magisches Denken, mich zu infizieren mit seinem Unglück, hindert mich.

Sind diese Gefühle alt oder sind sie meiner momentanen Situation geschuldet?

Ich hatte sie schon immer…und deswegen mache ich einen Bogen um Bettler und Arme, ist mir spontan klar. Heimliche Angst vor dem Abstieg. Dass mein Leben aus den Fugen gerät, mir Haus, Heim, Frau und…Sohn genommen werden könnten.

Nur die Zeit hatte ich mir nie genommen, die unerklärlichen Unsicherheiten in mir aufzuspüren, wenn ich den sogenannten „Asozialen" begegnet bin. Oder Sinti und Roma. Bin lieber zügig und ohne Blick weitergegangen, habe sie links liegen lassen, sie und meine Ängste vermieden …

Ich löse mich von der Steinsäule und laufe durch die Katakomben Richtung Altstadt. Durch den Bogen blinzeln bleiches Tageslicht und der Stadtmauerturm, als ich erneut an einem weißbärtigen „Straßenkreuzer"-Verkäufer vorbeikomme, der direkt am Ausgang in der dünnen Dezembersonne steht.

„Ich möchte einen „Straßenkreuzer" kaufen", überrasche ich mich selbst.

„Gerne. Ein Euro achtzig."

Ich gebe zwei Euro.

„Passt so."

„Danke!"

„Ist es nicht öde, stundenlang hier in der Kälte zu stehen?", frage ich plötzlich.

„Na ja, kalt ist es. Aber ich habe lange Unterhosen an", grinst der Mann. „Langweilig ist es nicht. Wissen Sie, ich hab etliche Stammkunden und die bleiben gerne auf ein Schwätzchen stehen. Da erfährt man meistens Neues."

„Und Sie sind jeden Tag hier?"

„Normalerweise ja. Ungefähr vier Stunden. Zur Zeit bin ich krank, da schaffe ich weniger. Die Chemo macht mich ziemlich schwach."

„Krebs?"

„Ja. Lungenkrebs. War starker Raucher. Selber schuld."

„Tut mir leid."

„Ist okay. Gehen muss jeder irgendwann. Hab nur Angst, ich kriege keine Luft und ersticke. Auf Schmerzen habe ich keinen Bock …"

„Klar!"

„Sonst hab ich es gut. Saubere kleine Wohnung, nette Gefährtin, einen lustigen Hund …"

„Darf ich fragen, wie alt Sie sind?"

„Vierundsiebzig. War ein langes Leben. Nicht nur einfach. Hab einiges mitgemacht früher im Osten. Hab selbst auch ordentlich zugelangt. Na ja, durch den „Straßenkreuzer" hab ich es geschafft, mir eine Existenz aufzubauen. Bin mittlerweile fünfzehn Jahre Verkäufer …"

„Na, dann wünsche ich Ihnen alles Gute, vor allem Gesundheit. Hoffentlich bekommen Sie die Krankheit in den Griff", meine ich zum Abschied.

„Ja, das hoffe ich", antwortet der Mann.

Er sieht mich kurz direkt an.

„Und Sie, passen Sie auf sich auf!"

VOR MIR liegt der Frauentorgraben. Habe in einem Literaturcafé gesessen, den „Straßenkreuzer" gelesen, über den Mann, der mich beeindruckt hat, nachgedacht. Für den Moment ist meine Angst, die ja sowieso nicht an den Menschen gekoppelt war, verschwunden; Respekt vor diesem Mann und seiner Geschichte hat sie ersetzt.

Wie mein Rückblick in fünfunddreißig Jahren ausschauen wird?

Jetzt stehe ich also vor dem Eingang zur Straße der Prostituierten in Nürnberg. Ich überlege, ob ich in diese Welt eintreten soll. Ich war nie in einem Puff oder bei einer Hure. Als Jugendlicher bin ich mit Freunden in Heidelberg manchmal aufgeregt-ängstlich in der Dämmerung heimlich verbotene Wege gegangen. Wenn eine der Frauen, die auf der Straße stand oder sich aus dem Fenster lehnte, uns zurief „Na, ihr Süßen, kommt doch mal rüber!", hat es mich unsicher durchschauert und ich bin innerlich geflüchtet. Habe die Freunde bewundert, die tatsächlich auf ein Gespräch eingegangen sind. Auch da hatte ich Schiss, wahrscheinlich aus ähnlichen Gründen, wie sie mir vorhin im Bahnhof aufgefallen sind.

Ich gebe mir einen Ruck, laufe zur U-Bahn und fahre heim.

VATERSCHAFTSTEST. Ich will mir mit einem genetischen Fingerabdruck Gewissheit verschaffen. Vielleicht bin ich doch Joshas Vater? Samenvater, korrigiere ich mich, denn natürlich bin ich sein Vater. Seit drei Jahren.

Susanne und ich waren bei Ärzten wegen unserer Kinderlosigkeit. Keiner konnte uns definitiv erklären, warum wir keine Kinder kriegen konnten. Zeugungsunfähig bin ich jedenfalls nicht…

Und wenn es bei uns geklappt hat in dem Monat, als sie mit Tello geschlafen hat?

Zwei Prozent aller Kinder sind statistisch Kuckuckskinder, informiere ich mich im Internet. Über 50 000 Untersuchungen mit Speichelprobe werden jährlich in Deutschland durchgeführt. Heimliche Vaterschaftstests sind juristisch nicht erlaubt; es besteht Mitwirkungspflicht der Mutter, des Vaters und des Kindes, wenn der Test vor einem Zeugen, wie zum Beispiel einem Arzt, durchgeführt wird. Die Sicherheit bei einer Vater-Kind-Analyse liegt bei 99,9 %, bei einem Vaterausschlusstest sogar bei 100 Prozent.

Ist bewiesen, dass ein Mann nicht der Vater ist, fällt die Familienversicherung weg und er muss keinen Unterhalt zahlen. 160 bis 250 Euro kostet ein seriöser Test, der von den Ämtern anerkannt wird.

Bin fix und fertig nach der Recherche. Elend, ausgebrannt, leer, beschmutzt. Will das nicht! Will es weder Sanne noch mir und schon gar nicht Josha antun. Oder?

Und Tello? Ob der einen wollte?

Weiß nicht, ob es gut ist, dass ich so viel von ihm erfahren habe. Ich ruf ihn an, denke ich plötzlich. Mir ist nicht klar, warum, aber ich ruf an.

„Tello!?“

„Rolf!“

Kurzes Schweigen.

„Wie geht es dir?“, fragt er.

„Beschissen! Und dir?"

„Einerseits bescheuert, andererseits bin ich total froh, nun Bescheid zu wissen."

„Verstehe ich. Obwohl sonst Verständnis zur Zeit nicht meine Stärke ist."

„Ist mir klar. Du bist sauer, oder!?"

„Natürlich! Ohne Ende!"

„Das heißt, du fütterst den bösen Wolf?"

„Hör bloß auf, mir meine eigenen Geschichten um die Ohren zu hauen. Bitte nicht!"

„Okay! Ich dachte nur", ich sehe Tellos Grinsen förmlich vor mir, „die gelten ebenso für dich."

„Du hängst dich ziemlich aus dem Fenster", grolle ich.

„Na hör mal, du bist mein Therapeut, dir kann ich mehr als dem Bäcker um die Ecke zumuten."

„Ich war dein Therapeut. Jetzt bist du der Mann, der meine Frau geschwängert hat."

„Bin ich. Aber keiner kennt besser die Umstände als du und keiner weiß genauer, was es mit mir gemacht hat."

„Das ist der einzige Grund, warum ich dir nicht die Kniescheibe zertrümmert und dein Wohnmobil angezündet habe."

Jetzt muss sogar ich in meiner Verzweiflung, wenn auch grimmig, lachen.

„Rolf, ich geb zu, ich habe es gerade leichter als du. Ich habe den Vorteil der Zeit, die verstrichen ist, seitdem ich von deinem, meinem, unserem Sohn erfahren habe. Aber du packst das, ich weiß es."

„Hat vorgestern schon jemand zu mir gesagt", sinniere ich.

„Siehst du. Du bist der gesündeste Typ, der mir je begegnet ist."

„Davon merke ich nichts."

„Lass dir Zeit. Du weißt: die Zeit heilt alle Wunden."

„Mann, was redest du für einen Scheiß. Ich glaube, wir haben die Rollen gewechselt."

„Rolf, ich sag dir was. Das hab ich von dir gelernt."

„Was denn noch?"

„Ich mag dich total gerne, Rolf!"

Schweigen. Schlucken auf beiden Seiten.

„Ich kann dich auch nicht hassen, Tello…wobei ich das gerade eher als Problem erlebe."

„Wollen wir uns treffen in den nächsten Tagen?"

„Ist zu früh für mich, Tello. Verschieben wir lieber …"

„Okay!"

„Ich war eben im Internet. Wegen Vaterschaftstest und so. Wie stehst du dazu?"

„Hab ich nie darüber nachgedacht."

„Vielleicht will ich einen machen."

„Die Entscheidung liegt bei dir, Rolf. Ist sicher sinnvoll, damit wir definitiv Klarheit bekommen…Ich will", Tello stockt kurz, „nur nochmal ausdrücken, dass ich mich nicht in eure Familie einmischen will."

„Die bisherige Einmischung reicht auch, meinst du nicht?"

„Ja! Was soll ich tun? Ist halt passiert."

„Arschloch! Lass uns Schluss machen, Tello, ich werd nämlich gerade ziemlich wütend."

„Mach's gut, Rolf!"

„Mmmh …"

FRAUENTORMAUER, die zweite. Diesmal treibt es mich an der Altstadtmauer entlang ins Viertel der Prostituierten.

Siffwetter. Vereinzelte Schneeflocken suchen verzweifelt nach einem kühlen Landeplatz, wo sie einige Sekunden überleben könnten. Sinnlos. Ein mühsames Unterfangen, dieses Leben!

Das Gespräch mit Tello hat mich aufgeregt, obwohl ich zugeben muss, der Typ ist in Ordnung. Er ist witzig, spontan und ziemlich ehrlich. Hat die Sache mit dem Kind vernünftig integriert. Na ja, mit meiner Unterstützung. Und wer unterstützt mich?

Ich will mit einer dieser Frauen schlafen. Vögeln, ficken, pimpern, poppen…es Susanne heimzahlen. Die hübsche Kollegin bei dem Psychologiekongress vor einigen Jahren in Hamburg fällt mir ein. Es war hitzig zwischen uns. Wir haben heftig geflirtet bei dem nachmittäglichen Workshop und beim Abendessen. Später standen wir vor ihrem Hotelzimmer und haben geknutscht. Es war knapp, schließlich ist jeder in sein eigenes Bett gegangen.

Warum haben wir nicht miteinander geschlafen? Weil wir beide verheiratet waren?

Ständig stoße ich in den letzten Tagen auf das Thema Angst in mir. Oder war es eher Scheu? Allein wegen Susanne war es jedenfalls nicht. Im letzten Moment, bevor wir uns die Kleider heruntergerissen haben, sind wir beide geflüchtet. Habe schlecht geschlafen in der Nacht, onaniert, mich verwünscht, es nicht getan zu haben.

Erst am nächsten Morgen war ich zufrieden mit mir. Da habe ich mich stark gefühlt und das Erlebte ins Reich der Träume und Phantasien gleiten lassen.

Und Sanne? Die hat es getan! Hätte stoppen können…hat aber nicht. Ist das Schwäche oder Stärke? War sie mutiger, leichtsinniger oder dreckiger als ich?

Sanne ist sowieso abenteuerlustiger und wilder. Ich war ein braver Junge gegen sie, als ich sie kennengelernt habe. Dass sie mich überhaupt gewählt hat. So eine tolle Frau…ich kam mir ziemlich bieder vor…und langweilig …

Ich könnte sie erwürgen, wenn mir ihr Gebumse mit Tello in den Sinn kommt. Wie oft hatte ich Paare in der Praxis, die wegen solcher Probleme ausgeflippt sind. Was war ich heimlich cool und überlegen. Wie eine Made im heimischen Speck. Die Probleme der anderen. Die ich mir angehört und, soweit möglich, einer Lösung zugeführt habe. Die Arroganz dessen, der sicher ist, ihm passiert so etwas nicht. Zerschmettert, die aufgeblasene Selbstsicherheit. Hier stehe ich...und kann nicht mehr!

Fast bin ich draußen aus der Straße, als mich eine weibliche Stimme anspricht.

„Na, Süßer, wie wäre es mit uns beiden?"

Ich erschrecke. Was mache ich jetzt?

Wie üblich spüre ich Fluchttendenzen. Will mich abwenden und wortlos weitergehen, als die Frau auf mich zu tritt.

„Du siehst traurig aus, Kleiner! Soll ich dich nicht ein bisschen im Arm halten und verwöhnen?"

„Ich...war noch nie", stottere ich, „hab keine Ahnung, wie..."

„Ist einfach", lächelt sie. „Du kommst mit mir rein, zahlst... dann schauen wir, was passiert. Ich helfe dir..."

Es rührt mich verrückterweise an, wie sie mich anspricht und behandelt. Wenn mir in einem Teil meiner Gehirngänge nicht klar wäre, hier dreht es sich um ihr tägliches Geschäft, würde ich mich beinahe heimatlich abgeholt fühlen von der Frau mit der weichen Stimme und dem osteuropäischen Akzent.

Zwei Sessel um ein Tischchen, gerahmte Poster, ziemlich durcheinandergewürfelt: Katzen, eine Bleistiftzeichnung, Menschen. Dämmerlicht, LED-Leuchtschnüre locker über die Wände gespannt. Ein großes Bett steht an der Wand. Weiß nicht, ob ich mir so das Zimmer einer Prostituierten vorgestellt hätte...hab es mir eigentlich nie vorgestellt...

Setze mich in einen der Sessel.

„Ich bin Jasmin...wie heißt du?"

ANDERTHALB STUNDEN später stehe ich auf der Straße. Durchweicht. Erinnert an meine eigene Therapie. Damals habe ich oft aufgewühlt, aber mit einem tiefen, wertvollen Grundgefühl die Sitzungen verlassen. Kurz fällt mir voller Zuneigung mein alter Therapeut Victor ein. Wo wäre ich ohne die drei Jahre Beschäftigung mit den Katakomben meiner Kindheit heute? Dankbarkeit!

Ich schlendere in die Nürnberger Altstadt. Der Abend gehört mir. Die verlorenen Schneeflocken sind längst Vergangenheit. Es ist warm für Dezember. Ich lasse mir Zeit, finde eine Kneipe, in der wenig los ist. Ein Platz in der Ecke, Blick auf einen Billardtisch, an dem zwei Paare spielen. Schnell steht ein Bier auf meinem Tisch, ich habe meine Ruhe.

„Vergiss nicht, du hast einen prächtigen Jungen", hat die Frau gelächelt, nachdem ich ihr Bilder von Josha gezeigt hatte.

Ich habe nicht mit ihr geschlafen. Konnte nicht, wollte nicht, habe mich nicht getraut, es hätte nicht gestimmt. Habe bezahlt und wir haben auf den Sesseln sitzend geredet. Bisschen geweint zwischendrin, geschwiegen, wenn nachgedacht werden wollte.

Die Sexarbeiterin, wie sie sich selbst nennt, hat mich gut angenommen. Aufmerksam zugehört und nachgefragt, ihre Meinung gesagt, wenn es an der Zeit war, von sich erzählt, wenn es gepasst hat. Ich habe ihre Lebenserfahrung gespürt und Teile ihrer schwierigen Geschichte erfahren. Ihr selbst wurden zwei Kinder weggenommen, bevor sie zwanzig war, weil sie sich im Drogenwahn nicht um sie kümmern konnte. Sie musste zusehen und akzeptieren, wie ihre Kinder vor ihr und ihren Umständen vom Jugendamt geschützt werden mussten, obwohl es weiterhin schmerzt.

Traurig, aber ohne Zorn hat sie davon gesprochen…

Vor allem hat sie sich auf mich und mein momentanes Chaos eingelassen. Hat mich verstanden, auch Susanne und Tello, dessen Name ich natürlich nicht genannt habe.

„Die Schwingungen der Nacht sind unberechenbar", hat sie geseufzt, „da macht man manchmal Sachen, die man am nächsten

Tag bereut. Doch dann ist es passiert …"

Es ist überraschenderweise weiter um mich geworden durch das Treffen mit ihr.

Ich hole die Bilder von Josha aus meinem Geldbeutel, lege sie auf den Tisch. Trinke einen Schluck. Auf ihn.

„Vergiss nie", hat die Prostituierte zum Abschied gesagt, „jedes Kind ist ein Geschenk der Mutter Maria."

„Dein Kind?", fragt die Bedienung, als sie das zweite Bier neben die Fotografien stellt.

„Ja!", antworte ich.

SUSANNES MUTTER meldet sich nach dem dritten Klingeln.

„Hallo, hier ist Rolf."

„Oh, Rolf, schön, dass du anrufst. Wo bist du, wie geht es dir?"

„Ich bin zu Hause und es geht mir einigermaßen gut. Ist Susanne da?"

„Ja, ich hole sie sofort."

Sie ruft im Hintergrund nach meiner Frau. Habe einige Sekunden Zeit, mich auf die Begegnung mit ihr einzustellen.

„Hallo, Rolf!", höre ich die vertraute Stimme.

„Hallo! Wie viele noch, Susanne?"

„Was meinst du? Ich verstehe nicht."

„Ich will wissen, ob es andere Tellos gab. Will reinen Tisch haben. Keine Beschönigungen. Ich brauche Offenheit."

„Keiner, Rolf…es war nur dieser eine Abend."

„Und warum?"

„Ach, Rolf! Was soll ich sagen!? Es war die Stimmung, ich hatte getrunken, es war wie ein letzter Ausflug in meine wilden Jugendjahre. Vielleicht war ich sauer, weil du andauernd auf Kongressen und Weiterbildungen warst. Ich hab endlos gegrübelt. Den einen

Grund gibt es nicht, nicht mal einen speziellen."

„Also einfach so!?"

„Im Grunde ja! Sicher war ich auch eifersüchtig auf deine Karriere und deine beruflichen Reisen…hast du eigentlich nie?… wenn wir schon offen sprechen."

„Nein, ich habe nie…einmal war es fast so weit", stottere ich.

„… und bei mir ist es eben passiert. Ich möchte dich um Verzeihung bitten, Rolf. Es tut mir leid…und es tut mir auch nicht leid, sonst hätten wir keinen Josha."

„Mmhh…Susanne, was machen wir jetzt?"

„Ich würde gerne heimkommen, Rolf, und mit dir zusammen sein. Wirklich!"

Pause. In meinem Kopf wirbeln die Gedanken wie weißgraue, zerblasene Gewitterwolken. Gib dir einen Ruck, Alter. Die beiden sind dein Leben, sonst nichts.

„Das will ich auch, Sanne. Aber ich bin noch nicht durch. Ich brauche Zeit."

„Ja!"

„Was sagen übrigens deine Eltern?"

„Die sind sauer. Mein Vater spricht seitdem kein Wort mehr mit mir und meidet mich. Bei meiner Mutter wird es langsam besser…weil sie sich so an ihrem Enkel freut …"

Susanne weint. Ich muss schlucken.

„Pass auf, ich habe eine Idee", meine ich nach einer Pause. „Nicht, dass es mir übermäßig gefällt, doch ich muss es meiner Mutter beibringen. Wir können die Geschichte auf Dauer nicht geheim halten…zumal es deine Eltern wissen. Ich fahre in den nächsten Tagen zu ihr. Wenn ich zurückkomme, wäre es schön, wenn…wenn du…ihr…daheim wärt."

„Das wäre schön!"

Susanne schluchzt. Merke, wie mir Wasser in die Augen drückt.

„Eines noch …", reiße ich mich zusammen.

„Ja?", schnieft sie.

„Ich muss in unserem Wohnzimmer ein bisschen renovieren…", stottere ich.

„Oh!"

„Ist nicht dramatisch. Es dreht sich um die Wand, die zum Garten zeigt. Hast du einen Farbwunsch…oder soll sie wieder weiß sein?"

„… hell-orange, abgetönt. In Schwammtechnik", kommt ohne Zögern.

„Hell-orange, abgetönt…in Schwammtechnik? Was ist das denn?"

„Werden sie dir im Baumarkt erklären. Es wirkt wolkig-verrieben und ist eine warme Farbe. Hätte ich schon lange gewollt… nun passt es besonders."

Ich muss lachen. Endlich.

„Das ganze Zimmer?"

„Nee, nur die eine Wand. Sonst wird es zu unruhig."

Meine Sanne, die Handwerkerin mit ihren klaren Vorstellungen. Mein Oberkörper wird durchrieselt vor Wärme. Vorsicht!, ruft ein anderer Teil in mir sofort, nicht zu schnell vertrauen…

„Übermorgen bin ich fertig…dann fahre ich zu meiner Mutter…"

„Rolf!"

„Ja?"

„Ich freue mich sehr, wenn wir uns wiedersehen."

„Mmhh …"

BLAUE STRUMPFHOSE mit weißen Sternen, ein weißes Mäntelchen, Turnschuhe mit Klettverschluss; in der einen Hand schwenkt sie ein rosa Plastikhandtäschchen, in der anderen hält sie stolz einen Luftballon mit einem aufgemalten Katzengesicht. Das

Mädchen, das vor meinem Sitz im Zug aufgeregt und glücklich auf und ab marschiert, mag zwei Jahre alt sein. Es läuft spielerisch von seinen Eltern weg Richtung Abteilende, dreht sich um, um sich zu vergewissern, dass sie da sind. Es spricht andauernd vor sich hin. Viele Ahs.

„Baba, baba, jaja", sind das die Lieblingsvokale von kleinen Kindern?

Oh Gott, ich habe vergessen, wie es bei Josha war. Dabei ist es nur ein Jahr her!

Nein, stimmt nicht, ich erinnere mich. Seine ersten Worte waren ‚Ball', ‚Mama' und ‚Papa', natürlich Ahs.

Abgesehen von dem Mädchen, das sich und seine Schätze präsentiert, rennen zwei ältere Jungs wild im Zug hin und her. Sie sind freudig aufgedreht; ein Junge knallt auf die Knie, weint kurz herzzerreißend.

Er wird getröstet von vier lachend plaudernden Erwachsenen, die in einer fremden Sprache sprechen. Syrisch? Arabisch?

Weiter geht die wilde Jagd durch den engen Gang. Josha könnte locker dabei sein; auch er rast zur Zeit schreiend und gestikulierend durch die Gegend, genießt die flitzende Sicherheit auf zwei Beinen.

Im Grunde ist es völlig egal, ob der Vater des Jungen, der gerade mit seiner Frau scherzt, der leibliche Vater ist. Aber wahrscheinlich würde er genauso durchdrehen wie ich am Anfang.

Typisch Mann, schießt es mir durch den Kopf. Die narzisstische Kränkung, ein Kind nicht gezeugt zu haben, wiegt oft schwerer als die Liebe.

„Ist die Liebe zu deinem Sohn auf Dauer stärker als die Kränkung, die du erfahren hast?", hat meine Supervisorin in dem Telefongespräch gefragt. „Bei vielen ist die Kränkung stärker als die Liebe. Wie wird es bei dir sein?"

Anfangs sah es übel aus. Die Information von Tello hat mich

ins Schleudern gebracht, meine Ehre extrem verletzt, die Grenzen meiner Toleranz brutal überschritten.

Allmählich ist Land in Sicht, merke ich.

Während ich weiter die Kinder beobachte und den fremden Lauten der Erwachsenen zuhöre, driften meine Gedanken zur Flüchtlingskrise.

Asylsuchende, überall als Aufmacher in den Medien, die das Reizthema genüsslich ausschlachten. Pegida, AfD, Neonazis, die Anschläge auf Wohnheime haben enorm zugenommen. Überall sprießt die Angst vor dem Fremden wie Krokusse im Frühling. Über 1000 Straftaten gegen Flüchtlingsunterkünfte sollen es 2015 gewesen sein, nach 200 im Jahr 2014. Sind die Ermittler und die Justiz auf dem rechten Auge blind?

Ähnliches wurde zumindest in einer Sendung behauptet, die ich gesehen habe.

Ich weiß wenig über die aktuelle Situation. Nachrichten dann und wann, ab und zu eine Doku, sonst nichts. Kenne keinen einzigen Flüchtling persönlich.

Meine Klienten sprechen in letzter Zeit öfter darüber. Berichten von diffusen Ängsten, Zweifeln, Ärger, genauso von berührenden Begegnungen im Ehrenamt. Ich nehme auf, ordne ein, spiegele, lasse sie ihre eigenen Wege suchen. Selbst habe ich kaum eine Ahnung, mir nicht einmal eine Meinung gebildet. Habe ich als Therapeut überhaupt Kontakt zur Realität?

Natürlich! Da gibt es Missbrauch in der Familie, Gewalt, Schläge; Einsamkeit, Ängste, zerstörtes Urvertrauen; es gibt die kreative Suche nach neuen Lösungen, den Mut, das Leben in die eigenen Hände zu nehmen, den Wunsch nach Austausch und tieferen Gesprächen mit dem Partner; Kinder sind gestorben, Unfälle und Selbsttötungen haben Familien in ihren Grundfesten erdbebenartig erschüttert. Wenn das nicht Realität pur ist!

Die aktuelle politische Lage spiegelt sich in den Ängsten der

Menschen, die mich aufsuchen. An mir persönlich ging sie bisher vorbei. Bis vor wenigen Tagen. Seitdem bin ich selbst auf der Suche nach meiner Heimat…

„Nein!", ruft die Kleine in diesem Moment. Dieses deutsche Wort hat sie schon gelernt, so wie sie „Katze" sagt, als sie auf das Bild auf dem Luftballon zeigt.

Der eine der Jungs, er trägt einen blauen Anorak, kämpft und boxt mittlerweile schreiend mit seinem Vater, der ihn lachend auf Armlänge von sich hält. Josha macht das mit großer Freude mit mir. Ich genieße den wilden Kampf und das Kuscheln am Ende.

Habe Sehnsucht nach meinem Jungen. Scheiß auf die Samengeschichte. Narzisstische Kränkung, mehr nicht.

Nicht auf alles lässt sich eine passende Antwort finden. Vielleicht gibt es auf manche Fragen keine Antwort, nur Weiterleben… vielleicht bin ich sogar die Antwort mit meinem Weiterleben…?

Wer sollte ihn mir wegnehmen, meinen Sohn? Er liebt mich, wie ich ihn liebe …

Das Hühnchen habe ich mit Sanne zu rupfen, ist allein unsere Sache. Hat nichts mit Josh zu tun.

An der nächsten Station steigen die beiden Familien aus. Die Ruhe nach dem Kindergeschrei freut mich. Ich könnte lesen, doch mein Auge bleibt an der winterlich braunen Landschaft hängen. Äcker, Wälder, Dörfer fliegen an mir vorbei.

Wie wird meine Mutter reagieren?

MARGIT NENNE ich sie, seitdem ich in der Pubertät Abstand von meinen Alten gesucht und gefunden habe. Für eine vierundsiebzigjährige Frau ist sie extrem gut drauf. Hat letztes Jahr eine kleinere Herzoperation hervorragend weggesteckt, nimmt eine Tablette täglich gegen Bluthochdruck, sonst hält sie sich prima. Montags Wassergymnastik, dienstags die Seniorenwanderer, mittwochs steht ihr Physiotherapeut auf dem Programm und donnerstags am Abend marschiert sie zur Meditationsgruppe bei einer Freundin. Am Wochenende steht Sauna an, mit Massage versteht sich. Daneben arbeitet sie ehrenamtlich in einem Hospiz-Verein, betreut liebevoll Kranke und Sterbende.

„Allermeistens beschenken mich diese Besuche; du kannst dir nicht vorstellen, wie lebendig es beim Sterben zugeht", hat sie mir erzählt, als ich vor Jahren besorgt wissen wollte, ob die Begleitungen nicht über ihre Kraft gehen.

Sie hat sich ihren Alltag sinnvoll eingerichtet, nachdem Wolfgang, ihr Mann und mein Vater, vor fünf Jahren an Krebs verstorben ist. Hält mit Hilfe einer rumänischen Putzfrau das Haus im Odenwald in Schuss, werkelt im großen Garten voller Liebe, bis der Rücken schmerzt.

Ein Vorbild, meine Mutter; ich erwähne es gerne in unserem Bekanntenkreis, ja, ich bin stolz auf sie. Mein Vater war ein alter, griesgrämiger Brummbär; sie ist ein Sonnenschein, mittlerweile mit weißen Haaren und Lebensfalten, die allerlei zu erzählen wissen.

Am Telefon war sie überrascht, als ich meinen Besuch ankündigte, denn an sich steht ein Familientreffen erst an den Weihnachtsfeiertagen an. Sie holt mich mit ihrem Kleinwagen in einem Fachwerkstädtchen an der Bergstraße ab; die Busse zu ihr ins Mittelgebirge fahren zu unregelmäßig.

Es regnet bedächtig, als wir das Tal zum Dorf hoch fahren. Vertraute Umgebung, schließlich bin ich hier aufgewachsen und in Weinheim zur Schule gegangen. Kenne jeden Quadratmeter. Durch das Psychologiestudium hat es mich nach Bayern verschlagen, danach ist die Frankenmetropole Nürnberg meine Heimat geworden.

„Na, Rolf, was führt dich alleine so kurz vor Weihnachten zu mir?", fragt sie direkt, als wir am Kaffeetisch sitzen.

Ich hole tief Luft. Sinnlos, drumherum zu reden. Also berichte ich, wie es ist.

„Gute Güte, Rolf, das ist nicht leicht für dich, oder?"

Ich erzähle und erzähle. Selten habe ich mein Herz bei meiner Mutter ausgeschüttet, doch ihr wortkarges Verständnis trägt mich.

„Und, was sagst du dazu?", frage ich schließlich.

Margit überlegt.

„Ich will ehrlich sein", beginnt sie. „Ich finde, der Schock kam zur rechten Zeit, Rolf. Nach meiner Meinung bist du ewig auf der gleichen Stelle getreten. Du hast viel Zeit mit deiner Arbeit verbracht, zu viel Zeit. Natürlich ist sie sinnvoll und wichtig. Susanne hat mir leid getan. Bevor Josha da war, hast du sie ziemlich vernachlässigt, fand ich jedenfalls. Hast sie kaum wahrgenommen, warst meistens mit deinen Klienten und ihren Nöten beschäftigt."

Ich bin baff.

„So gesehen, gibt es eine große Chance für euch in der Lüftung dieses Geheimnisses. Susanne muss sich neu für dich entscheiden und du für sie, sonst wird es nicht weitergehen. Vielleicht schafft ihr es, mehr von Herz zu Herz zu leben, nachdem ihr euch lange eher verstandesmäßig begegnet seid."

Wer ist diese weise Indianerin, die mir da gegenübersitzt?, muss ich unwillkürlich denken, als ich sie sprechen höre und ihr faltendurchfurchtes, ernstes Gesicht anschaue. Wer ist diese Frau?

„Ich wünsche euch, dass ihr es schafft, neu zueinander zu finden. Hoffentlich könnt ihr einen Teil eurer Kraft dauerhaft eurer Beziehung schenken. Es wäre eine gute Sache, denn ihr und Josha seid es wert. Ich liebe euch sehr."

Aufgewühlt schenke ich mir Kaffee nach. Ich weiß nicht, welche Reaktion ich von meiner Mutter erwartet hatte …

NACH DEM Abendessen laufen wir im Nieselregen hoch

zu einem alten Steinkreuz, unter uns die Lichter des Dorfes und der alten Burg, die gegenüber am Hang liegt. Danach lümmeln wir mit Sekt in den verblichenen, braunen Ledersesseln, in denen ich in meiner Kindheit versunken bin. Es ist behaglich, überall im Wohnzimmer brennen Kerzen, die kleine Lampe am großen Fenster zur Terrasse verströmt ein mildes Licht. Ich bin meiner Mutter selten so nah gewesen.

„Ich habe einen Freund für morgen zum Frühstück eingeladen", beginnt sie nach einer langen Stille. „Ist dir das in deiner Situation recht oder soll ich ihm absagen?"

„Wer ist es?"

„Franz. Du kennst ihn nicht."

„Margit, hast du einen Lover?", scherze ich.

Wenn es nicht so dunkel wäre, ich würde wetten, das Gesicht meiner Mutter hat sich gerötet.

„Er ist in den letzten Monaten ein wichtiger Freund von mir geworden", meint sie vorsichtig.

„Dein Freund?"

„Wenn du so willst, ja. Ich wollte ihn euch nach Weihnachten vorstellen…"

„Mensch, Margit, toll! Ich find's fein, wenn er uns besucht. Dann kriegt er gleich mit, in was für eine Chaosfamilie er einheiratet."

„Von Heirat ist keine Rede", wehrt sich meine Mutter.

„War doch nur ein Spruch!", lache ich. „Nein, ich freue mich auf ihn."

Beim dritten Glas Sekt spreche ich ein für mich unklares Thema an.

„Was meinst du, wann sollen wir es Josha mitteilen, dass ich nicht sein biologischer Vater bin?"

Meine Mutter fährt aus ihrem Schweigen im Sessel hoch.

„Was?"

Ich spüre ihre plötzliche Verunsicherung.

„Na, Josha sollte irgendwann erfahren, wer sein biologischer Vater ist. Oder findest du das nicht?"

„Ich…weiß nicht", stottert Margit.

Wie weggeblasen ist die Souveränität, die sie den ganzen Tag ausgestrahlt hat.

„Vielleicht…vielleicht sollte er es gar nicht erfahren, es geht ihm doch gut."

„Und wir wissen alle davon? Das klappt nicht! Außerdem ist es nicht fair ihm gegenüber. Was ist, wenn er es zufällig mitbekommt? Dann ist sein Vertrauen zu uns dahin."

Ich hole einen Zettel aus meinem Rucksack, den ich seit Tagen bei mir trage.

„Ich habe im Internet über Vaterschaftstests recherchiert, da habe ich dieses Zitat gefunden. Du kennst sicher den Rossmann, den Besitzer der Drogeriekette. Er hat sich in einem Zeitschriftenartikel geoutet. Er ist nicht der Sohn des Mannes, bei dem er aufgewachsen ist."

Meine Mutter sitzt stocksteif im Sessel, als ich vorlese.

„ ,…Ich verbrachte also meine Kindheit im Umfeld des Nichtausgesprochenen, der Lüge.'"*

Margits Gesicht wirkt fahl, vielleicht vom Kerzenlicht.

„Na, was sagst du dazu?"

„Heute nichts mehr", wehrt sie mit einer fahrigen Handbewegung ab. „Ich bin müde. Genug Enthüllungen und Diskussionen. Ich muss ins Bett."

Sie streicht über meine Schulter, bevor sie Richtung Bad geht. Ich bin überrascht. Eben erschien sie wie das pralle, engagierte Leben, jetzt schlurft sie wie eine alte Frau zur Tür. Was ist los?

*Fokus 32/2014, 4.8.2014, S.108.

AM MORGEN sieht sie übel mitgenommen aus. Wie eine verweinte alte Frau. Vermutlich habe ich sie doch überfordert. Wie hätte ich es ihr anders beibringen sollen?

Ich bekomme mit, wie sie bei Franz anruft und ihm absagt.

„…stell dich nach Weihnachten vor. Zur Zeit ist ziemlich Unruhe in der Familie. Das muss vorher geklärt werden."

Also hat sie die Sache mit Josha im Nachhinein umgeworfen. Sah zwar anfangs aus, als könnte sie locker mit der Situation umgehen, aber es war zu viel. Wir sind uns ähnlich, glaube ich, denn bei mir kam der Zusammenbruch auch erst eine Weile, nachdem Susanne gebeichtet hatte.

Ich nehme sie in den Arm, als sie vom Telefon Richtung Küche läuft.

„Ich versteh dich", meine ich, „mir ging es genauso …"

Sie schluchzt kurz in meinem Arm auf. Macht sich los, schiebt mich auf Armlänge weg.

„Du verstehst überhaupt nichts", flüstert sie. „Ich mache erst mal Tee und Kaffee …"

FAMILIENGESPENSTER sollte man in aller Regel ans Licht lassen…danach bearbeiten und im besten Fall nach einiger Zeit integrieren, damit sich Verunsicherungen und Vermischungen in der Hauptperson und den anderen Familienmitgliedern allmählich auflösen.

Das jedenfalls ist der Ansatz, den ich in der Therapie verfolge. Nicht am Klienten ziehen und zerren, ist mir wichtig. Er soll in seiner Geschwindigkeit und selbstermächtigt seinen Weg verfolgen und neue Türen öffnen. Der Therapeut ist dabei wie eine Hebamme, die bei der Geburt unterstützt. Die Geburt selbst geschieht aus dem Menschen heraus, wenn möglich ohne Kaiserschnitt. Obwohl mancher Geburt ein hartes, schmerzvolles

Ringen vorausgeht…so wie die Pflanzen im Frühling nicht ohne Anstrengung aus dem Boden treiben …

Mir ist nicht völlig klar, warum diese Gedanken durch meinen Kopf schießen, als meine Mutter, in der Küche stehend, mit einer Tasse Tee in der Hand ihren Bericht beginnt. Möglicherweise halte ich mich an ihnen fest wie an einem Glaubensbekenntnis, welches mich durch die Wirren des dichten Schneetreibens führen soll, das in mir tobt, als sie die ersten Worte sagt.

„Du bist auch nicht der biologische Sohn deines Vaters", höre ich wie durch Wattenebel, „…du bist durch eine Samenspende entstanden."

Ich muss lachen.

„Wie?"

„Es ist wahr. Dein Vater und ich haben uns auf den Tod versprochen, niemals darüber zu sprechen…ich, ich wollte mein Wort halten. Aber…nach alldem, was gestern geschehen ist, kann ich nicht mehr …"

Wie eine Sturzflut stürzen die Tränen aus meiner Mutter. Ihre Schultern beben und zucken; Tee wird verschüttet, sie hält sich krampfhaft an der Tasse fest …

Ich sinke auf einen Küchenstuhl. Lasse mein Therapeutencredo durch meinen Kopf rieseln; mein Blick bleibt an den Bildern hängen, die den Kalender umrahmen. Mehrmals Susanne und ich, Josha auf dem Arm oder im Tragetuch. Ein Foto von mir auf dem Motorrad, bestimmt zwanzig Jahre alt. Josha in der Badewanne, beim Wickeln, schlafend. Daneben Bilder von ihr, wahrscheinlich von einem Urlaub an der Algarve in Portugal. Nichts von Vater und ihr.

„Gab's denn überhaupt Samenspenden, als ich geboren wurde? Ich dachte, diese Thematik ist erst in den Achtzigern aufgekommen!?", erkundige ich mich so ruhig wie möglich.

Ich habe den Eindruck, es ist gesünder für mich, mich unauffällig an diesen Wahnsinn heranzutasten. Kann ihn wohl nur scheibchenweise portionieren in meinem Innern.

„Anfang der Siebziger haben wir davon in der Zeitung gelesen. Da gab es einen Artikel und kontroverse Leserbriefe hinterher. Dein Vater hat es anfangs vehement abgelehnt, ich wollte doch so gerne Kinder…und er konnte nicht…", schnieft Mutter.

„Er war zeugungsunfähig?", rufe ich. „So wie ich wahrscheinlich auch!?"

„Wir haben alles probiert, jahrelang, es gab keine Schwangerschaft."

„Deshalb warst du schon zweiunddreißig, als ich geboren wurde …"

„Es ging halt nicht…hat nie geklappt…vielleicht sollten wir nicht mehr darüber reden, nicht in der Vergangenheit bohren…"

„Spinnst du! Natürlich will ich, dass dieses Familiengeheimnis komplett gelüftet wird. Das ist wie ein Schlüssel zu meinem Leben …"

Ich zittere vor Aufregung. Tausend Empfindungen schießen durch meinen Körper, ich schwitze und friere gleichzeitig. Ruhig, Rolf, ganz ruhig …

„Margit, Mutter, ich will dich auf keinen Fall anklagen oder beschuldigen", beginne ich vorsichtig, „aber ich werde dich nicht schonen können…in dieser Sache. Weißt du, wer der andere Mann ist? Wie heißt er? Weiß er von mir? Und vor allem: warum habt ihr mir nichts früher gesagt?"

„Ich wusste, diese Fragen würden kommen…und ich sehe ein, dass du wissen willst…musst. Ich…ich will nicht gern in den elenden, dunklen Keller vor deiner Geburt zurück…es…es war nicht schön…Vati war unglücklich…ich auch…so gespenstisch …"

Mutter weint.

Wie früher spüre, ja rieche ich fast die Atmosphäre von gegenseitiger Abwertung und verdeckter Feindseligkeit, die zwischen meinen Eltern vorgeherrscht hat. Keine offene Ablehnung, aber eben kein Miteinander.

Ich atme bewusst ein und aus, ein und aus, wie ich es beim Meditieren gelernt habe. Höre im Hintergrund Hufklappern. Sekunden später läuft auf der kleinen Straße vor dem gardinenlosen Küchenfenster ein Pferd vom Reiterhof vorüber. Mein Blick bleibt an dem schwarzen Helm der jungen Reiterin hängen, unter dem ihre langen braunen Haare hervorquellen.

Was ist real, was Schein? Bin ich eigentlich echt? Wo ist Sinn, wenn nicht in diesem Augenblick?

NACHMITTAG. MARGIT hat sich nach unserer anstrengenden Aussprache erschöpft zum Mittagsschlaf zurückgezogen. Ich hänge im Ledersessel und starre verwundert und ratlos über die Hügel. Mein Sohn ist nicht mein leiblicher Sohn, ich nicht der leibliche Sohn meines Vaters. Bisschen viel Neuigkeiten. Weiß nicht, ob mein Herz das verkraftet.

Frage mich, ob ich von einer der beiden Geschichten innerlich etwas geahnt hatte.

Weder noch.

Josha schien mir sicher. War verwundert, als es mit der Schwangerschaft geklappt hatte nach all den erfolglosen Versuchen; Zweifel hatte ich keine. War ich zu leichtgläubig, habe es schlicht und ergreifend nicht wissen wollen?

Jedenfalls hat meine Lebenserfahrung in diesem Punkt versagt, genauso wie mein therapeutisches Gespür.

Und die Sache mit meinem Vater? Ebenso kein Plan. Klar war es schwierig mit ihm und sein Umgang mit mir war extrem widersprüchlich. Aber geahnt habe ich nichts, wenn mir auch so ist, als sei ein dunkler Vorhang aus meinem Gesichtsfeld gezogen worden.

Eingestürzt ist mein Lebenshaus nicht; doch es ist, als habe ein Tornado über ihm gewütet. Mauerreste und Steinbrocken verstreut, überall Löcher, wo einst Türen und Fenster waren. Das Dach teilweise abgedeckt.

ICH BEGINNE die Aufräumarbeiten mit einer Recherche im Internet zum Thema „Spenderkinder" und werde bei Wikipedia schnell fündig. Tatsächlich, schon zu Beginn des 20. Jahrhunderts gab es dieses Phänomen, die heterologe Insemination, meine Güte, was für ein Zungenbrecher. Ab den Siebzigern wurden die Folgen der „künstlich assistierten Befruchtung", wie es auf deutsch heißt, heftig und kontrovers diskutiert. Das war wohl der Einstieg für meine Eltern.

Eins ist ziemlich eindeutig. Meinen Samenvater werde ich nicht finden, denn damals gab es keine exakt vorgeschriebenen Aufbewahrungsfristen für die Daten der Spender. Ihr persönlicher Schutz und ihre Anonymität wurde in dieser Zeit vor das Wohl der Kinder gestellt, ab 1989 hat sich das zum Glück allmählich geändert.

Mir ist mein biologischer Vater gerade sowieso wurscht, denn die Tatsache, nicht von Wolfgang, meinem Vater, gezeugt worden zu sein, finde ich wesentlich spannender. In diesem Moment jedenfalls.

Bis in die Achtziger hat die Meinung vorgeherrscht, es sei besser, wenn der Nachwuchs nichts von seiner Herkunft erfahren sollte. Was für ein Blödsinn! Es hat in jedem Fall Auswirkungen auf die Familien gehabt.

Heute wird eine frühe Aufklärung empfohlen. Seit das Bundesverfassungsgericht 1989 das „Recht auf Kenntnis der eigenen Abstammung" festgeschrieben hat, ist sie juristisch einklagbar. Mir ist dabei allerdings unklar, wieso erst seit 2007 die Identitätsdaten der Spender dreißig Jahre aufgehoben werden müssen.

100 000 Menschen in Deutschland sind Spenderkinder…nur 5 bis 10 Prozent der Kinder wissen davon…ich bin überraschenderweise seit einigen Stunden eines davon. Ich lese und suche, suche und lese. Puzzleteile einer neuen Wahrheit, die sich mühsam zusammenzufügen.

„Wusstest du, dass es einen Verein der Spenderkinder gibt, der massiv dafür eintritt, die Kinder frühstmöglich über ihre Herkunft aufzuklären?", begrüße ich meine Mutter zur nächsten Gesprächsrunde.

„Natürlich nicht! Vater und ich haben die Thematik unberührt gelassen, nachdem deine Befruchtung gelaufen war. Keine Gespräche darüber, keine weiteren Informationen, das war tabu. Dein Vater wollte es nicht."

„Und du hast dich daran gehalten, obwohl du anderer Meinung warst?"

„So kann man das nicht sagen. Ich hatte zwar ein komisches, unklares Gefühl, wenn ich daran gedacht habe, eine wirkliche eigene Meinung hatte ich nicht. Wir, ich, wir wollten es einfach verdrängen…als sei es nie geschehen, verstehst du?"

„Mmhh …"

„Wir haben gemeint, es ist besser, wenn du es niemals erfährst, damit du nicht das Vertrauen zu uns verlierst, Rolf. Und wir haben geschworen, es niemandem und unter keinen Umständen zu erzählen…dann wollten wir es vergessen …"

„Ich sollte also das Vertrauen zu euch nicht verlieren und deshalb habt ihr mir etwas vorgespielt? Ich sollte vertrauen, aber ihr habt mir über mich selbst nicht die Wahrheit mitgeteilt…ging ja wohl voll auf Kosten meiner Identitätsentwicklung", knurre ich.

„So haben wir es nicht gesehen. ‚Was man nicht weiß, macht einen nicht heiß', war ein Lieblingssatz deines Vaters …"

Oh ja, ich erinnere mich daran. Habe den Spruch schon früher gehasst…den Killersatz für Therapeuten …

„Dir ist klar, dass solche Geheimnisse erhebliche familiäre Spannungen verursachen und heimlich das Familienleben vergiften ...“

„Ach, Rolf, ich befürchte, das hatte ich bis gestern nicht richtig begriffen...ehrlich...obwohl es mir peinlich ist. Außerdem. Du kennst ja deinen Vater. Wenn er nicht wollte, konnte er ziemlich stur sein ...“

Allerdings, ich kenne meinen Vater. ‚Stur wie ein Eimer‘, ist ein feststehender Begriff aus meiner Kindheit, obwohl ich keine Ahnung habe, was der bedeutet oder wo er herkommt.

SCHLAFE OBERFLÄCHLICH, wälze mich im Bett unruhig hin und her. Um vier bin ich hellwach und knurrig gelaunt. In mir ist es, als sei irgendetwas schief gelaufen, gepaart mit einer leichten, unterschwelligen Unzufriedenheit. Ich kenne das, wenn ich abends übermäßig Alkohol getrunken habe oder mit irgendjemandem im Unklaren bin.

Dass ich gestern Abend definitiv zu viel getrunken habe, habe ich mir schnell eingestanden. Aber mit wem bin ich im Unklaren?

Seufzend ziehe ich die Jogginghose und einen Pullover über den Schlafanzug, nehme mein Meditationskissen und setze mich in eine Ecke des dunklen, kühlen Zimmers. Gedanken schießen kreuz und quer durch mein Hirn, als ich bewusster ein- und ausatme. Ich versuche sie laufen zu lassen wie Wolken am Himmel, mische mich sozusagen nicht ein in das Innenleben meines Kopfes. Allmählich wird es ruhiger in mir.

Plötzlich schießt ein Energieschwall über die Haut meines Hinterkopfes, lässt mich im Nacken schwitzen, füllt meinen Rücken, speziell im unteren Teil, mit einem elektrisierenden Kribbeln. Ich folge innerlich diesem Phänomen, das mir nicht unbekannt, jedoch lange nicht aufgetreten ist. Die Energie fließt in die Oberschenkel; ein zweiter, dritter kribbelnder Strom breitet sich von oben in meinem Körper aus.

Aus dem Nichts drängt sich die korpulente, unglücklich gebeugte Gestalt meines zum Schluss schwerkranken Vaters vor mein inneres Auge. Starker Impuls, ihn wegzuschieben, doch er füllt mich zutiefst aus. Habe keine Angst vor ihm, wie oft als Kind; abgrundtiefe Trauer.

Ein Schluchzen zerreißt mich fast, bricht aus meinem Körper, schafft der ungeheuren Energie Raum. Es weint hemmungslos aus mir heraus, während ich still sitze. Tränen rinnen über meine Backen, in meinen halb geöffneten Mund, denn meine Nase ist längst verstopft.

Ich sitze da, bis der Ausbruch verebbt. Wische mein nasses Gesicht mit dem Ärmel des Pullovers notdürftig ab. Sehr, sehr müde schleppe ich mich zum Bett zurück.

ZUGFAHREN MACHT Spaß. Man ist im Warmen, schaut ungestresst vom Straßenverkehr nach draußen, lässt die Landschaft vorbeiziehen, wie sie will. Gedanken wechseln ungefiltert in meinem Kopf die Richtung, nehmen nebenbei Eindrücke von außen auf, kehren erneut zu meinem Vater zurück.

Mein Vater! Margit und ich haben nicht mehr über ihn gesprochen an unserem letzten gemeinsamen Vormittag.

„Man hat den, den man hat, und man ist, wer man ist", hat sie am Bahnhof geseufzt, bevor sie mich mit einer vorsichtigen Umarmung verabschiedet hat.

Wir werden uns nach Weihnachten treffen. Es war nicht schwer für mich zu versprechen, dass wir sie gemeinsam besuchen. Susanne und Josha sind mein Leben; wir werden diesen Wahnsinn bewältigen. Und Tello soll ebenfalls ein Stück weit seinen Platz einnehmen. Alles zu seiner Zeit.

Außerdem werde ich Susanne vorschlagen, gemeinsam einen Familientherapeuten aufzusuchen, falls in unserer Beziehung Schwieriges oder Ungelöstes auftaucht. Warum sollen wir nicht die Wege nutzen, auf denen ich Tag für Tag andere begleite.

So will ich es für mich halten, falls ich mit meinem neuen Wissen schwer zurechtkommen sollte. Ich habe weniger Bedenken heute. Fühle mich zwar umgewälzt und durchgerüttelt, aber gleichzeitig, als wenn Stück für Stück eine neue, sinnvollere Ordnung erscheinen könnte.

Wie oft habe ich bewundernd teilgenommen, wenn das Dasein meiner Klienten sich lebhafter und leichter formiert hat, weil Familiengeheimnisse ans Licht gebracht und integriert werden konnten. Jetzt erfahre ich es selbst. Es hat etwas Befreiendes, meiner eigenen Wahrheit auf die Spur gekommen zu sein. Zunehmend füllt sich eine Leerstelle in meinem Identitätsgefühl. Ich weiß allerdings, es wird Rückfälle geben.

Mele fällt mir ein. Siedend heiß erinnere ich mich an das Telefonat mit ihr, während die Landschaft draußen blitzartig ihr Gesicht wechselt. Die habe ich heftig angemacht in meiner Wut. Dabei konnte Susannes Schwester nicht anders. Ist mir mittlerweile klar. Sanne hat sie in den Sumpf hineingezogen, weil sie eine Vertraute brauchte. Wäre sonst wahrscheinlich geplatzt. Es war für Mele ein Akt der Fairness, es mir vorzuenthalten.

Ich werde mich bei ihr entschuldigen. Irgendwann. Bald.

Vater verstehe ich plötzlich besser als früher. Was habe ich mich in meiner Therapie mit seinen Widersprüchlichkeiten und den scheinbar zusammenhanglosen Sprüngen in seinem Verhalten zu mir gequält.

Die Kluft zwischen liebevoller Zuwendung und aggressiver Ablehnung, die ich nie nachvollziehen konnte, scheint jetzt sinnhaft. Sein abrupter Wechsel zwischen väterlicher Freundlichkeit und bleierner Abwesenheit hat mich als Kind häufig verunsichert.

Und wehgetan.

Mit dem erweiterten Wissen ist für mich als erwachsenem Mann seine emotionale Achterbahn verständlicher.

Mein Vater sah sich von seiner Unfruchtbarkeit tief verletzt und gedemütigt. Die Konkurrenz zu einem Unbekannten, der mir geschenkt hatte, was er nicht konnte, muss ihn schwer gekränkt haben. Diese Kränkung hat er nie verkraftet. Nie!

Das Geheimnis aufzudecken, kam für ihn nicht in Frage. Wahrscheinlich hatte er große Angst, danach nicht mehr von mir als Vater akzeptiert zu werden.

Diese Angst und die ungelebte Wut haben ihn krank gemacht und letztlich seinen Körper vergiftet, da bin ich sicher, während die Winterlandschaft an mir vorüberfliegt.

Mein Blick reicht weit über die braunen Felder und Wiesen, die in der dünnen, durchscheinenden Sonne glitzern.

So klar dieser Tag, so verschwommen und nebulös hat mein Vater sich in seinem Dasein bewegt. Wer im Nebel wandert, sieht wenig.

Dadurch wusste er nicht, was in seiner Umgebung wirklich vor sich ging. Und weil er die anderen im Unklaren über seine Situation gelassen hat, konnte er niemanden nach dem Weg fragen.

Wer im Nebel wandert, sieht die anderen nicht.

Mein Vater war ein einsamer Mensch.

Er konnte das Tabu nicht aufbrechen, welches ihn und seine Frau umgab; hat es verborgen und mühsam zurückgehalten, sodass es sich in seinem geschundenen Körper Raum schaffen musste. Weil er es nicht ins Licht der Welt bringen konnte, hat das Unausgesprochene seinen Geist und seinen Körper zerfressen.

Er, der mich als Kind andauernd irritiert hat, ist mir plötzlich Vorbild. Seine Verzweiflung zeigt, was Geheimnisse und Schweigen mit sich bringen; sie verdeutlicht mir, wie ich es nicht machen möchte.

Gleichzeitig ist mir klar, wie stark ich mich unbewusst mit ihm identifiziert habe. Seine Zeugungsunfähigkeit wurde meine Unfruchtbarkeit; ich bin in seine Fußstapfen getreten, habe Teile seines Lebens kopiert.

Aus Liebe?

Aus Liebe!

In einer speziellen Art habe ich meinen Vater geehrt und beschützt, wie ich überhaupt als Retterkind meine ängstlichen Eltern geschützt habe. Wahrscheinlich bin ich deshalb Psychotherapeut geworden…

WEIHNACHTSABEND. SUSANNE bringt Josha, der mit seinen Geschenken, besonders mit dem Feuerwehrauto, bis zum Umfallen gespielt hat, ins Bett. Ich habe eine zweite Flasche von dem exquisiten Rotwein aufgemacht, den wir uns spendiert haben. Sonst haben wir uns nichts geschenkt, es war uns beiden nicht danach.

Durch die geöffnete Tür des Kinderzimmers bekomme ich mit, wie Sanne Josha ein Märchen vorliest. Verstehe die Worte nicht, höre nur ihre Stimme.

Plötzlich bin ich glücklich. Grundlos glücklich.

Ich lasse es dankbar geschehen. Es wird vorübergehen, wie jedes Gefühl.

Die letzten Tage waren nicht einfach zwischen uns. Wir haben uns vorsichtig angenähert. Trotzdem muss ich öfters mit Ärger und Unzufriedenheit in mir kämpfen. Die Situation, nicht der biologische Vater von Josh zu sein, muss erst langsam in mich hineinwachsen. Annehmen ist anstrengend!

Dass Sanne mit Tello geschlafen hat, aus einer Laune heraus, macht mir weiterhin zu schaffen.

‚Narzisstische Kränkung' klingen mir die Worte meiner Supervisorin im Ohr. Stimmt schon, aber daneben spüre ich einen Vertrauensverlust in mir.

Wir haben in den wenigen Tagen, seitdem wir beide im Haus sind, nicht darüber gesprochen. Grundlagen und Alltag schaffen, das war angesagt.

Allerdings schlafe ich im Gästezimmer. Bin jeden Abend traurig, wenn wir uns mit einer leichten Umarmung für die Nacht trennen. Es ist mir nicht anders. Will mir da folgen, nichts überstürzen.

Ich habe Susanne bisher nichts von dem erzählt, was ich bei meiner Mutter erfahren habe. Zum Teil sicher ein Ausdruck des fehlenden Vertrauens, das sich erst wieder nähren muss. Vor allem fühlte ich mich wund und verletzlich, klein und irritiert, wenn ich daran dachte.

Das große, klare Verständnis zu Anfang, besonders für meinen Vater, ist nicht verschwunden, doch es hat sich wohl versteckt hinter dem kleinen Rolf, der einiges zu verkraften hat. Dem erwachsenen Rolf fällt Verstehen nicht so schwer, der kleine ist verschreckt, ich lese ich an meinen wirren und unsicheren Träumen ab…

Ich atme tief aus, als Susanne den Raum betritt.

„Willst du noch ein Glas Wein?"

„Ja, gerne."

Sie setzt sich aufs rote Sofa neben mich. Mit ein bisschen Abstand.

Druck in meinen Schultern. Ein leichtes Zusammenziehen der Muskeln. Möchte über den Abgrund springen, habe gleichzeitig Angst, zu kurz zu treten und abzustürzen. Wer wird mich auffangen?

„Ich möchte dir berichten, was ich bei meiner Mutter erfahren habe", beginne ich.

Mit einem tiefen Seufzer strömt die Luft aus meinem Brustkasten.

ALS ICH fertig bin, liegt mein Kopf auf Sannes Schoß. Sie streichelt mein Gesicht und über meine Haare. Ich bin gesprungen…

Wache auf, wahrscheinlich war ich für kurze Zeit eingeschlafen. Blicke hoch in Susannes liebes, lächelndes Gesicht. Es tut gut anzukommen. Zu Hause.

Der Rotwein steht unberührt. Wir haben ihn vergessen.

Ich setze mich auf, denn ich möchte etwas erzählen, bei dem ich Abstand brauche. Ein Wagnis. Niemand weiß bisher davon, selbst in meiner Therapie habe ich darüber geschwiegen. Jetzt ist der Moment da, dieses tief in mir verborgene Geheimnis zu lüften.

„Ich möchte dir etwas sagen. Habe nie darüber gesprochen."

Susanne wirkt ernst und konzentriert, sie hat bemerkt, dass sich die Atmosphäre verändert hat.

„Manchmal habe ich Gewaltphantasien", beginne ich zögerlich. „Eigentlich nur schwangeren Frauen und Kindern gegenüber. Ich sehe zum Beispiel in einen Kinderwagen und habe plötzlich eine heiße Wut auf das Baby. Für einen Bruchteil einer Sekunde könnte ich es aus dem Wagen reißen und verletzen. Dann ist sofort Kontrolle da…und ich schäme mich für die Emotionen, die ich im Augenblick vorher gehabt habe …"

„Rolf …"

„Nein, lass mich noch eine zweite Sache erzählen. Oder ängstigt dich das zu sehr?"

Susanne schüttelt den Kopf.

„Manchmal bemerke ich eine Frau, vor allem schwangere Frauen, und plötzlich denke ich, ohne es kontrollieren zu können, ‚Ficken!'. Voller Wut, es ist eine Art tiefsitzender Wunsch, den andern zu verletzen, ihm wehzutun. Es ist nichts wirklich Sexuelles, sondern eher ein Gewaltimpuls. Verstehst du?"

Susanne nickt.

„Wie ist es für dich, wenn ich so Schreckliches beichte?", muss ich fragen. „Stößt es dich ab?"

Diesmal schüttelt meine Frau lächelnd den Kopf.

„Nein! Es überrascht mich allerdings, denn du wirkst in der Regel eher entspannt und nicht aggressiv."

„Das ist es ja!", rufe ich. „Ich werde davon selbst überrascht. Weiß nicht, was in mir vorgeht, was sich da massiv meldet. Das Einzige, was mich beruhigt, ist, dass ich diesen Impulsen nicht nachgeben muss, sondern sie nach wenigen Sekunden verschwunden sind…wie abgeschüttelt oder…besser…wie weggespült."

Susanne überlegt. Als ich weitersprechen will, hält sie mich mit einer Handbewegung zurück.

„War es auch so, als ich schwanger oder als Josh Baby war?", fragt sie schließlich.

„Nein, komischerweise nicht. Nicht ein Mal."

„Mmhh", brummt Sanne. „Du hast mir vorhin erzählt, dass du deine Zeugungsunfähigkeit, die ja nie medizinisch bestätigt wurde, als eine Art Identifikation mit deinem Vater vermutest. Eventuell sind die Gefühle, die du mir beschrieben hast, nicht original von dir. Vielleicht war dein Vater unbewusst wütend auf jedes Baby und auf schwangere Frauen?"

„Du meinst, meine Gewaltimpulse…ich, ich könnte sie unbewusst von ihm übernommen haben?"

„So ungefähr, ja!"

Überrascht nehme ich einen Schluck Wein. Dass ich darauf nicht selbst gekommen bin! Die klassische Identifikation mit dem Täter. Vater säuft, der Sohn säuft, Mutter schlägt, die Tochter schlägt…oder sucht sich einen gewalttätigen Mann…obwohl es natürlich nicht immer eindeutig zuzuordnen ist …

Ich spüre plötzliche Erleichterung und viel Unsicherheit in mir. Das neue Wissen ist erst auf meiner Außenhaut aufgeschlagen. Es muss Zeit haben, in mich einzusickern, danach werde ich merken, ob an Susannes Vermutung etwas dran ist …

„Ich würde gerne wieder näher rücken", meine ich nach einer Pause, „war schön vorhin. Oder erträgst du meine Nähe nicht, jetzt, wo du weißt, was für ein Scheusal ich in Wahrheit bin?"

„Komm her, du Werwolf!", lacht Sanne. „Ich hab ja immer gewusst, was für ein abscheulicher Wicht du unter deiner freundlichen Therapeutenmaske bist. Genau den wollte ich damals, nicht nur den Braven. Und genau den will ich heute noch."

SPÄTER WILL ich Kopfkissen und Decke aus dem Schlafzimmer holen. Susanne schüttelt ganz leicht den Kopf. An ihre Rückseite angekuschelt, die Wärme ihres Rückens und Pos spürend, schlafe ich schnell ein.

SECHSTES KAPITEL

ANJA

„Papa?"

„Ja?"

„Wann fahren wir endlich wieder zu Anja und Tello? In ihr kleines Dorf."

„Vorläufig nicht. Vielleicht im Sommer."

„Ich will jetzt fahren! Und mit Paula durch den Garten rennen. Jetzt!"

„Ach, Josha, lass mich in Ruhe. Du siehst doch, ich lese."

„Papa, du bist ziemlich arschlöchig!"

„Was bin ich?"

„Arschlöchig!"

„Wo hast du denn dieses Wort her?"

„Von Jens. Im Kindergarten."

„Na ja, wenigstens ist es grammatikalisch richtig abgeleitet."

„Was meinst du mit grammatikalisch abgeleitet, Papa?"

„Ist nicht so wichtig. Aber dieses Wort benutzt man nicht, Josha, es ist ein Schimpfwort."

„Aber ich muss dich schimpfen, wenn wir nicht zu Paula und Tello fahren. Was soll ich sonst sagen? Ich will da hin!"

„Echt, Josha, du gehst mir auf die Nerven. Lauf mal in die Küche und frag deine Mutter, ob die hin will."

Seufzend wendet sich Rolf seinem Buch zu, als Josha um die Ecke saust.

„Papa!", heißt es wenige Sekunden später.

„Jaaaa!"
„Mama will auch hin. Bald."
„Ihr seid zwei Nervensägen. Alle beide. Hier kann man nicht eine Minute in Ruhe ein Buch lesen", brummt Rolf lächelnd.

....

RALF IST tot! Tello ist eben angerufen worden. Er sitzt im halbleeren, neuen Wohnzimmer und weint.

Ralf war Schlagzeuger der Band, von Anfang an. Ein schlanker Kettenraucher, Biertrinker, mit feinem, sensiblen Gesicht. Wir haben ihn gemocht mit seinem stillen, verträumten Lächeln.

Der Krebs hat ihn besiegt. Lungenkrebs. Mit zweiundsechzig. Zu jung!

Leben und Tod, Leid und Glück liegen nahe beieinander.

ANDERTHALB JAHRE sind vergangen, seit Tello an jenem ereignisreichen letzten Konzert im Dezember Susanne, die Mutter von Josha, getroffen hat. Wenn ich zurückdenke, ist die Zeit wie in einem wilden Sturm verflogen. Das vorsichtige Kennenlernen der Beteiligten ist in eine Freundschaft hineingewachsen; ja, so würde ich es nennen. Unvorstellbar eigentlich, nach all dem Trubel. Doch Freundschaft ist das richtige Wort.

Auch meine Beziehung zu Susanne musste wachsen. Am Anfang war es verdammt schwierig für mich, einer Frau zu begegnen, mit der Tello…jedenfalls war es unangenehmer, als ich geglaubt hätte.

Bei einem gemeinsamen Spaziergang ist das Eis gebrochen. Sanne hat mir offen gestanden, dass diese Affäre eine letztlich unbedeutende Einstundenfliege war, die sie allerdings nicht bedauert, weil sie ihr Josha geschenkt hat. Sie schluchzte bei diesen

Worten, vor Glück, meinte sie.

Josha ist wirklich ein herzerfrischender Schatz, ohne Frage. Bisschen überdreht manchmal, so sind wohl Jungs. Er findet mich klasse, weil ich Paulas Chefin bin.

Er entwickelt sich prächtig, na ja, kein Wunder, bei dem Dreigestirn um ihn herum. Er will unbedingt Gitarre lernen; Tello hat ihm versprochen, ihm eine zu schenken, sobald die kleinen Finger mitspielen. Na, so findet er vielleicht einen Abnehmer für seine unendliche Instrumentensammlung.

Aber ohne Ironie: Tello spricht nicht viel darüber, doch ich spüre natürlich, er ist glücklich, vielleicht einen Erben für seine Liebe zur Musik und zur Gitarre gefunden zu haben.

„Wenn Josha achtzehn wird, bin ich achtzig. Was sagen dir diese Zahlen?", hat er mich an einem weinseligen Abend angegrinst.

„Nur, dass du ein alter Knorren bist! Das wusste ich allerdings vorher schon!"

„Okay, hiermit hast du dich als Haupterbin aus meinem Testament verabschiedet", hat Tello lässig gedroht.

„Und du solltest deine Pflegeversicherung aufstocken. Denn ich stehe ab diesem Moment nicht mehr zur Verfügung", habe ich gekontert.

„Ich brauch dich aber, damit du meinen Rollstuhl schiebst!"

„Na, dann bleib flauschig!", habe ich gelacht.

Die Zeit heilt wohl doch die meisten Wunden. Tellos Seitensprünge sind in mir irgendwie ins Nichts abgeglitten. In Ausnahmefällen poppen sie hoch. Sofort kriegt er eine verbale Watsche und gut ist es. Bin zum Glück nicht der nachtragende Typ.

Außerdem ist mir klar geworden, ich sollte Liebe und Sex auseinanderhalten. Die animalische Seite war eh nie mein Ding, genauso wenig wie die süßlich romantische. Das heißt jedoch nicht, dass mich nicht manchmal die Wut packt.

Stabilität und Verlässlichkeit weiß ich zu schätzen. Und ich gebe mit Freuden zu, da hat Tello sich eindeutig eingelassen.

DIE ERDE lebt und leuchtet, seitdem wir im Februar unser Haus auf dem Land bezogen haben. Ein Schneesturm hat an jenem Donnerstag um die Ecken des freistehenden Fachwerkhauses geheult; die Leute von der Mudra, der Nürnberger Drogenhilfe, die unseren Umzug durchgeführt haben, mussten die Krägen ihrer Winterjacken hochziehen bei den Zigarettenpausen. Andauernd wurde Schnee vom schrägen Dach über uns gewirbelt, wenn wir mit Kisten bepackt zum Eingang eilten.

Es war ein wilder, wunderbarer Empfang in dem winzigen Dörfchen oberhalb der jungen Altmühl, direkt im Anstieg zur Frankenhöhe. Der Wind wütete über die Hochebene, am gleichen Abend war uns klar, wir würden einen Holzofen haben.

Ein weiterer Traum, der sich erfüllen wird. In der hohen Dachwohnung in Nürnberg war das aus Feuerschutzgründen unmöglich.

„Ich möchte einen Ofen", habe ich zwischen Kisten auf dem Sofa kauernd gemeint und mir die warme Decke enger um die kalten Füße gewickelt. „Genau dort!", und habe auf die Mitte des Wohnzimmers, zwischen der Terrassentür und dem Fenster, gezeigt.

„Wir werden einen Ofen haben", hat Tello gelächelt und sich an mich gekuschelt.

Seitdem schmökere ich in Prospekten; noch ist er nicht ausgesucht, der Specksteinofen. Dafür fällt der Frühling über den ziemlich verwilderten Garten her. Gelb, blau, weiß, rot lugt er zwischen den Quecken, die die meisten Blumen überwuchert haben, hervor. Akelei strecken zuhauf ihre starken Blütenstängel; sie scheinen die Vorherrschaft über die Kiesflächen rund um das

Gebäude übernommen zu haben. Ich weiß nicht, wo ich mit dem Werkeln und Ausputzen anfangen soll, aber ich bin begeistert.

Tello zupft derweil auf seiner Gitarre am braun-grünen Teich, in dem sich die Goldfische zunehmend vertrauter an der Oberfläche zeigen. Er scheint verwundert über die Geschwindigkeit des Wandels. So schnell, so überraschend, ohne Komplikationen.

Meine Schwester hat uns kurz nach dem Einzug besucht, beim Streichen geholfen.

„Dieses Haus hat auf euch gewartet!", war ihr erster Eindruck.

„Ja", hat der weiß verschmierte Tello gegrinst, „stimmt! Absolut!", und den Pinsel geschwungen.

NACH DER Streichaktion sitzen wir in dem Landgasthof, den uns die neuen Nachbarn empfohlen haben. Heute esse ich ausnahmsweise Zwiebelrostbraten.

Meine Schwester, die konsequenter als ich Fleisch vermeidet, freut sich an dem frischen Gemüse, das der Koch extra für sie zusammengestellt hat.

„Im Grunde habt ihr das alles", sie macht beim zweiten Landbier, denn die Malerarbeiten haben sie durstig werden lassen, eine weit ausholende Handbewegung, die die Kneipe, unser Anwesen, ja ganz Mittelfranken einschließt, „Tellos Sohn zu verdanken."

„Was?"

„Na, ist doch klar! Tellos Kurzaffäre mit Susanne hatte nichts mit Liebe zu tun, sondern mit ihm selbst ..."

„Sie hatte mit Sex zu tun", brumme ich mit einem warnenden Seitenblick auf meinen Mann. Tello sitzt unschuldig vor seinem Cordon bleu und schneidet sich ein ordentliches Stück saftiges Fleisch ab.

„Okay, mit Sex hatte es zu tun. Aber letztlich ging es weder um Sex noch um Liebe ..."

„Worum dann?", will Tello, plötzlich interessiert, wissen.

„Es ging um dich selbst und ob du deinen alternden, süßen Musikerarsch für irgendetwas Vernünftiges hochbringen würdest. Die Zeugung von Josha war die Initialzündung. Zuerst bei dir, später bei deiner lieben Frau, meiner hochgeschätzten Schwester. Die wäre nämlich den Rest ihres Lebens schwanzwedelnd hinter dir hergedackelt, wenn der Schock sie nicht wachgerüttelt hätte."

„Hey!", meine ich, „jetzt mal langsam."

„Nein, jetzt mal ehrlich!", trumpft meine Schwester bierselig auf. „Es war peinlich, wie du dich hinter dem berühmten Musikus versteckt und deine eigenen Bedürfnisse hintangestellt hast… wenn du überhaupt deine Wünsche und Träume mitgekriegt hast. Und nun …"

„…wohnen wir auf dem Land in dem Haus, das Anja sich immer heimlich gewünscht hat. Meinst du das?", fragt Tello.

„Genau! Manchmal müssen Träume Umwege in Kauf nehmen, wenn sie sich erfüllen wollen."

NORBERT und MARTINA sind die nächsten, die uns mit ihrem Besuch beehren. Die Heidelberger Freunde treffen wir regelmäßig am Atlantik mit Sonnenschirm unter dem Arm, diesmal haben sie Arbeitsklamotten und Farbeimer im Gepäck.

Wir sind absolut begeistert, als Martina die hohen Deckenbalken in meinem Schlafzimmer abklebt und Norbert es trotz seiner lädierten Hüfte bis in die letzten Ecken streicht.

Erschöpft und rundum zufrieden drängen wir uns abends im gleichen Gasthof auf die Eckbank. Paula liegt gelassen zwischen uns am Boden; sie scheint ebenfalls ihre Stammkneipe gefunden zu haben.

„Wie seid ihr zu diesem Traumhaus gekommen?", erkundigt sich Martina „Habt ihr es länger im Auge gehabt?"

„Überhaupt nicht! Es war eine spontane Geschichte."

„Ich bestelle ein zweites Weizenbier", meint Norbert, „dann bin ich bereit."

„Seit einem Jahr suchte ich nach Häusern, es hat sich nichts aufgetan. Zu alt, zu teuer, zu renovierungsbedürftig. Ihr wisst ja, Tello ist handwerklich nicht besonders begabt…"

„…klingt eher untertrieben", lacht Norbert. Tello grinst gutmütig.

„…also war klar, dass keinesfalls viel daran gerichtet werden dürfte. Na ja, es ging nicht vorwärts. Jedenfalls hab ich mich an einem Nachmittag mit einer Hundefreundin in den Pegnitzwiesen getroffen."

„Es ist im Internet", hat sie berichtet.

„Was ist im Internet?"

„Na, das neue Haus meines Mannes. Du weißt doch, er will ausziehen …"

„Meine Freundin hatte mir im Vertrauen von der nervigen Endphase ihrer Beziehung erzählt. Ihr Mann hatte nach ewigem Suchen hinter Ansbach ein Anwesen gekauft, sein Umzug verzögerte sich von Monat zu Monat. Warum auch immer."

„Jetzt will er es verkaufen. Zu weit weg von Nürnberg, hat er plötzlich bemerkt, kein Handyempfang, trödeliges WLAN, was weiß ich. Jedenfalls will er es loswerden und hat es ins Internet gesetzt. Schau es dir an …"

„Was ich am gleichen Abend tat. Tello hat es von den Bildern her gefallen, er monierte nur, es sei zu weit von Nürnberg weg."

„Finde ich übrigens immer noch", brummt Tello. „Aber man kann ja nicht alles gleichzeitig haben."

„Ich bin drangeblieben und habe Tello überredet, es wenigstens mit mir zu besichtigen."

„Und?"

„Wir sehen uns das Gebäude an, laufen über das Gelände, reden mit dem Besitzer über den Preis, machen einen Rundgang durchs winzige Straßendorf. War höchstens eine Stunde."

„Auf der Heimfahrt waren wir ziemlich schweigsam …", beginnt Tello.

„…dann haben wir spontan übereingestimmt, es zu kaufen", beende ich den Satz.

„Na, so einfach war es nicht", übernimmt Tello. „Ich habe von einem Paradigmenwechsel gesprochen…"

„Wovon hast du gesprochen?", erkundigt sich Martina verwundert.

„Paradigmenwechsel hab ich es genannt. Damit habe ich gemeint, dass ich mich ans Gärtnerische und Handwerkliche heranwagen und Anja eine Portion ihres ausgeprägten Perfektionsdranges aufgeben müsste."

Beide lachen.

„Und, was hast du geantwortet?"

„Ich hab zugestimmt", lache ich mit. „Wenn Tello nicht seinen Standardspruch ‚Nicht ich‘ bringt, muss ich sofort zupacken, sonst ist die Gelegenheit weg."

„Also habt ihr euch unmittelbar in das Haus verliebt?"

„Exakt! Wir haben keinen Architekten herangezogen, haben die Bausubstanz nicht geprüft, haben nur halb begriffen, dass es sogar keine Fernwasserleitung gibt, sondern wir einen eigenen Brunnen haben …"

„Könnte man leichtsinnig nennen", brummt Norbert.

„War leichtsinnig, aber stimmig. Es war eine reine Bauchentscheidung. Das absolute Synchronisationserlebnis, es hat wie bei einem perfekten Uhrwerk ineinandergegriffen. Es lief reibungslos, als hätte die Welt für uns von langer Hand geplant. Innerhalb eines Monats haben wir einen Käufer für Tellos Wohnung gefunden…"

„…die ja wirklich klasse ist!", meint Martina, die sich an ihren Besuch vor einigen Jahren erinnert.

„Wir haben für die Wohnung sogar mehr bekommen, als wir jetzt bezahlt haben. Unser Grundstück hat 1200 Quadratmeter. Im Nürnberger Raum hätte es mindestens das Doppelte gekostet…"

„Auf euch und euer neues Leben!", ruft Norbert und hebt sein Glas.

Wir plaudern uns angeregt durch den Abend. Hundemüde steigen wir später in die Betten und unsere Gäste auf die Besuchermatratze. Ich schlafe trotzdem zuerst nicht ein. Bin aufgedreht und glücklich. Es hat mir Spaß gemacht, den Freunden unsere Story ausführlich auszuschmücken. Es ist wie ein Wunder…nein, es ist ein Wunder …

TELLO ERZÄHLT aufgeregt, als er Anfang Mai von dem Tiergartenbesuch in Nürnberg zurückkehrt.

„Wir waren zu viert dort. Josha ist zeitweise an meiner Hand gelaufen, Sanne und Rolf sind relaxed hinter uns hergeschlendert. Wie eine kleine Familie, die ihren Opa dabeihat."

Ich lächle in mich hinein, als ich mir dieses Bild vorstelle. Als wenn sich ein heimlicher Traum von Tello erfüllen würde.

„Von den Affen wollte Josha nicht weg, auch die Tiger und Löwen haben ihn begeistert. Doch das Größte, das Allergrößte, war der Besuch bei den Delfinen…"

Kurz driften meine Gedanken ab. Wie oft hat Tello das Delfinarium kritisiert, wenn er in der Zeitung darüber gelesen hatte. Zu klein, nicht artgerecht, dem Bewegungswunsch der Tiere nicht angemessen…und wie schnell kann sich eine Sichtweise ändern, wenn sich andere Erfahrungen damit verbinden. Es gibt eben unterschiedliche Antworten auf eine Frage, je nachdem, welchen Standpunkt man annimmt…

„…jedenfalls saß Josha anfangs neben mir. Als die Delfine hin-

und herschwammen, war er total aufgeregt und ist auf meinen Schoß geklettert. Er hat unruhig gezappelt, dann ist er still und konzentriert gewesen und hat sich an mich gekuschelt. Ich konnte seinen Herzschlag an meinem Körper spüren…plötzlich ist etwas Eigenartiges in mir passiert. Es war, als wenn wir verschmelzen würden, Josha und ich. Ich habe die wunderbaren Tiere durch seine strahlenden Kinderaugen gesehen. Mein Blick war weiter, erfahrungslos, total offen…du weißt, ich nehme das Wort nicht gerne in den Mund, aber ich habe eindeutig liebender in die große, unendliche Welt geschaut…kapierst du den Kuddelmuddel, den ich von mir gebe?"

„Ich habe eine Ahnung davon", antworte ich langsam, „vor allem kriege ich mit, wie glücklich du bist."

„Ja, stimmt! Ich war glücklich, absolut eins mit dem Bub, mit mir selbst."

Ich kann nicht anders, ich muss diesen großen Jungen mit den leuchtenden Augen, der vor mir steht, in den Arm nehmen und drücken.

WIR HABEN gestritten. Sinnlos. Ziemlich heftig.

Tello hat mir vorgeworfen, ich würde nur wollen, wollen, wollen. Gartengeräte, Pflanzen, neue Gartenmöbel, Holzofen, Außenkamin, einen Ersatz für den fleckigen Teppich auf der Treppe …

Seine elendlange Liste hat mich genervt. Ich habe mir bei seiner langweiligen Litanei die Ohren zugehalten und bin ins Freie gerannt. Er hat hinter mir her geschrien, ich wollte es nicht mehr hören.

Natürlich brauchen wir jede Menge, jetzt am Anfang, das ist normal. Wir richten uns schließlich neu ein. In unserem Haus!

Ich gebe zu, meine Liste ist endlos, meine Ideen vielfältig. Ein

Wunsch jagt den anderen, am liebsten würde ich diverse Projekte gleichzeitig laufen lassen. Die Stunden des Tages reichen selten aus; abends falle ich erschöpft ins Bett, finde aber keinen Schlaf, weil mein Hirn weiter arbeitet, Projekte schmiedet; Probleme türmen sich in mir auf, wollen durchdacht und bewältigt werden, rauben mir die Nachtruhe. Endlosschleifen.

Am liebsten würde ich meinen Kopf abdrehen und in die Ecke legen, damit er endlich Ruhe gibt. Denn er produziert unaufhörlich Gedanken und Ideen; ob ich will oder nicht.

Ich find's trotzdem genial, mein Leben.

Tello wiegelt ab, rät zu langsamerem Vorgehen, will sparsamer Geld ausgeben. Vor allem findet er, wir hätten zu wenig Zeit miteinander. Er beklagt sich, Zärtlichkeit und Sex seien abgeschrieben.

Da hat er Recht. Meine Gedanken sind überall in der Welt, nur nicht beim Liebesspiel. Stimmt zwar nicht, dass ich beim Sex im Kopf Listen für den Baumarkt schreibe, wie Tello mir vorwirft; völlig daneben liegt er nicht.

„Du bist eine notorische, humorlose Spaßbremse!", hat er geschrien. „Lässt mich verhungern in meinem Bedürfnis nach Zärtlichkeit. Am ausgestreckten Arm!"

„Und du bist eine elende Anschaffungsbremse! Du verzögerst, wie hast du gesagt, ‚notorisch' die Weiterentwicklung im Haus und im Garten!"

Im Grunde muss ich allerdings zugeben, Tello bemüht sich. Sein altes ‚Nicht ich', sein Weglaufen vor Verantwortung und Aktion, flackert zwar auf, aber er kämpft dagegen. Er will raus aus seinen uralten Mechanismen, seinem inneren Gefängnis. Er ist über etliche Schatten gesprungen in den letzten Monaten.

Trotzdem geht es mir manchmal zu lahm. Zäh verhandelt er mit mir wegen ein paar Euros beim Kauf eines Rasenmähers oder eines Gartenschlauchs. Wirft mir vor, ich würde nur das Teuerste wollen. Mein Argument, der Billigkram gehe schneller kaputt, wiegelt er ab.

Nach einer Weile lenkt er ein, hat wohl gemerkt, er ist mal wieder auf den ‚Sparzwang seiner Kriegseltern‘, wie er dieses Verhalten seit neustem nennt, hereingefallen.

Ich nenne das unnötigen Geiz. Geld ist genug da, wir haben es selten für Sinnvolleres ausgegeben als zur Zeit. Jedenfalls ist das meine Meinung.

IM FREIEN finde ich nach der Schreierei schnell Ruhe. Zupfe da und dort Unkraut, nein, Beikräuter, wie Brennnessel und Co in den Gartenzeitschriften, die zur Zeit meine Lieblingslektüre sind, genannt werden.

Direkt über mir zieht eine Gabelweihe, die ihr Revier abfliegt, ihre gelassenen Kreise. Die Gänse in der Nachbarschaft schreien kreischend, anscheinend gibt es Futter. Auf dem Feld hinter unserem Grundstück wiegen sich die mittelgroßen grünen Getreidehalme im heute kühlen Maiwind.

Es ist unendlich still. Ab und zu ein Auto auf der Straße unterhalb unseres Schotterweges. Sonst nur die Brise und die beiden Hunde der Nachbarinnen, die am Zaun bellen, sobald sich Auffälliges tut.

Tello verlässt das Haus, setzt sich auf die Bank am Teich. Ich erkenne, ohne meine Arbeit zu unterbrechen, an seiner Körperhaltung, seine Stimmung hat sich ins Positive gedreht. Verkneife es mir zu sagen, dass ich mir ein Hochbeet für Gemüse wünsche, wegen der Nacktschnecken, die das frische Grün jede Nacht heftigst reduzieren. Ich will akzeptieren, eine Saison zu warten.

„Siehst du, die Schwertlilien sind kurz vor dem Aufgehen“, rufe ich zu Tello hinüber und deute auf die von einer weißen Hülle geschützten Knospen, die da und dort dunkelblau aufbrechen.

„Ja!“

Er schlendert zu den hochgewachsenen, dünnen Stängeln, berührt sie zart. Wie ein Streicheln.

„Wunderschön!"

Ein kleines Lächeln tanzt zwischen uns.

Es überrascht mich, wie Tello schneller als früher von miserabler zur guten Laune switcht. Sonst hat er mich ewig angemault, seine Vorwürfe wiederholt, sich in den nervenden Kreislauf von Anschuldigungen hineingedreht. Das passiert weiterhin, doch er bemerkt es selbst und vor allem schneller…und manchmal schafft er es tatsächlich, aus dem verbalen Sumpf auszusteigen.

Er hat durch die Erfahrungen um Josha und die Therapie seelische Räume geöffnet, die er vorher massiv abgeschottet hatte. Strahlt eher authentisches Sein aus, anstatt sich produzieren zu müssen, lässt Gefühle bei sich zu…und hält den Zorn, der manchmal in mir hochsteigt, besser aus.

Sein Verhalten lässt mich lockerer sein. Ein Teil der psychischen Energie, die er früher in seine Verweigerungsschutzhaltung gesteckt hatte, steht ihm mittlerweile anscheinend zur Verfügung.

Unser Kontakt ist intensiver. Wir lachen mehr miteinander, unsere Beziehung hat Leichtigkeit dazugewonnen. Irgendwie lichter. Tello wirkt auf mich jünger als vor zehn Jahren.

HOCHSOMMER. Tello sitzt am Häusle, spielt Gitarre und trinkt Bier mit den Männern. Es ist das Zentrum unseres Minidorfes, eine Minute von unserem Domizil entfernt. Brauchst du Hilfe, gehst du zum Häusle und sprichst die Runde an, die sich in der Dämmerung auf den Bierbänken vor dem eingewachsenen Kriegerdenkmal räkelt. Sofort werden Tipps in den luftigen Raum gestreut, bald ist irgendeiner da, der es dir zeigt oder hilft. Eine echte Dorfgemeinschaft, wenn man sich nur selbst einbringt. Unglaublich!

Meistens fliegen Scherzworte durch die Luft, ab und an wird gestritten…das pralle Leben halt, meint Tello, wenn er nach seinen abendlichen Ausflügen brummig am Frühstückstisch sitzt.

Ich bin selten dabei. Im Häusle stört mich der aufdringliche Zigarettenrauch und außerdem sitze ich an den lauen Sommerabenden lieber an unserem Teich. Beobachte die Frösche, wie sie Insekten fangen, lausche den Hummeln, die in den Stockrosen, die weiß und rosa blühend steil in die Höhe ragen, summen. Genügt vollkommen!

Im ersten Tageslicht dann das zarte, tröstliche Blau der überall in unserem Hof wild wachsenden Wegwarten. ,Wegwarte', was für ein heimeliges, flauschiges Wort; als wenn man auf seinem Weg durch die Welt erwartet und liebevoll empfangen würde. Da wartet etwas, ohne Anstrengung, ohne Bewertung, schaut dir morgens mit weit geöffneten Blüten entgegen, rollt sich nachmittags zusammen, um sich auszuruhen.

Ja, ich bin verliebt. In unser Fachwerkhaus. In unseren Garten…

Eva, unsere Nachbarin, stand vor einigen Tagen mit mir am Zaun. Kleiner Plausch zwischen zwei Arbeitseinheiten.

„Hör dir den Spruch an: der Alltag ist wunderbar…und Wunder sind alltäglich…"

„Feines Wortspiel", habe ich gelächelt, ohne groß darüber nachzudenken.

Später, beim Blumenbeetjäten, blinzle ich in den azurblauen Himmel und weiß plötzlich: das alltägliche Wunder, that's it!

SIEBTES KAPITEL

TELLO

Ich habe Mama gefragt, wie man Babys kriegt. Sven hat auf dem Spielplatz gerufen: „Da muss man vorher ficken."
Das habe ich nicht verstanden.
„Hast du mit Papa gefickt, bevor ich als Baby gekommen bin?",
habe ich Mama also gefragt, als wir mit dem Auto nach Hause gefahren sind.
„Was!?", hat sie ganz laut geschrien.
Ich habe ihr erzählt, was Sven gesagt hat, da hat sie lachen müssen.
„Ach, so hast du das gemeint", hat sie geantwortet. „Woher will Sven das wissen?"
„Von seinem Bruder. Paul. Der ist neun und schon in der dritten Klasse!"

Heute hat Mama mir ein Buch geschenkt. Mit tollen Bildern.
Sie will es mir vorlesen. Ich habe sofort alle Bilder angeschaut.
Es geht eindeutig um Babys.
Mama soll bald mit dem Vorlesen anfangen. Ich will genau wissen, wie Babys kommen. Und vor allem woher. Außerdem will ich schnell lesen lernen.
Ich glaube nämlich, Paul hat keine Ahnung. Sven sowieso nicht.
Er ist ja erst fünf. Und er gibt immer nur an.

JOSHA! Als ich ihn damals im Januar kennengelernt habe, hat

mein Herz für einige Schläge ausgesetzt. Pabumm, pabumm…
Stille…pabumm … Mein Sohn!

Viel erinnere ich nicht an dieses Treffen. Too much! Ein kleiner
Junge, ein alter Mann, dazu die Eltern des Jungen.

Das Eis war gebrochen und mein Herz – pabumm – hat wieder
eingesetzt, als Anja mit Paula in dem Café aufgetaucht ist.

„Ist das euer Hund?", wollte Josha begeistert wissen.

Ich konnte nur nicken.

„Wie heißt der?"

„Paula", hat Anja gelächelt.

„Kann ich den streicheln?"

Josha hat Paula sofort lieb gewonnen. Paula liebt sowieso
Kinder. Ich liebe Josha.

Mehr wusste ich nicht, als wir uns verabschiedeten. So war
das, beim ersten Mal.

DAS LIEGT über zwei Jahre und etliche gemeinsame Abenteuer zurück. Bisher haben wir Josha nicht eingeweiht, dass ich
sein biologischer Erzeuger bin. Wir sind uns jedoch einig, er soll
es irgendwann erfahren.

Über den Zeitpunkt sind wir uns weniger einig. Rolf meint,
es sollte bald geschehen; Susanne will warten, Anja hält sich raus
und ich, ich habe sowieso Angst davor.

Rolf hat uns erzählt, er ist ein Spenderkind. Er hat es im Verlauf
unseres gemeinsamen Dramas von seiner Mutter erfahren.

Dieses Wissen habe ihm letztlich geholfen. Als wenn Teile,
die vorher unverbunden in ihm nebeneinander gestanden hätten, endlich ihren angestammten Platz in seinem Lebenspuzzle
gefunden hätten.

„Rolf, hast du mittlerweile Neues über deinen biologischen
Vater erfahren?", habe ich bei einem Treffen gefragt.

„Nein! Ich habe es versucht. Es seien keine Daten vorhanden, war die einzige Auskunft, die ich erhalten habe. Anfangs war ich ärgerlich. Im Grunde ist es mir allerdings nicht extrem wichtig. Bedeutsamer war, es überhaupt zu erfahren. Da ist viel passiert!"

Diese Sätze haben mich an unsere Freundin Lucie aus Kroatien vor drei Jahren erinnert. Die hatte Ähnliches von ihrer Vatersuche berichtet.

„Außerdem ist es letztlich kein großes Problem für mich", hat Rolf geendet. „Ich glaube sowieso eher an Erziehung und Sozialisation als an festgelegte genetische Strukturen."

Sollte es also tatsächlich existentiell sein, dass Josh die Wahrheit erfährt?

Ich habe, ohne meine Realität zu schildern, Freunde und Bekannte dazu angesprochen; die Antworten waren unwahrscheinlich unterschiedlich, das hat mich eher verwirrt. Vielleicht habe ich mich abzufinden, dass es nicht die eine wahre, eindeutige Meinung gibt …

Die Therapie bei Rolf habe ich nicht wieder aufgenommen. Ich höre Rolf weiterhin aufmerksam zu, seine Argumente sind mir wertvoll. Aber unsere Kontaktebene hat sich zu stark verändert.

Er ist eindeutig der wichtigste Mann in meiner kleinen Welt. Das ist gut, denn immerhin ist er der Vater meines Sohnes …

INSGESAMT NEHME ich mir mehr Leben als früher. Wenn ich am Teich unseres Hauses sitze, den Goldfischen beim Schwimmen und den Wasserpflanzen beim Wachsen zuschaue, falle ich in eine angenehme Gemütlichkeitstrance. Manchmal weiß ich in dieser Zeit nicht, ob ich die Fische oder sie mich beobachten.

Ohne einzugreifen, lasse ich die Kleinigkeiten, die die Ordnung des Teichs bestimmen, auf mich wirken; sie füllen mich aus, zeitweise ohne Anstrengung.

Manchmal habe ich das Gefühl, ich fahre die Ernte meines Lebens ein. Verdient.

Früher unvorstellbar.

Jahrzehnte war ich ein Handelnder, meistens jedoch, wie ich mittlerweile weiß, ein Vermeidender, was ja auch eine Art des Handels ist. Nun beobachte ich die Dinge eher, anstatt sie verändern zu wollen, auszubremsen oder ihnen Widerstand entgegenzusetzen.

Was bin ich klein, wenn ich gegen Windmühlenflügel kämpfe, so eng.

Lächerlich!

Aber so bin ich!

Das ist ein Teil meiner Wahrheit.

Natürlich taucht mein uraltes ‚Nicht ich‘ weiterhin als vertraute, reflexartige Reaktion auf.

Mittlerweile habe ich jedoch ein Stück weit Entscheidungsfreiheit.

‚Will ich wirklich nicht?‘, lautet die Frage an mich selbst.

Bestimmt meine Angst die Entscheidung?

Oder mein freier Wille?

Spannend, sehr spannend!

Welten von Möglichkeiten tun sich auf, und ich bestimme allmählich öfters mit, ob sie offen bleiben oder sich schließen.

Ein Regenbogen farbiger Vielfalt. Mehr, als ich mir je hätte vorstellen können. Manchmal zu viel.

Dann brauche ich einen Rückzieher - doch selbst bei dem habe ich die Hände mit im Spiel.

Es ist, zumindest teilweise, mein Stopp; nicht allein der von dem Reflex in mir gesteuerte.

Freiheit von der unabhängigen, nicht steuerbaren Kontrollinstanz in mir!

Ich bin weniger misstrauisch als früher.

Dafür traue ich mir mehr.

Auch mehr zu.

IM LETZTEN Urlaub habe ich diese Wandlung in einer Situation mit Anja eindrücklich bemerkt.

Wir sitzen im Halbschatten beim Frühstück, fünfzig Meter vom Meer entfernt. Uli und Wolle, die Freunde aus Kroatien, mit denen wir uns hier getroffen haben, steigen nach einer frühen Schwimmrunde aus dem Meer und schlendern triefend auf uns zu.

„Na, ein Frühbad genommen?", rufe ich.

„Ja, war toll in der Morgensonne", lacht Uli.

„Würde ich ja auch gerne machen, aber mein Mann will das nicht", höre ich Anja plötzlich. Sofort spannen sich meine Schultermuskeln an. Ich glaub's nicht.

„Na, musst es einfach machen", sagt Wolle leichthin, bevor die beiden Richtung Dusche verschwinden.

Ich bin sauer.

„Was war das denn?", grolle ich.

„Na, du willst mit mir frühstücken, deshalb kann ich nicht vorher baden", meint Anja, leicht vorwurfsvoll. „Ist halt so."

In mir wirbelt es. Am liebsten würde ich zornig lospoltern. Motzen würde allerdings nichts bringen, denn es wäre die alte Schiene, der Beginn eines sinnlosen Streits ohne Gewinner.

Ich schweige. Versuche Ordnung in meine Gedanken zu bringen. Vor mir das Meer.

Was ist hier los?

Will nicht ins alte Fahrwasser.

„Deine Aussage hat mich getroffen eben", setze ich nach einer Weile an.

„Ist nicht wichtig", wiegelt Anja ab, „war nur so dahingesagt."

„Für mich nicht. Für mich haben die paar Worte einen tieferen

Hintergrund.“

Anja schaut mich von der Seite her an. Bisschen abweisend, bisschen interessiert.

„Was für einen Hintergrund?“, zögert sie.

„Okay, wenn du willst, versuche ich dir zu erklären, was ich denke…und fühle“, laviere ich herum.

„Raus damit!“ Anja wirkt resoluter.

„Für mich warst du eine Spur neidisch auf die beiden, als sie aus dem Wasser kamen. Dann hast du das gesagt. Mich hat dieser Satz verletzt. Kam mir vor, als sei ich schuld, dabei hast du mich, finde ich, als Sündenbock benutzt.“

„Als Sündenbock?“

„Ja, als Sündenbock für deine eigenen, von dir nicht erfüllten Bedürfnisse …“

„Du forderst doch ein gemeinsames morgendliches Frühstück…“

„Klar, darauf freue ich mich. Aber erstens könntest du einige Minuten früher aufstehen, wenn du schwimmen willst, und außerdem könnte ich, selbst wenn es mir zugegebenermaßen etwas schwerfällt, einige Minuten warten, bis unser Essen beginnt.“

„Aber es nervt dich, wenn du warten musst.“

„Na und? Muss ich eben aushalten. Wichtiger ist, dass du dein Bedürfnis befriedigen kannst, dann bist du hinterher ausgeglichener…zufriedener. Davon habe ich mehr als von dem früheren Frühstück. Verstehst du!?“

„Ich werde darüber nachdenken“, meint Anja nach einer Weile. „Vielleicht gehe ich demnächst vor dem Frühstück tatsächlich schwimmen.“

Ich nicke. Zufrieden. Bin stolz auf mich. Mein Zorn ist weg; ich bin mit mir, wir sind mit uns weitergekommen.

NACHMITTAGS WILL ich in der Hängematte schlummern. Finde keine Ruhe. Es kribbelt in mir, wenn ich an die Episode vom Morgen denke. Bin gleichzeitig zufrieden und stinksauer?

Ich erinnere mich, mit Rolf vor Jahren in der Therapie über die verschiedenen Anteile in unserem Innern gesprochen zu haben und dass sie unterschiedliche Emotionen haben können.

Wer fühlt also gerade wie?

Klar, der erwachsene Tello ist happy. Er hat ein Problem angesprochen, das ausdiskutiert wurde, und sicher hilft es, dass Anja und ich uns besser verstehen und jeder mehr Spaß hat.

Ein kindlicher Anteil in mir, der ist spürbar anders drauf. Verletzt, zurückgestoßen, wie geschlagen von dem, was Anja scheinbar leichthin gesagt hat. Wie ein Angriff oder eine Ohrfeige.

Die Lösung des Problems hat dieser Anteil in mir nicht mitbekommen.

Warum eigentlich?

Klar! Weil er sich extrem zurückgestoßen vorkommt!

Während ich im Wind schaukele, breitet sich dieses uralte Gefühl körperlich in mir aus. Es ist mir nicht angenehm, doch ich ertappe mich dabei, es verbinden sich Rachewünsche damit. Dieser kindliche Teil in mir würde gerne Anja Schmerzen zufügen, weil ihm wehgetan wurde. Er will es ihr heimzahlen, will sich heimlich rächen, selber verletzen. Will Ausgleich.

Was soll ich nur tun?, frage ich mich. Das würde, was vorhin gelungen war, ins Gegenteil verkehren! Aber ich kann das Anja nicht erzählen. Entweder kann sie meine verschrobenen Gedankengänge nicht nachvollziehen oder sie lacht mich aus.

Was soll ich nur mit dir tun, verletztes Kind in mir?

Ganz langsam werden die Rachegedanken weniger. Vielleicht hat es ja gereicht, dem kindlichen Teil in mir zuzuhören. Vielleicht will er einfach ab und zu meine Aufmerksamkeit …

In der nächsten Urlaubswoche ist Anja zwei- oder dreimal vor dem Frühstück schwimmen gegangen. Fein!

ICH BIN zufrieden, wie sich der Lebensalltag entwickelt hat, seitdem wir umgezogen sind. Die jährlich wiederkehrenden Feste im Dorf, das Osterfeuer, Maibaumaufstellen, Holzmachen fürs selbstverwaltete Kulturhäusle, sind mir viel wert. Ich halte so gut mit, wie es mein Alter und meine zurückgehenden Kräfte zulassen.

Anja ist bei brauchbarem Wetter draußen. Setzt Neues ein, beschneidet Altes, rupft Beikräuter aus den Beeten oder gießt ein von ihr angelegte Kräutereck und das Hochbeet, welches wir im zweiten Frühjahr mit Freund Arne aufgebaut haben.

Allein der Begriff ‚Beikräuter‘. Das Wort ‚Unkraut‘ ist passé, alles hat seinen Platz in der Ordnung des Gartens. Wenn es droht überhandzunehmen, wird es allerdings ohne Pardon vernichtet. Die Chefs sind wir, na ja, in erster Linie Anja.

Ich düse regelmäßig mit dem Rasenmäher kreuz und quer durch die mit Kräutern und wilden Blumen durchsetzte Wiese; spare Inseln aus, wo im Frühling Gänseblümchen, gelbe Schlüsselblumen und Hahnenfußgewächse zwischen Tulpen und Narzissen wachsen. Dazwischen wuchert sonnengelber Löwenzahn ohne Ende, der ist nicht unterzukriegen.

Paula, die kaum größere Strecken läuft, liegt dazwischen, schnappt ab und an lässig und ohne übertriebenen Einsatz nach Hummeln und Wildbienen, lässt sich danach erschöpft zurücksinken und streckt sich aus, alle viere von sich gestreckt. Hüpft ein Spatz auf Futtersuche nahe an sie heran, registriert unser Hundemethusalem das, indem er seine Augenbrauen hochzieht. Sonst keine Bewegung.

Ich liebe es.

„Frühling", hat mir unsere Nachbarin eines Tages lächelnd über den Zaun zugerufen, „ist, wenn dreißig Gänseblümchen auf einem Quadratmeter blühen."

Da fiel mir ein, dass eine Frau in Nürnberg einst den gleichen Satz zu mir gesagt hat und damals, traurig wie ich war, Tränen in mir aufstiegen.

Wie aus einem anderen Leben scheint diese Erinnerung auf.

„MENSCH, TELLO, mit dir ist es so toll zu kämpfen!", ruft Josha glücklich. Er steht mir mit seinem Lichtschwert, wie er es nennt, in unserem Garten gegenüber und fuchtelt wild vor mir herum. Ich habe ein ähnliches Plastikteil in der Hand und versuche seine heftigen Angriffe abzuwehren.

„Ich bin schneller als du!", gebe ich an.

„Bist du nicht!", schreit der Fünfjährige voller Eifer. „Außerdem bin ich stärker!"

Wir fechten mit vollem Einsatz, bis es mir gelingt, Josha das Schwert aus der Hand zu schlagen.

„Dann ringe ich dich eben nieder!", ruft er und stürzt sich auf mein rechtes Bein.

Ich lasse mich mit einem lauten Schrei ins Gras fallen; er wirft sich auf mich, wir rollen über das Gelände. Josha kämpft mit all seiner Kraft, rammt seinen Kopf in meinen Bauch, seine dünnen Ärmchen umklammern mich, so gut es geht.

Als seine Kraft schließlich nachlässt, drücke ich ihn auf den Rücken ins weiche Gras.

„Gibst du auf, starker Ritter?"

„Niemals!", meint er voller Stolz, „lieber wähle ich den Tod."

„Den Tod?"

„Ja!"

„Ein edler Ritter hält eine Niederlage im fairen Kampf aus", helfe ich ihm aus seiner Bredouille. „Er zieht sich dann voller Stolz zurück und trainiert für seinen nächsten Fight."

„Okay!", gibt Josha nach kurzem Nachdenken nach. „Aber beim nächsten Mal werde ich dich schlagen, Ritter Tello!"

„Wir werden sehen", antworte ich salomonisch.

Josha legt seinen Kopf auf meinen Bauch und blinzelt in den Himmel.

„Tello!?"

„Ja?"

„Eigentlich könntest du mein Opa sein. Weil…ich mag dich so gern."

Mir wird warm, gleichzeitig drücken Tränen hinter den Augen. Einige Atemzüge ringe ich um Fassung.

„Ich wäre gerne dein Opa, Josha, doch du hast schon zwei."

„Aber der eine ist tot. Der von Oma Margit."

„Trotzdem. Opas kann man nicht einfach wechseln. Mmh… wie wäre es, wenn ich dein guter Freund wäre?"

„Mein weltbester Freund!", ruft Josha voller Inbrunst. „Jedenfalls von den Erwachsenen", setzt er nach kurzer Pause hinzu.

Ich schaue hoch. Über die Sonne legt sich für Sekunden eine kleine, weißgraue Wolke.

Aber ich bin dein Vater, denke ich plötzlich…und ich bin stolz darauf.

„Tello!", holt mich Josha aus meinen Gedanken zurück.

„Ja?"

„Zum Glück gibt es Kartoffeln."

„Was?"

„Mama kocht oft Kartoffeln. Ich mag sie so gern…mit Soße. Du auch?"

Mann, der Junge hat einen Hang zu Gedankensprüngen.

„Ja, ich mag Kartoffeln….sogar Paula frisst sie gerne…"

„Wollen wir Kartoffeln für Paula kochen? Oh ja, bitte", ruft

Josha und steht schon auf seinen Beinen.

„Was habt ihr vor?", lächelt Anja, die mit Sanne und Rolf am Kaffeetisch auf der Terrasse sitzt, als wir Hand in Hand vorbeigehen.

„Wir kochen Kartoffeln für Paula", erklärt Josha, „die mag sie nämlich genauso gerne wie ich."

DRITTER WINTER: „Euphorie weicht Krise" oder „Krise erstickt Euphorie", so hätte die Schlagzeile in der Zeitung heißen können. Nach Neujahr jede Menge Schnee, wochenlang eiskalt, Boden und inneres Sein tiefgefroren.

Bei Paula, die schwächer und schwächer wird, wird ein Tumor entdeckt. Wenige Tage später muss sie eingeschläfert werden. Wir sitzen beide dabei. Tiefschattige Trance!

Die Trauer lähmt uns, zerreißt die glückselige Hülle, die wir dem Hausprojekt übergestreift hatten. Paula war unser Kind, fünfzehn Jahre. Es wird kein neues geben. Josha ist mir fern in dieser Zeit. Er ist nur mein Sohn, nicht mein Kind.

Sinnlose Leere überschwemmt mich. Gitarren liegen verstreut in der Ecke, verstimmt. Anja zieht sich in ein abgeschlossenes Schneckenhaus zurück, Berührung und Zutritt verboten. Wenn ich aus meinem Schlafzimmerfenster über die weite, trostlos Schneewüste schaue, friert es mich. Tagelang keine Sonne, nebeliger, grauweißer Eisdunst. Weiß nicht, was ich tun, wo ich mit mir hin soll.

Vor gefühlt fünfzig Jahren habe ich einen Film von Werner Herzog im Kino gesehen. Die Anfangseinstellung habe ich bis heute nicht vergessen; sie hat mich damals erschüttert, weiß nicht, warum. Ein gelbes Kornfeld, das sich lautlos im Wind bewegt, lange. Dann der Schriftzug „Kennst du das Schreien, das man die Stille nennt?". Mag ein anderer Wortlaut gewesen sein, doch so erinnere ich ihn.

Die Stille um unser Grundstück, die ich am Anfang genossen habe, schließt mich in dieser Phase ein, erdrückt mich, macht mir Angst. Ich will weg, in die Stadt, es war falsch, in diese Einöde zu ziehen. Hier ist kein Leben, hier stirbt alles.

Außer den Krähen, den Aasfressern!

Anfang Februar merken wir, dass wir und unsere Beziehung zerbrechen, wenn wir nicht handeln. Irgendetwas für uns tun. Anja fährt für zwei Wochen an den Schliersee in ein Yoga-Zentrum, ich besuche einen Kurs in einem klosterähnlichen Meditationshaus in Holzkirchen.

Wenigstens kann ich weinen bei unserem Abschied.

Der strenge Schweigekurs wird für mich ein Kampf auf Leben und Tod. Gegen Ende entscheide ich mich fürs Leben. Bleibe nach dem Kurs eine Woche länger als Gast, spreche mich aus, sitze still, entdecke staunend und überrascht Schneeglöckchen.

Als wir uns anschließend zu Hause treffen, bricht die Eiszeit unter der Frühlingssonne auf. Schmerzhaft genug!

Wir finden uns neu. Die wievielte Beziehung es ist, die wir beginnen?

Habe in Holzkirchen ein Buch von Willigis Jäger, dem Altmeister des Seminarhofes, gelesen. Es heißt „Das Leben endet nie". Mag sein, denke ich, aber leider enden alle Leben.

Ein Zettel hängt an meiner Pinnwand:

Aus tiefstem Herzen sage ich euch allen:

Leben und Tod sind eine ernste Sache.
Alle Dinge vergehen schnell
und kein Verweilen kennt der Augenblick.
Darum seid achtsam
und ganz gegenwärtig.

(Abendspruch im Zen-Sesshin)*

---

* Jäger, Willigis: Das Leben endet nie, Berlin 2005, Leitspruch vor dem Text.

TREFFE ROBERT aus dem Städtchen um die Ecke. Frühpensionierter Polizist, dessen Liebe seinen Gitarren gehört. Ein echter Gitarrero eben. Wir ergänzen uns einwandfrei, wenn wir in der Dämmerung am Feuerkorb gemeinsam spielen und improvisieren. Er hat vorgeschlagen, ein Akustikprogramm zu erarbeiten, um damit in den In-Kneipen der Umgebung aufzutreten. Bin dabei!

„Ich kann mir keinen Musiker vorstellen, dem sein Tun nicht taugt!", meint er nach einem Schluck Bier aus der Flasche, in einer Spielpause.

„Allerdings sind die meisten unterbezahlt und andauernd angestrengt auf der Suche nach einem Gig", antworte ich. „Das ist das Dilemma. Ich habe wirklich verdammtes Glück gehabt. Und einen Manager mit Durchblick."

„Okay, ich sollte mich nicht über meine Pension beklagen. Aber so ein freies Musikerdasein wäre es schon für mich gewesen."

Ich stoße mit ihm an, sage lieber nichts dazu. Er hat ja Recht... und gegen die Idealisierungen meines Berufs ist man eh chancenlos ...

JOSHA und seine Eltern, das Wort geht mir übrigens leicht von den Lippen, sind zu Besuch. Josha vermisst Paula, wir sowieso. Der Schmerz ist nicht mehr beißend, eher wie eine weiche, traurige Kuscheldecke.

Wir erklären Josha, Paula sei über einen Regenbogen in den Hundehimmel getänzelt. Dort gebe es prima Hundekuchen.

„Ihr müsst mich nicht trösten", meint er trocken. „Ich weiß, Paula ist tot und liegt vergraben in der Erde. Jeder stirbt irgendwann ..."

Josha ist mit Anja im Garten unterwegs; Blumeninspektion!

Er will von ihr jeden Namen erfahren. Blumen interessieren ihn fast so sehr wie Dinosaurier. Der Tisch, um den wir sitzen, ist voll mit Plastikdinos. Er kennt natürlich alle Arten und hält auf Anfrage jede Menge Informationen über ihr Leben bereit. Auch ohne Anfrage!

„Wie geht es euch hier draußen?", fragt mich Rolf. „Habt ihr euch wieder gefangen?"

„Ja! Der Tod von Paula war ein gewaltiger Einschnitt. Brutal! Hätte ich nie bei mir erwartet. Es hat mich mitgenommen wie Anja. Wie wenn wir in einem dunklen Tunnel festgesteckt hätten…ohne Luft zum Atmen…"

„Und jetzt?" Susanne beugt sich vor.

„Nehme ich die Ruhe wieder als Qualität wahr. Zeitweise ist sie mir extrem auf den Geist gegangen. Bin nach Nürnberg geflüchtet, habe auf Konzerten rumgehangen, die Proben der Band besucht. Bis ich gemerkt habe, es ist nicht mehr meine Welt…und die Jungs rechnen nicht mehr mit mir. Nicht, dass ich mir wie eine Störung vorgekommen bin, aber die haben eben Probe, und das ist nebenbei harte Arbeit, weiß ich ja. Mike, der neue Gitarrist, ist saugut; es bringt nichts, wenn ich im Hintergrund zuhöre; das blockiert ihn momentan eher, jedenfalls ist es mein Eindruck."

„Und du? Fehlt dir das Rampenlicht?"

„Nicht so, wie ich vermutet habe. Außerdem tut sich gerade was hier in der Gegend. Ihr bekommt eine Einladung, sobald wir soweit sind. Wird euch überraschen, ich verrate nichts."

„Oh!", grinsen die beiden. „Klingt spannend!"

„Ist es! Außerdem versuche ich mich als Songschreiber und Komponist."

„Echt!? Welche Themen?"

„Zum Beispiel über die Spannung zwischen dem Stadtnomadenleben und der wohltuend-erschreckenden Ruhe eines Landdaseins. Über Odelorgien im Frühjahr, die einem gewaltig stinken, über Krähen, die abends gemeinsam krächzend über den blassblauen Himmel ziehen und ein Nachtquartier suchen…"

„Über Odelorgien?" Rolf und Sanne lachen lauthals.

„Mmh!", grinse ich, „oder über Sexualität im Alter. ,Ist es Müdigkeit oder Weisheit des Alters?', lautet ein Refrain. Wie findet ihr den?"

Jetzt grölen beide.

„Lacht ihr nur! Die Thematik wird euch schneller begegnen, als ihr es euch vorstellt", kichere ich.

„Aber im Ernst. Die Band will einen oder zwei meiner Songs auf ihr neues Album nehmen. Einer handelt von dem Thema, ob man das Wölfische aus der Welt vertreiben kann, indem man selbst zum Wolf wird…"

„Wow! Stark!"

„Und der zweite, da wollte ich euch eh ansprechen, bevor Josha mit Anja um die Ecke biegt."

Interesse leuchtet in Sannes und Rolfs Augen.

„Er handelt von einem Mann, der über mehrere Strophen hinweg seinem Sohn, der nicht bei ihm lebt, beim Aufwachsen zusieht. Ziemlich romantischer Song übrigens. Tränendrücker. Endet in einer Art Gespräch zweier Gitarren. Eine eher wild und ungebremst, die zweite besinnlich, gleichzeitig kraftvoll. Was meint ihr dazu?"

Ich muss schlucken. Als ich rüber schiele, kriege ich mit, es geht den beiden ähnlich.

„Ich soll beim Einspielen des Songs mitmachen. Was meint ihr, welche Gitarre könnte ich übernehmen?"

ICH TREFFE Rolf nach seiner letzten Therapiestunde in Nürnberg. Unser monatlicher Vaterabend, wie wir es nennen. Jedes Mal in der gleichen Kneipe, in der die hübsche Bedienung

Rolf anscheinend länger kennt und sich regelmäßig nach seinem Sohn erkundigt.

Der häufige Austausch tut uns gut, beiden. Wir pendeln vertraut zwischen lustigen und ernsten Episoden; zwei Männer, zwischen denen altersmäßig eine Generation liegt und die gleichzeitig durch eine gemeinsame Erfahrung zusammengeschweißt sind. Freunde eben.

Rolf holt mich diesmal am Bahnsteig ab. Umarmung, Schulterklopfen, breites Lächeln. Am Ausgang der Unterführung zur Innenstadt kauft er den neusten „Straßenkreuzer".

„Hier hat vor ungefähr zwei Jahren ein weißbärtiger, älterer Mann verkauft", spricht Rolf die kurzhaarige Frau plötzlich an.

Sie nickt.

„Ja, mein Lebensgefährte. Er ist vor über einem Jahr gestorben."

„Er hatte Krebs, nicht wahr! Ich habe mich damals mit ihm darüber unterhalten…"

„Ja, Lungenkrebs."

„Ist er leicht gestorben? Hatte er Schmerzen?"

Die Frau sieht Rolf aufmerksam an. Wundert sich bestimmt, warum dieser fremde Mann das wissen will.

„Er hat zum Schluss viele Schmerzmittel bekommen", sagt sie langsam.

„Hhmm", meint Rolf.

„Wissen Sie", meint die Frau plötzlich, „Sterben ist kein Spaß. Aber er konnte am Ende gut gehen."

Rolf nickt. Ernst. Kurz abwesend, als würde er ins Halbdunkel einer verschwommenen Vergangenheit schauen.

„Und Sie, Sie haben seinen Verkäuferplatz übernommen", lächelt er, als er wieder in die Gegenwart eintaucht.

„Ja", antwortet die Frau einfach, „das ist mein Auskommen."

WIR SIND beim zweiten Bier.

„Manchmal erschrecke ich, wie schön Anja für mich ist", entschlüpft es mir.

„Was? Du erschrickst?" Rolf sieht mich erstaunt an.

„Gestern Abend zum Beispiel. Sie kam von unten aus dem Bad, nackt, hat kurz zu mir reingeschaut, um mir ‚Gute Nacht' zu wünschen. Ich habe gelesen. Ihr schlanker, braungebrannter Körper im Halbdunkeln in der Türöffnung. Hat mich umgehauen. Getroffen irgendwie."

Rolf schüttelt lächelnd den Kopf.

„Ich glaube, du liebst sie, das ist es."

„Ja", antworte ich, während Wärme in meiner Brust aufsteigt, „wäre möglich."

Wir grinsen uns an.

„Sagst du es ihr manchmal?"

„Eher nicht!" Ich überlege. „Ich bin nicht so der Liebesflüsterer. Aber du hast Recht. Gestern Abend hätte es gestimmt."

Rolf schweigt.

„Ich zeige es Sanne auch zu selten", meint er nachdenklich.

„Na, schreib es in deinen Notizkalender", lache ich. „Sanne sagen, dass ich sie liebe …"

Rolf lacht mit. Plötzlich wird er ernst, wirkt zögerlich.

„Tello, du bist der Erste, mit dem ich darüber spreche…", stottert er.

Gespannt schaue ich zu meinem Gegenüber. Sein gut geschnittenes Gesicht hebt sich markant von der braunen Holztäfelung der dahinter liegenden Wand ab.

„Sanne…Susanne…ist schwanger!"

„Ach du Scheiße!", entfährt es mir.

Ich halte mir die Hand vor den Mund. Das war nichts.

„Nein", lächelt mein Freund, „nicht, was du denkst. Es ist von mir."

„Was?"

„Es war ja nie klar, warum ich unfruchtbar bin. Es gab keine organische Erklärung, es war halt so."

„Mann, geil!"

„Ich glaube, Tello, es hat mit meinem Vater zu tun. Ich hab dir erzählt, ich bin ein Spenderkind …"

Ich nicke.

„…und mittlerweile bin ich überzeugt, seine Unfruchtbarkeit unbewusst übernommen zu haben. Aus Solidarität des heimlich liebenden Sohnes zu seinem Vater bin ich ihm gefolgt. Unbewusst natürlich."

„Du glaubst, so was gibt es?"

„Im Grunde bin ich überzeugt. Ich erlebe täglich in der Praxis Menschen, die Emotionen, Handlungsweisen oder sogar Krankheiten von ihren Eltern übernehmen. Zwar hat jeder seine ureigene Reise, aber sie ist in der Regel gebunden an unsere Vorfahren. Die Erfahrungen mit unseren Eltern prägen uns."

„Du meinst, zumindest bis wir unsere Vergangenheit aufgearbeitet, integriert oder sonst was haben. So jedenfalls habe ich es in der Therapie bei dir verstanden."

„Genau! Und warum sollte gerade ich die Ausnahme sein?"

„Ja, warum solltest gerade du die Ausnahme sein. Mmh… vielleicht hat sich langfristig etwas in dir entspannt und gelöst, als du deine dunkle Seite des Mondes kennenlernen durftest."

Rolf nickt. Sein Gesicht ist weich und weit, Tränen stehen in seinen Augen.

„Du kannst hier ruhig weinen", grinse ich breit und erinnere mich an etliche Sitzungen bei ihm. „Ich bin bei dir."

„Idiot!", lächelt Rolf und wischt sich die Nase.

Es geht nicht anders. Ich nehme meinen ehemaligen Therapeuten, den Vaters meines Sohnes, den Mann, der jetzt selbst ein Kind gezeugt hat, in den Arm und drücke ihn.

„Mädchen oder Junge?", frage ich, nachdem wir uns voneinander gelöst haben und ich mich selbst geschnäuzt habe.

„Wissen wir nicht…wollen wir gar nicht wissen…ist völlig
egal!", ruft Rolf zwischen Lachen und Weinen.

„Oh Mann, ich freue mich für dich! Für dich und Sanne!"

„Ich…ich bin ziemlich verwirrt. Und durcheinander. Da war
wohl viel Druck in mir", seufzt Rolf. „Kann es fast nicht glauben.
In mir wirbelt es."

Ich erinnere mich plötzlich an mein inneres Chaos, als ich von
Josha erfahren habe.

„Oh ja", meine ich voller Inbrunst, „das verstehe ich!"

HERBSTLICHER KRISENGIPFEL. Wir sind auf dem Weg
nach Nürnberg. Sanne hat erzählt, Josha wolle vehement wissen,
woher und wie Kinder kommen. Sie hat ausführlich mit ihm darüber gesprochen, die Fragen nähmen kein Ende. Sanne glaubt, es sei
an der Zeit, Josha mitzuteilen, dass ich sein biologischer Vater bin.

Mir ist mulmig zumute. Wie wird der Junge reagieren? Wie
wird es Rolf gehen, wenn Josha darüber in der Schule spricht?
Bisher wissen nur die Familie und einige enge Freunde davon.
Wie wird es sein, wenn unser halb durchleuchtetes Geheimnis
öffentlich wird?

„Du bist ziemlich schweigsam, Tello", stellt Anja fest, während
mir diese Gedanken durch den Kopf schießen.

Ja, und wie wird Anja reagieren, wenn die ganze Welt, wenn
tuto el mundo erfährt, ihr Tello hat ein Kind und zwar nicht von
ihr? Bisher hat es sich in der kleinen eingeweihten Gemeinschaft
freundschaftlich ansprechen und ausdiskutieren lassen, obwohl
es manchmal ziemlich hoch herging. Und nun?

„Ich mache mir Gedanken, ob und wie es unser Leben verändern wird, wenn die Sache mit Josha öffentlich wird", spreche ich

meine Zweifel aus, während ich mich nebenbei auf das Steuern des Autos konzentriere.

„Geht mir genauso", seufzt Anja. „Hast du einen Plan, wenn wir uns gleich bei Rolf und Sanne treffen?"

„Keinen Plan. Nur Nebel im Hirn."

ES IST spät. Während Anja uns konzentriert durch das dunkle Geglitzer der nassen Bundesstraße heimwärts führt, rattern Gesprächsfetzen durch mein überfordertes Gehirn.

„Je früher, desto besser…verklemmt sind sowieso nur die Erwachsenen."

„Gene sind nicht das Entscheidende. Wichtiger ist die Erziehung…"

„…ein Kind braucht die Wahrheit. Je länger wir warten, desto schwieriger wird es…"

„Es geht Josha gut. Warum wollen wir ihn verwirren. Für ihn ist alles in Ordnung."

„Wenn wir es ihm nicht erklären, ist das ein Vertrauensmissbrauch. In der Pubertät ist es zu spät. Da haben die Jugendlichen genug mit sich und ihren Hormonen zu tun."

„Leerstellen in der Biographie eines Menschen haben enorme Auswirkungen auf sein Leben. Es ist notwendig, Geheimnisse zu lüften, die sein inneres Dasein erschweren würden, auch wenn er scheinbar nichts merkt."

„Manchmal gibt es einen Kontaktabbruch durch das Kind, wenn es das Geheimnis erst als Erwachsener erfährt, weil der Vertrauensbruch zu groß war…"

„Wie stehen wir da, wenn Josh davon in der Schule erzählt?"

„Sind wir wichtiger oder der Junge?"

„Ist die Wahrheit wichtiger als er?"

„Die Beziehung von Josha zu Rolf ist prima. Warum sollten

wir sie belasten?"

„Egal, ob es Josh weiß, wir wissen es jedenfalls…und tragen es unausgesprochen mit uns herum. Das hat Auswirkungen."

„Sollten wir nicht wenigstens vorher einen Vaterschaftstest machen?"

Darauf haben wir uns sofort geeinigt. Diese grundsätzliche Frage muss abgeklärt werden, bevor eine Entscheidung fällt, fallen muss.

„Du sagst wohl nichts mehr, heute!?", reißt Anja mich aus meinen Gedanken.

„Du ja auch nicht."

„Ich muss mich aufs Autofahren konzentrieren. Ich fahre nicht gerne im Dunkeln. Glaube, ich brauche eine Nachtbrille."

„Ich bräuchte eine Entscheidungsbrille, wenn es so etwas gäbe", seufze ich. „Die verschiedenen Argumente wirbeln in mir herum."

„Schlaf erst mal eine Nacht darüber."

„Ich befürchte eher, es wird eine schlaflose Nacht."

„Könnte bei mir ähnlich sein."

ACHTES KAPITEL

JOSHA

MAMI UND PAPI haben mir erzählt, dass ich zwei Papas habe. Papi und Tello. Komisch. Die anderen im Kindergarten haben nur einen Papa – oder gar keinen. Da sind mir zwei lieber als gar keiner. Viel lieber.

Tello ist, finde ich, auch ein klasse Papa. Ein bisschen alt – vielleicht. Ich kann toll mit ihm auf dem Sofa kämpfen. Er ist sehr stark, aber ich auch. Und ich gebe nicht schnell auf.

Eigentlich habe ich mir Tello eher als meinen Opa gewünscht. Aber ich hab ja schon einen Opa. Der andere Opa ist gestorben. Und drei Opas, das geht ja nicht.

Ganz kapiert habe ich das mit den zwei Papas nicht. Mami hat versprochen, mir alles zu erklären, wenn ich etwas nicht verstehe. Das ist gut.

Wenn Tello auch mein Papa ist, ist Anja dann meine zweite Mami? Ich muss sie unbedingt fragen, wenn wir sie besuchen. Hoffentlich bald. Die bunten Blumen in ihrem Garten sind so schön. Schade, dass Paula gestorben ist. Ich bin gerne mit ihr durch den Garten gerannt. Sie war halt schon sehr alt.

Eins ist sicher. Auf jeden Fall sind zwei Papas besser als keiner. Viel besser!

Aber Papi, das ist klar, sage ich nur zu meinem wirklichen Papa. Und zu Tello sage ich weiter Tello.

ENDE

NACHWORT UND DANKSAGUNG

Dies ist eine erfundene Geschichte. Sie ist den Kindern und Erwachsenen gewidmet, deren Vater nicht der ist, von dem sie annehmen, dass er es ist, oder die nichts von ihrem leiblichen Vater wissen.

Für mich ist es richtig und wichtig, dass jeder Mensch den Namen seines biologischen Vaters erfährt – damit er sein Leben begreifen, verarbeiten und daran wachsen kann.

Denn: Geheimnisse mit Freunden teilen – heilt!

Ich bin sicher: Man kann, wenn auch nach manch schmerzhafter Auseinandersetzung, die alten Familiengeheimnisse friedlich – jedenfalls meistens – in sein Leben aufnehmen. Schließlich bin ich ein gelungenes Beispiel dafür.

Ob das Kind letztendlich Kontakt zu seinem Vater aufnimmt, ist die Entscheidung des Kindes. Auf jeden Fall sollte es die Chance dazu erhalten.

Ich danke den Menschen von Herzen, die mir Ausschnitte aus ihrem Leben für diesen Roman geschenkt haben oder mit denen ich über die verschiedenen Fragenkomplexe diskutieren konnte: Angela, Arne, Barbara, Birgit, Clärle, Edith, Eva, Guido, Hans-Jürgen, Heinz, Helga, Ilona, Martina, Norbert, Paula, Petra, Reinhard, Rob, Robert, Sabine, Siggi, Ulf, Uli, Uta, Veronika, Waltraud, Wolle...und einigen, die ich möglicherweise vergessen habe.

Für Korrekturhilfen und logistische Unterstützung danke ich Andi, meiner Frau Helga, Kathrin, Richy, Sabine und meiner Schwester Waltraud zutiefst.

Ein großes Dankeschön geht an Anne vom Verein „Spenderkinder" und an den Verein „Kassandra e.V." in Nürnberg für ihre Rückmeldungen. Auch den Verkäuferinnen und Verkäufern des Nürnberger Sozialmagazins „Straßenkreuzer" möchte ich dankend ein „Weiter so!" zurufen.

Das Titelbild zeigt Marie-Claire, die Tochter meines Neffen Oliver. Michael hat das Foto von 1996 abgelichtet und zur Verfügung gestellt. Danke!

Nicole hat, wie bei meinem Roman „Die Müllsammlerin", das Cover entwickelt und die Seiten druckfertig gemacht. Das berührt mich, mir fehlen eigentlich die Worte für dieses großartige Geschenk.

Danke auch an mich selbst. Ich werde allmählich gelassener und geduldiger mit mir.

Das größte Dankeschön geht an das Große Ganze. Wie sollte es anders sein!

GERHARD WINKLER, 1955 in Worms am Rhein geboren,
unterrichtete als Deutsch-, Politik- und Jonglierlehrer an
verschiedenen Gymnasien und Volkshochschulen in Süddeutschland.
Er übt seit dreißig Jahren das meditative „Sitzen in der Stille".
1997 schloss er eine Ausbildung als Psychotherapeut ab und assistiert
regelmäßig in diesem Kontext.
Jahrelange Auszeiten mit ausgedehnten Rucksackreisen und seit
einem Jahrzehnt mit dem Wohnmobil erfüllen seine Träume vom
Leben in und mit der Natur.
Seit 2015 wohnt er mit Frau und Hund in einem kleinen Dorf
an der Altmühl. Im gleichen Jahr erschien sein Debütroman
„Die Müllsammlerin".

Gerhard Winkler
DIE MÜLLSAMMLERIN
Roman

War's das oder kommt noch etwas außer dem Alter?, fragt sich der fünfzigjährige Held dieses Romans. Entschlossen lässt er sich für drei Jahre vom Schuldienst beurlauben und bricht mit seinem Wohnmobil zu einer mehrmonatigen Fahrt durch Südeuropa auf.

Die äußere Reise durch die spätsommerlichen Landschaften Frankreichs und Spaniens wird, nicht zuletzt nach einer Meditationswoche in der Auvergne, zunehmend zu einer inneren. Ängste tauchen auf, genauso wie Gestalten und Ereignisse aus seiner Vergangenheit.

Muss er das Alte zulassen, um im Jetzt ankommen zu können? Streift Freiheit Verantwortung ab oder macht sie frei, Verantwortung – endlich für sich selbst – übernehmen zu können?

„Wer weiß denn schon, wie man das Leben richtig leben sollte? Eine existentielle Fragestellung, die Winkler mit viel Nachdruck in seinem Buch bearbeitet und mit noch mehr Humor seinem Publikum präsentiert"
(Lara Pincolini, Fränkische Landeszeitung, 27. März 2017)

„Das Buch habe ich verschlungen...und wünsche mir, dass viele Menschen es lesen und sich dann vielleicht auf die Suche nach sich selbst machen..."
(Waltraud)

„'Ich bin mein eigenes Holz und schnitze mich!' Ein tiefgreifender Satz, ich bin dabei! Ein berührendes und Mut machendes Buch..." (Katrin)

„Die Sehnsucht nach der Köstlichkeit des Augenblicks habe ich verstanden..."
(Fritz)

„Sehr berührt hat mich der Abschnitt des Buches über das Schweigeseminar im Kloster. Ich stelle es mir wahnsinnig anstrengend vor, mit seinen Gedanken und seiner Vergangenheit allein zu sein." (Rudi)

Gerhard Winkler
WOLF, RAUPE UND SCHMERZ
Ein Märchen für das Kind in uns

Genaugenommen sind wir uns Fremde, und jeder lebt in seiner eigenen Welt. Wir Menschen sind, selbst wenn wir die gleiche Sprache sprechen, unterschiedliche Wesen wie Wolf, Raupe und Schmerz, die drei Hauptpersonen dieses Märchens für Erwachsene. Doch wenn wir Raum zwischen uns lassen, miteinander reden und zuhören, still zusammensitzen und uns in unserer Unterschiedlichkeit wertschätzen und liebhaben, begegnen wir uns. Dann können Freundschaften entstehen. Das ist der Platz, an dem Heilung stattfinden kann. Da ist Glück. Von all diesem erzählt diese Geschichte … und außerdem gibt es ja noch den Baum, in dessen Schatten sich die drei treffen …

„Man möchte sich wünschen, dass viele Menschen aus dem Märchen Wirklichkeit werden lassen." (Rudi)

„Das Märchen hat einen besonderen Zauber..." (Gerda)

„Jetzt habe ich die ganze Geschichte gelesen und sitze berührt an meinem Schreibtisch und schaue hinaus in die dunkle Welt, die ganz still und ergeben auf das Hellerwerden wartet." (Guido)